HARALD SCHNEIDER

Tote Beete

PFLANZENWELT Palzki verbringt den Sonntag mit seiner Familie auf der Landesgartenschau in Landau – wenn auch nicht ganz freiwillig. Plötzlich erschüttert eine Explosion das Gelände. Ein Besucher stirbt, ein Gärtnermeister wird verletzt. Bei seinen Ermittlungen stößt der Kommissar auf dubiose Vorgänge, in die der Gärtner verwickelt war. Aber auch der Salathersteller Nafa aus Neuhofen, bei dem das Explosionsopfer als Prokurist arbeitete, hat mehr als ein finsteres Geheimnis. Weitere Tote auf dem Gelände der Gartenschau und bei der Nafa sorgen bei Palzki für zusätzliches Kopfzerbrechen. Hinzu kommen die üblichen Störfeuer seines Vorgesetzten KPD und anderer skurriler Personen, von denen es in der Kurpfalz massenhaft zu geben scheint. Palzki taucht ein in die ihm unbekannte Welt von Pflanzen und Salaten. Die Erkenntnisse, die er so gewinnt, treffen ihn wie einen Schlag …

Harald Schneider, 1962 in Speyer geboren, wohnt in Schifferstadt und arbeitet in einem Medienkonzern als Betriebswirt. Seine Schriftstellerkarriere begann während des Studiums mit Kurzkrimis für die Regenbogenpresse. Der Vater von vier Kindern veröffentlichte mehrere Kinderbuchserien. Seit 2008 erscheint seine etablierte Krimiserie um den skurrilen Kommissar Reiner Palzki, der neben seinem mittlerweile zehnten Fall »Tote Beete« in zahlreichen Ratekrimis in der Tageszeitung Rheinpfalz und verschiedenen Kundenmagazinen ermittelt. 2013 startete mit »Die Palzki-Kids in großer Gefahr« eine interaktive Kinderbuchreihe.

Bisherige Veröffentlichungen im Gmeiner-Verlag:
Wer mordet schon in der Kurpfalz? (2014)
Ahnenfluch (2013)
Künstlerpech (2013)
Pilgerspuren (2012)
Palzki ermittelt (2012)
Blutbahn (2012)
Räuberbier (2011)
Wassergeld (2010)
Erfindergeist (2009)
Schwarzkittel (2009)
Ernteopfer (2008)

HARALD SCHNEIDER

Tote Beete

Palzkis zehnter Fall

Original

GMEINER

Personen und Handlung sind frei erfunden.
Ähnlichkeiten mit lebenden oder toten Personen
sind rein zufällig und nicht beabsichtigt.

Besuchen Sie uns im Internet:
www.gmeiner-verlag.de

Im Ehnried 5, 88605 Meßkirch
Telefon 07575/2095-0
info@gmeiner-verlag.de

2. Auflage 2014

Lektorat: Claudia Senghaas, Kirchardt
Herstellung: Julia Franze
Umschlaggestaltung: U.O.R.G. Lutz Eberle, Stuttgart
unter Verwendung eines Fotos von: © yamix – Fotolia.com und
© Anyka – Fotolia.com
Druck: GGP Media GmbH, Pößneck
Printed in Germany
ISBN 978-3-8392-1538-8

»Um einen guten Salat anzurichten, braucht man vier Charaktere: einen Verschwender für das Öl, einen Geizhals für den Essig, einen Weisen für das Salz, einen Narren für den Pfeffer.«

Francois Coppee (1842–1908), frz. Dichter

INHALT

VORWORT

Nun ist es wieder so weit: Sie halten den inzwischen zehnten Band der Palzki-Reihe in den Händen. Dieses Mal führten mich die meist sehr aufwendigen Recherchetouren nicht in irgendwelche Gruften oder unterirdischen Gänge und Gewölbe, auch nicht in schwindelerregende Höhen wie auf der Geforce Achterbahn oder auf der Kuppel des Mannheimer Capitols. Dieses Mal blieb ich auf dem Teppich, oder vielmehr auf dem Erdboden. Man könnte diesen Palzki durchaus als Naturpalzki oder noch besser, als Salatpalzki bezeichnen. Alles hat irgendwie mit Pflanzen zu tun, essbaren und weniger essbaren.

Essbare Pflanzen spielen eine tragende Rolle. Zumindest die, die man als Feinkostsalat genießen kann. Antivegetarier Palzki und Salate - dieser Gegensatz steigert sich ins Extreme, wenn es nicht nur um Kartoffelsalat mit viel Speck oder Russische Eier geht, sondern um »schreckliche« Dinge wie Rote Bete-Salat oder Rosenkohlsalat. Wenn ein Vorderpfälzer an Salate denkt, fällt ihm natürlich als erstes die Salatmanufaktur Nafa in Neuhofen ein. Die Nafa stellte mir die komplette Produktionsanlage als Spielort für Tote Beete zur Verfügung, was ich gnadenlos ausnutzte. Was niemand vorhersehen konnte: Während einer wilden Verfolgungsjagd entdeckte Reiner Palzki (den scheint es wirklich zu geben, habe ich langsam den Eindruck) zufällig die Rezeptur eines genial schmeckenden Salates. Diese Weltneuheit wird ab sofort exklusiv von der Nafa als Palzki-Salat angeboten. Ich finde, das Schreiben hat sich mal wieder richtig gelohnt, sogar unserem Kommissar schmeckt seine eigene Kreation. Aus Dankbarkeit hat die Nafa nicht nur an Reiner Palzki gedacht, sondern auch an Sie. Lassen Sie sich überraschen!

Ein Teil des Romans spielt auf der Landesgartenschau in Landau. Halt!, werden jetzt einige aufschreien, die Gartenschau wurde doch auf 2015 verlegt. Dies ist mir natürlich nicht verborgen geblieben, doch wie zumindest die Stammleser unter Ihnen wissen, ist unser allseits beliebter Kommissar Reiner Palzki öfters seiner Zeit weit voraus. Dass meine Fantasie bei der Beschreibung der Örtlichkeiten manchmal eine Nuance übertrieben hat, mögen Sie mir bitte verzeihen.

Und jetzt überlasse ich Sie in ein paar spannende und zugleich entspannende Stunden in das Palzkiversum. Schalten Sie Telefon und Fernseher ab, schicken Sie Ihre Familie auf Verwandtenbesuch oder reichen Sie die Scheidung ein, vergessen Sie nicht die Krankmeldung an Ihren Arbeitgeber, und schon kann es losgehen. Ich wünsche Ihnen viel Spaß.

Harald Schneider

KAPITEL 1
ROTES GRÜNZEUG

Es hätte so ein schöner Tag werden können.

Vor einer Stunde hatte ich geduscht, davon war weder etwas zu sehen noch zu riechen. Seit Tagen wusste ich, was an diesem schicksalshaften Sonntag auf mich zukommen würde, doch die geistige Verdrängung daran brachte den Lauf der Zeit leider nicht zum Stoppen. Ich war verloren. Wenn ich bei meiner Geburt bereits geahnt hätte, welche Qualen das Leben bereiten konnte, meine Mutter wäre jetzt im 550. Schwangerschaftsmonat und auf der Titelseite vom ›Buch der Rekorde‹.

Bevor man mir Feigheit vorwerfen konnte, versuchte ich, allerdings vergeblich, mit einer simulierten Magen-Darm-Attacke dem drohenden Wahnsinn Einhalt zu gebieten. Wie konnte man sich nur freiwillig in solch eine von Menschen gemachte Hölle begeben? Unter der Woche hatte ich mit meinem Vorgesetzten Klaus P. Diefenbach genügend Ärger und Scherereien auszuhalten. Musste dies nun auch am Wochenende, dazu in extrem gesteigerter Form, fortgesetzt werden? Ich würde ein Vermögen ausgeben, das ich leider nicht besaß, für einen zehnstündigen Zeitsprung in die Zukunft. Mit flehendem Blick winselte ich meine Frau Stefanie an: »Müssen wir wirklich? Bei dem Wetter? Wir haben draußen beinahe 25 Grad, wenn da mal unsere Zwillinge keinen Sonnenstich kriegen!«

Das könnte funktionieren, dachte ich mit einem letzten allerallerletzten Hoffnungsschimmer. Mit Lars und Lisa, unserem erst wenigen Wochen alten Nachwuchs, war Stefanie besonders fürsorglich. Mit solchen Argumenten konnte man jede Frau leicht beeinflussen. Bevor der Aufschrei losgeht: natürlich nur im positiven Sinn und zum langfristigen Vorteil der Frau. Frauen denken in vielen Dingen ja eher kurzfristig. Zum Glück gibt es aber uns Männer, die die strategische Ausrichtung eines gemeinsamen Familienlebens zielsicher planen und ausführen können. Diesen Bonus hat Mann aber nur in den ersten Lebensjahren des Nachwuchses, wie ich aus leidiger Erfahrung wusste.

Leider reagierte Stefanie ausnahmsweise nicht so, wie ich spekulierte. Stattdessen schüttelte sie verärgert den Kopf.

»Mein lieber Mann. Tu nicht so, als wäre heute Weltuntergang. Wir machen selbstverständlich genügend Pausen, ich weiß ja, wie es um deine Fitness bestellt ist.«

Sie unterbrach ihre Rede und schaute provozierend auf meine Taille.

»Und eine Krawatte brauchst du auch nicht anzuziehen. Also, wo liegt dein Problem?«

Ich grummelte ein paar unverständliche Worte in mich hinein. Wie sollte ich ihr die Sache nur erklären und dazu noch frei von Emotionen? Hier ging es nicht um Argumente für und wider, hier ging es um die nackte Existenz!

Stefanie zeigte lächelnd auf eine prall gefüllte Tasche. »Ich habe uns leckere Vollkornbrote mit dicken Käsescheiben belegt. Dazu gibt es Rooibos-Tee aus der Kanne.«

Während mein Magen reflexartig aus dem Körper zu fliehen versuchte, sah ich in die leichenblassen Gesichter von Paul und Melanie, die gerade in die Küche gekommen waren. Die beiden standen, genauso wie ich, der gesunden und vegetarischen Küche Stefanies eher skeptisch und stark zurückhaltend gegenüber.

»Mama«, stotterte die Zwölfjährige. »Muss ich wirklich mit? Mir ist gerade eingefallen, dass ich für die Englischarbeit am Montag lernen muss.«

Ihre Mutter durchschaute den Trick sofort. »Dann nimmst du dein Englischbuch mit, und unterwegs höre ich dich die Vokabeln ab.«

Melanie, die sich über ihr Eigentor sichtbar ärgerte, verkrümelte sich.

Der zwei Jahre jüngere Paul schien etwas falsch verstanden zu haben. Neugierig musterte er die Tasche mit dem schrecklichen Inhalt. »Geil, äh, Klasse, damit füttere ich die Affen. Die fressen alles, was man denen hinwirft.«

Während Stefanie pikiert dreinschaute, klärte ich ihn auf: »Das ist für uns, Paul, nicht für die Affen. Außerdem gibt es dort, wo wir hinfahren, keine Affen.«

»Wir fahren nicht in den Zoo?« Er stampfte mit seinem Fuß auf. »Dann bleib ich daheim. Herr Ackermann will mir zeigen, wie man eine Tomatenschleuder baut.«

Der Name Ackermann sorgte für zusätzliche Pein. Solche Nachbarn, wie wir sie hatten, waren einmalig. Da kann mir erzählen, wer will: Schlimmer als Ackermanns ging es nicht. Frau Ackermann war eine akustische Extremsportlerin, und ihr Mann versuchte ständig, meinem Sohn angeblich harmlose Streiche beizubringen. Immer wenn auf unserer Dienststelle außergewöhnliche und unerklärliche Dinge gemeldet wurden, kontrollierten ein paar Beamte der Schutzpolizei sofort das Alibi von Herrn Ackermann. In fast allen bisherigen Fällen führte das zu einem schnellen Fahndungserfolg. Bisher gelang es mir erfreulicherweise immer, die Rolle Pauls aus der Akte wegen Geringfügigkeit zu tilgen.

»Du gehst mit!« Stefanies Stimme überschlug sich fast.

Bevor meine liebe Frau noch ungehaltener wurde, stellte ich, nicht ohne Hintergedanken, weitere Befreiungsversuche ein. Jetzt galt es, den Einsatz des Doppel-Jokers abzuwarten. Zielsicher hatte dieser in den letzten Wochen sämtliche Termine unserer Familie heftig durcheinandergewirbelt. Selbst ein klitzekleiner Besuch beim Discounter mutierte zur Tagesaufgabe. Lisa und Lars verstanden es, zwei Erwachsene 24 Stunden am Tag auf Trab zu halten, von der Nacht ganz zu schweigen.

Heute versagte der Twin-Joker aus unbekannten Gründen. Beide lagen friedlich schlafend in ihren Babykörbchen und dachten nicht daran, neue Lautstärkerekorde und anderes zu brechen. Auch ein, natürlich nur zufälliges, Anrempeln an Lars' Körbchen weckte ihn nicht auf.

Eine Viertelstunde später saß die komplette Familie Palzki im Wagen und fuhr in Richtung Landau.

»Papa«, rief Melanie, die eine Broschüre in der Hand hielt, aus dem Fond nach vorn. »Ist das wirklich so groß? Kann man da mit dem Auto durchfahren?«

Stefanie beugte sich nach hinten und antwortete an meiner statt. »Eine Landesgartenschau ist etwas ganz Besonderes. Da wird gezeigt, was die Pflanzenwelt zu bieten hat. Ich hoffe, dass wir ein paar Anregungen für unseren eigenen Garten entdecken. Der ist ja nicht gerade ein Highlight in unserem Neubaugebiet.« Schelmisch grinste sie mich an.

»Beton bekommt man in jedem Baumarkt«, antwortete ich. Die Retourkutsche hatte sie sich verdient.

»Ich weiß, du würdest am liebsten den kompletten Garten zubetonieren.«

Ich nickte. »Aber mit einem Gefälle zur Straße hin. Pflegeleichter geht's wirklich nicht. Ich denke halt bereits ans Alter, wenn wir nicht mehr so beweglich sind.«

Frauen können ganz schön gemein sein. Erneut starrte sie mir auf die Taille.

Während ich nach einer fast ereignislosen Fahrt einen Parkplatz ansteuerte, versuchte ich ein paar Weichen für den weiteren Verlauf des Tages zu stellen. »Denkt daran, dass wir gleich am Eingang einen Bildband über die Landesgartenschau kaufen. Falls sich von uns jemand rein zufällig den Knöchel verknackst und wir wieder heimfahren müssen, können wir uns das Zeug, äh, die Ausstellung von der Couch aus betrachten.«

Stefanie kommentierte meinen Vorschlag nicht. Nach dem Aussteigen drückte sie mir die gefühlt zentnerschwere Tasche mit den Broten und dem Tee in die Hand. »Zeig mal, dass du ein richtiger Kerl bist!«

Mit letztem Resthumor entgegnete ich: »Was? Hier vor den Kindern?« Ich stellte die Tasche wieder in den Kofferraum. »Auf dem Gelände gibt es bestimmt Verpflegungsstationen und Cafés. Da müssen wir das Affenfutter wirklich nicht mitschleppen.«

»Oh doch!« Damit war das letzte Wort gesprochen. Jeder Mann weiß, wann dies der Fall ist und man die Klappe halten muss.

Nachdem ich die Eintrittskarten gekauft hatte, ging der Ärger los.

»Da gibt's Pommes«, schrie Paul und zeigte nach rechts.

»Ich will da hin«, rief Melanie und zeigte nach links zu dem Pavillon eines Radiosenders.

Während Stefanie mit dem Zwillingskinderwagen ratlos dastand, schleppte ich mich mit der Tasche zu einer Sitzbank. »Das sind doch lauter tolle Ideen«, sagte ich mit meinem ersten zaghaften Lächeln an diesem Tag. »Paul und Melanie haben einen Plan und du kannst dir mit Lisa und

Lars das Grünzeug anschauen. In zwei Stunden treffen wir uns alle wieder hier bei mir an der Bank.«

Stefanie zeigte sich von meinem Einfallsreichtum wenig beeindruckt. »Wir sind eine Familie. Und deshalb gehen wir gemeinsam über die Gartenschau.« Sie öffnete einen Faltplan des Geländes, auf dem sie zu Hause unüberschaubar viele Kreuze eingezeichnet hatte.

In die Opferrolle gedrängt, gaben wir nach und folgten unserer Führerin. Die Gurte der Tasche schnitten erbarmungslos in die Schultern. Das Zeug zu essen, um das Gewicht zu verringern, war keine brauchbare Alternative.

Melanie wagte einen erneuten Anlauf: »Können wir eine Pause machen, Mama? Meine Füße tun schon ganz arg weh, so weit, wie wir gelaufen sind.« Ich nickte ihr heimlich zu, das Argument wollte ich gerade selbst vortragen.

Stefanie war mit ihrer Geduld am Ende. »Jetzt reißt euch endlich mal zusammen.« Sie zeigte auf das Kassenhäuschen. »Wir sind bisher höchstens 50 Meter gelaufen.«

Schicksalsergeben trotteten wir als Kleingruppe durch das Gelände. Es war verrückt, was sich Mutter Natur alles hat einfallen lassen. Mein Vokabular beschränkte sich diesbezüglich auf das Nötigste: Baum, Busch, Blume, Gras, Unkraut. Mit diesen fünf Wörtern konnte man die Pflanzenwelt genügend detailliert beschreiben. Wozu sollte ich mich mit dem Unterschied zwischen einer Fichte und einer Tanne befassen? Es gab Bäume mit Blättern und welche mit Nadeln, basta.

Auf dem Gelände gab es unzählige Variationen, und mehr als einmal war ich mir unsicher, zu welcher meiner fünf Gattungen das Gesehene wohl zählte. Eben liefen wir noch durch eine Blumenhalle, kurz danach sah es aus wie auf dem Obst- und Gemüsemarkt. Und zwischendurch immer wieder Blumen. Blumen in allen Größen und Farben, mal als Bild angeordnet und mal als farbengeschwängerte Wiese. Stefanie fotografierte wie wild und machte sich eifrig in ihrem mitgebrachten Heft Notizen. Paul musste ich ständig zurückpfeifen, weil er ohne Rücksicht auf Verluste querfeldein gehen wollte. Melanie war pflegeleichter, sie hatte lediglich ihr typisches Pubertätsgesicht und einen Kopfhörer aufgezogen.

»Da müssen wir unbedingt hin.« Meine Frau hatte eine neue Sehenswürdigkeit entdeckt und zeigte auf irgendetwas Großes, das entfernt nach einem Tabakfeld aussah. Da ihr Ziel in Sichtweite lag und sich direkt neben mir eine Sitzbank befand, beschloss ich, eine kleine Pause einzulegen. »Ich komme gleich nach«, rief ich meiner Familie hinterher und setzte mit einem erleichterten Seufzer die Tasche ab.

So gut es ging, versuchte ich Hunger und Durst im Zaum zu halten. Mein Sitzplatz befand sich am Rand eines Beetes, das farbenintensiver nicht hätte sein können. Die farbliche Vielfalt hielt sich hingegen in engen Grenzen: Alles war ausgeprägt rot. Waren es Blumen oder Büsche? Ich vermutete eine Kreuzung zwischen beiden. Das Rot war so knallig, dass sämtliche Besucher, die an diesem Beet vorbeikamen, ihre Augen nicht abwenden konnten. Ich dagegen schon, das Zeug befand sich schließlich hinter meinem Rücken.

Ich genoss die Ruhe und schloss meine Augen bis auf einen kleinen Spalt. Jetzt ein kaltes Weizenbier und ein kleiner bis mittelgroßer nichtvegetarischer Imbiss, das wär's. Und zum Abschluss ein Taxi, das mich wieder heimfuhr. Die Realität sah anders aus, das wusste ich. Dennoch, von einer besseren Welt zu träumen war auch in Landau vermutlich legitim. Müdigkeit überfiel mich, ich war kurz davor, in einen erholsamen Schlaf zu sinken.

Die Explosion verhinderte dies.

Das Knallgeräusch und die Echos, die von den in der Nähe befindlichen Gebäuden zurückgeworfen wurden, schmerzten mir in den Ohren. Eine gigantische Staubwolke überflutete die direkte Umgebung. Kleinere Steinchen spritzten mir an den Hinterkopf, es regnete Pflanzenteile. Im Affekt ließ ich mich auf die Sitzfläche der Bank fallen. Das Zentrum der Explosion musste direkt hinter mir gelegen haben. Ich vernahm vielstimmige Schreie, die Schlimmes befürchten ließen. Was war geschehen? Ich wagte, über die Lehne der Bank zu schauen, doch das knallrote Beet lag in einer dichten Staubwolke.

Fassungslos standen einige Besucher auf dem Weg, nicht wenige schrien hysterisch um die Wette. Als geschulter Polizeibeamter war ich in der Lage, gefährliche und plötzlich auftretende Situationen schneller als Otto-Normal-Opfer zu bewerten. Da ich nicht wusste, was die Explosion ausgelöst hatte, konnte ich eine weitere nicht ausschließen.

Dennoch, ich musste reagieren. Ich war zwar nur ein Knallzeuge, vermutlich gab es aber Verletzte, die dringend auf Erste Hilfe angewiesen waren. Während ich vorsichtig aufstand, bekam ich einen Hustenanfall. Kein Wunder, bei der immensen Staubbelastung, die momentan herrschte. Nach einigen Sekunden der Orientierung konnte ich, zunächst schemenhaft, den Ort der Explosion erahnen. Etwa zehn Meter hinter meiner Sitzbank musste sich gegenüber dem lang gezogenen Beet eine weitere Bank befunden haben. Nur zwei Stummel streckten sich aus dem Bodenpflaster hervor, die Sitzgelegenheit selbst lag mehrere Meter entfernt im Blumenmeer. Ohne

Rücksicht auf das gepflanzte Arrangement zu nehmen, eilte ich querfeldein zum Ort des Geschehens. Ein Mann lag auf dem Boden und schrie sich die Seele aus dem Leib. Zwei anscheinend unverletzte Frauen kümmerten sich um ihn. Wie ich wusste, wurden Verletzte, die laut schrien, von Sanitätern nicht mit erster Priorität versorgt. Zuerst kamen die dran, die keine Kraft mehr zum Schreien hatten. Und dies traf auf die zweite Person zu, die sich in unmittelbarer Nähe des Explosionsherdes aufgehalten haben musste. Der Mann schrie nicht, weil er keine Kraft mehr hatte, sondern weil er tot war. Alles andere war nach einer optischen Erstbeurteilung ausgeschlossen. Ich trat einen Meter näher und wurde dafür mit einer spontanen Magenentleerung belohnt, die sich wie eine Sturzflut in das rote Blumenmeer ergoss.

Einen verbeulten Blechhaufen, der neben ihm lag, konnte ich zunächst nicht zuordnen. Erst bei näherem Hinsehen erkannte ich in dem Metallschrott einen Schubkarren.

Aus der Ferne hörte ich Sirenen. Ich schaute mich um: Der Staub hatte sich weitgehend gelegt. Ein paar allzu neugierige Gaffer wollten gerade näherkommen, doch ich ging ihnen entgegen und versperrte den Weg.

»Polizei, bitte treten Sie zurück.« Blass nickten sie und ich ergänzte: »Bitte sorgen Sie dafür, dass niemand diesen Weg benutzt. Meine Kollegen werden gleich hier sein.«

Mangels mehrerer nicht tödlich Verletzter kümmerten sich die Sanitäter sofort um den Mann, der immer noch schreiend auf dem Boden lag. Einer wollte mich wegschicken, deswegen gab ich mich als Polizeibeamter zu erkennen. Weitere hinzukommende Sanitäter bat ich, den Platz zu sperren. Außerdem zeigte ich ihnen den Toten, der von der momentanen Perspektive etwas versteckt hinter dem ehemaligen Schubkarren lag. Ein schmächtiger Sanitäter mit einem ungepflegten Schnäuzer ging zu ihm und rief in meine Richtung: »Bei dem do kenne mer nix mehr mache. Der is hin.«

»Papa!« Ich blickte mich um und sah gegenüber dem Beet meine Familie bei der Verpflegungstasche stehen. Ich ging zu Ihnen, und bevor ich etwas sagen konnte, fiel mir Paul ins Wort: »Mich hast du vorhin angemotzt, weil ich eine Abkürzung durch die Pflanzen nehmen wollte. Jetzt machst du es selbst.«

Für ein pädagogisches Vater-Sohn Gespräch hatte ich momentan keine Nerven. Ich überhörte meinen Sohn und klärte Stefanie über das Geschehnis auf. »Am besten ist, ihr geht da vorn in das Café. Ich werde wohl noch eine Weile hier bleiben müssen, bis die Landauer Kollegen die Sache übernommen haben.«

Meine Frau nickte eingeschüchtert. »Stell dir mal vor, du hättest auf der gegenüberliegenden Bank gesessen.«

Stimmt, das hatte ich noch gar nicht bedacht. Es schüttelte mich und ich antwortete: »Da siehst du mal, wie gefährlich ein Besuch auf der Landesgartenschau sein kann. Sobald ich fertig bin, hole ich euch im Café ab und wir fahren heim. Sicher ist sicher.«

Ich wartete, bis meine Familie vor dem Café angekommen war, dann ging ich wieder zum Tatort zurück. Zum Glück passierte das im Einzugsgebiet der Landauer Polizei. Dieser Kelch ging an mir vorbei. Wie sehr ich mich täuschte, wusste ich bereits kurze Zeit später.

KAPITEL 2
DIEFFENBACHIA KLAUSIS

Die ersten Beamten der hiesigen Polizei trafen ein. Auch ihnen stellte ich mich als Kollege vor, der die Explosion aus unmittelbarer Nähe erlebt hatte. Das erste Resümee ergab, dass es neben dem Toten und dem Verletzten keine weiteren Opfer zu beklagen gab, mit Ausnahme von ein paar Besuchern mit leichtem Schock. Schließlich traf die Spurensicherung ein und sperrte das Gelände großzügig ab. Nach einer vorläufigen Information der Parkleitung hatte man sich zunächst entschlossen, das Gelände nicht zu räumen, um keine Panik aufkommen zu lassen.

Ich konnte nichts Weiteres tun, als den Kollegen zuzuschauen, was für mich ungewohnt war. Alles schien darauf hin zu deuten, dass das Zentrum der Explosion in oder um den Schubkarren gelegen haben musste.

»Palzki! Was machen Sie hier? Sind Sie für das ganze Theater verantwortlich? Das hätte ich mir gleich denken können!«

Im ersten Moment hoffte ich, dass ich zu halluzinieren begann. Die Reibeisenstimme mit den beleidigenden Äußerungen hatte ich sofort erkannt: Sie gehörte zu KPD, wie wir unseren Dienststellenleiter Klaus P. Diefenbach nannten. Aber was machte dieser in Landau? Ich drehte mich um, und mir fiel der Kinnladen herunter. KPD stapfte in feinstem Zwirn auf mich zu. Das allein war noch nicht ungewöhnlich, für seine Kleidung gab er stets Unsummen aus. Hinzu kam, dass er wie ein Fasnachtsprinz aussah. KPD war über und über mit Orden behangen, und als er näherkam, sah ich, dass er geschminkt war. Außerdem umflutete ihn eine abartig riechende Parfümwolke.

In seiner Begleitung befanden sich mehrere wichtig aussehende Frauen und Männer. Handelte es sich um eine Hochzeitsgesellschaft? Rüde wurde ich in meinen Gedanken unterbrochen. KPD sprach eine neben ihm stehende Frau an und zeigte dabei auf mich.

»Frauke, das ist mein Untergebener Palzki. Ich hab dir schon von seinen ständigen Kapriolen erzählt. Überall, wo er auftaucht, gibt es Tote, und ich als guter Chef muss jedes Mal die Sache wieder ausbügeln. Das Leben könnte so einfach sein, wenn, ja wenn …«

»Jetzt lass doch deinen Mitarbeiter erst mal erzählen, Klaus«, unterbrach sie ihn. »Vielleicht war es ganz anders, als du vermutest.«

»Niemals!«, fiel ihr KPD ins Wort. »Palzki hat das nur gemacht, um mich zu ärgern. Er wusste garantiert, dass wir gerade die wichtigste Attraktion der Landesgartenschau einweihen wollten. Wenn es Schwierigkeiten gibt, ist immer Palzki daran schuld, das ist ein Naturgesetz. Wenn du willst, leihe ich ihn dir gern mal für ein paar Wochen, ach, was heißt Wochen, für ein paar Jahre aus.«

Auch wenn ich es gewohnt war, dass mein Chef wirr redete, ich verstand kein Wort. Was es wohl mit dieser Ausleihe auf sich hatte? Ich bin doch kein Buch.

Zwei Polizeibeamte kamen hinzu und sprachen KPDs Duzfreundin Frauke an.

»Frau Dr. Dammheim, nach dem ersten Überblick nehmen wir an, dass in einem Schubkarren eine Rohrbombe explodierte. Ein Besucher wurde getötet und ein Gärtner der Landesgartenschau verletzt. Es wird eine Weile dauern, bis wir konkretere Informationen für Sie haben.«

»Ein Toter?« KPDs Augen blitzten, Dammheim lächelte.

»Tja, mein lieber Klaus, vorhin haben wir über unsere mörderischen Statistiken gesprochen. Mit diesem Fall werden wir Landauer mit der Anzahl der Kapitalverbrechen an euch Schifferstadtern vorbeiziehen. Den Fall werden wir in Nullkommanichts gelöst haben.«

Während ich aus dem Gesagten schloss, dass vor mir die Landauer Kripochefin stand, fuchtelte KPD grobmotorisch mit den Händen, was wie immer sehr kurios aussah.

»Nichts da, Frauke. Das übernehmen wir Schifferstadter. Schließlich war mein Mitarbeiter Reiner Palzki vor deinen Beamten am Tatort. Palzki ist ein Spezialist für Ermittlungen im öffentlichen Sektor. Natürlich nur mit meiner Hilfe«, ergänzte er schnell.

Frau Dr. Dammheim überlegte einen Moment. »Grundsätzlich hätte dein Vorschlag durchaus seinen Charme, da viele meiner Beamten in Urlaub sind. Aber nein, das geht einfach nicht, schließlich sind wir in Landau und nicht in Schifferstadt. Außerdem wäre das schlecht für unsere Statistik. Wir wollen doch dieses Jahr den ausgelobten Preis des Innenministeriums bekommen. Du weißt, die Dienststelle mit den meisten aufgeklärten Todesfalldelikten erhält als Belohnung eine Wochenendreise nach Amsterdam inklusive Nackt-, äh, Nachtprogramm. Das werden sich meine Mitarbeiter nicht entgehen lassen wollen.«

KPD hatte gar nicht richtig hingehört. »Ich kenne sämtliche Ausnahmeparagrafen, Frauke. Wir haben sogar schon erfolgreich im ausländischen Baden-Württemberg ermittelt. Das haben wir als bundeslandübergreifendes Versuchsprojekt betitelt. Bei uns in der Pfalz ist es viel einfacher. Jede Dienststelle darf von dem Regionalitätsprinzip abweichen, wenn es für einen schnellen Fahndungserfolg wichtig erscheint. Und da Palzki ein wertvoller Zeuge ist, passt auch unsere Argumentationskette. Vielleicht hat er den Täter sogar gesehen und kann ihn heute noch festnehmen?«

»A, – ab, – aber«, stotterte die Landauer Kripochefin. »Was ist mit unserer Statistik?«

KPD fühlte sich als Sieger. Er klopfte seiner Freundin auf die Schulter. »Weißt du was? Den Fall teilen wir brüderlich auf. Wir 75% und ihr 25% für die Vorarbeit, die deine Mitarbeiter leisten. Morgen früh kommt Palzki zu euch und übernimmt die Akte, abgemacht?«

Ich stand sprachlos daneben und glaubte, nicht richtig zu hören. Bisher dachte ich, KPD wäre der einzige Chef, zumindest bei der pfälzischen Polizei, der nicht alle Tassen im Schrank hatte. Was ich hier geboten bekam, belehrte mich eines Besseren. Solch ein Geschachere war der gemeine Bürger durchaus von Politikern gewohnt. Dass es dies auch im Polizeiwesen gab, war mir zumindest außerhalb unserer Dienststelle neu.

KPD blickte zur Uhr. »So, jetzt haben wir genug Zeit vertrödelt. Lassen wir uns endlich zur Einweihung schreiten.«

Während er sich gemeinsam mit Frauke und den anderen Personen aus seiner Gruppe herumdrehte, sagte er zu mir: »Herr Palzki, bleiben Sie noch eine Weile hier. Morgen früh übernehmen Sie dann die Akte bei Frau Dr. Dammheim. Und jetzt bitte keine Störungen mehr.«

Nach ein paar Schritten blieb er zögernd stehen, drehte sich um und kam noch einmal zu mir zurück. »Herr Palzki«, flüsterte er, »Sie müssen unbedingt den Fall lösen. Selbstverständlich bekommen Sie ab morgen von mir Unterstützung, sonst würde das ja nicht funktionieren. Denken Sie an Amsterdam!«

Sekunden später war KPD verschwunden. Ich wusste es bereits heute Morgen, dass dies einer der schlimmsten Tage meines Lebens werden würde. Ich war ein Gefangener meiner selbst. Gefangen zwischen den Ansprüchen und Plänen meiner Familie und meines Jobs als Kriminalhauptkommissar.

Um mich etwas wichtig zu machen, versuchte ich, Hintergrundinformationen bei einem der Spurenermittler abzugreifen, der sich gerade das Umfeld des Toten besah.

»Haben Sie bereits erste Erkenntnisse?«

Mit mürrischem Blick schaute er zu mir hoch, legte eine kleine Denkpause ein und motzte: »Er ist tot, reicht Ihnen das?«

»Um das festzustellen, hätte ein Praktikant gereicht«, erwiderte ich angesäuert. Leute wie ihn musste man hart anpacken, sonst wurden sie überheblich.

Er glotzte mich mit einer gigantischen Maulsperre an. »Haben Sie Glück, dass Sie kein Kollege aus Landau sind«, sagte er schließlich. »Bei uns herrschen Zucht und Ordnung. Eskapaden wie an anderen Dienststellen gibt es bei uns nicht. Und jetzt halten Sie sich bitte im Hintergrund, wir haben zu tun. Sie sind schließlich nur ein kleiner, wahrscheinlich unbedeutender Zeuge.«

Fast wäre ich versucht gewesen, ihn darüber aufzuklären, dass ich seit wenigen Minuten der leitende Beamte war, doch ich verkniff es mir. Eine persönliche Eskalation wollte ich mir heute nicht auch noch antun. Ich ließ ihn auf dem Boden sitzen und bemerkte, wie ein Krankenwagen mit Sondersignal davonfuhr. Ich sprach einen der verbliebenen Sanitäter an. Es war der Schnauzbartträger, der als Erster am Tatort angekommen war.

»Ist der Gärtner schwer verletzt?«

Er zeigte auf den wegfahrenden Krankenwagen. »Dem do drin is fascht nix passiert. Ä bissel Blut hot er verlore und ähn Finger, morje kann der widder schaffe gehe. Es is ähn Gärtnermeschter vun dem Gelände do.«

Dieser Punkt war also geklärt. Warum er eine Rohrbombe in seinem Schubkarren spazieren fuhr und wer der Tote war, interessierte mich mindestens ebenso.

»Sind Sie Herr Palzki?«

Der sportliche 40-Jährige wirkte auf mich übernervös. In der Hand hielt er ein Handy.

Ich nickte ihm zu und wartete ab.

»Mein Name ist Hubertus Floralis«, sprudelte es aus ihm heraus. »Ich bin der Geschäftsführer der Betriebsgesellschaft der Landesgartenschau. Frau Dr. Dammheim hat mir eben telefonisch mitgeteilt, dass Sie die Ermittlungen leiten.« Ihm fiel noch etwas ein. »Bitte entschuldigen Sie mein Äußeres. Ich habe heute meinen freien Tag und bin erst vor wenigen Minuten alarmiert worden.«

Ich schaute ihn kurz an. Er war unrasiert, was ich nicht weiter schlimm fand. Vor mir stand also der Geschäftsführer. Klar, dass er nervös war. Die Auswirkungen auf die Schau und die Besucherzahlen waren im Moment nicht abzuschätzen. Doch ich hatte den Eindruck, als trüge er noch mindestens ein weiteres Problem mit sich herum.

»Ich kann Ihnen leider nicht viel über die Sache berichten«, begann ich. »Ein Mitarbeiter von Ihnen wurde verletzt.«

»Ja, ja, der Karl«, fiel er mir ins Wort. »Ein sehr fähiger Gärtnermeister. Befand sich die Bombe wirklich in seinem Schubkarren?«

»Soweit wir bisher wissen. Aber schauen Sie selbst, was von dem Schubkarren übrig geblieben ist.«

Die Leiche war inzwischen zugedeckt worden. Dennoch schüttelte es den Geschäftsführer beim Anblick des Szenarios. »Wissen Sie, wer der Tote ist?«, fragte er vorsichtig.

»Vermutlich ein Besucher, er trug zumindest keine Arbeitskleidung.«

Floralis gab sich damit nicht zufrieden. »Nur die wenigsten Mitarbeiter tragen während der Öffnungszeiten auf dem Gelände einen Blaumann.« Er wand sich. »Es ist nämlich so …«

»Ja?«, fragte ich neugierig.

»Ich kann meinen Pressebeauftragten nicht erreichen. Er muss aber hier sein.« Als intensiv geschulter Beamter bemerkte ich das verstärkte Zittern.

»Wollen Sie mal schauen? Es ist allerdings kein schöner Anblick.«

Er überlegte einen Moment. »Vielleicht kann ich Ihnen damit helfen. Ich hoffe, dass er es nicht ist.«

Wir gingen zu dem Leintuch, und ich hob es kurz an. Floralis wurde bleich und übergab sich in das rote Beet. Da war er nicht der Erste.

Ich reichte ihm ein Päckchen Taschentücher, die man als Erwachsener stets dabei hatte, wenn man mit Kindern unterwegs war. Ich gab ihm zwei Minuten zum physischen und psychischen Erholen.

»Meine Güte«, meinte er schließlich. »Wer macht denn so etwas?« Er schaute mich an. »Ich kenne den Toten nicht. Mit hoher Wahrscheinlichkeit ist es kein Mitarbeiter von uns.«

Einen Versuch war es wert, dachte ich mir. Trotzdem, irgendetwas stimmte mit diesem Floralis nicht. Leider war meine Datengrundlage noch zu dünn.

»Sollen wir das Gelände für heute schließen?«, weckte mich der Geschäftsführer aus meinen Gedanken. »Ich würde das nur sehr ungern tun.«

Da ich wusste, wie gern mit übertriebenen Maßnahmen auf Kleinigkeiten reagiert wurde – ich dachte an die Räumung der Rheingalerie im letzten Jahr, nur weil jemand seine Einkaufstasche in einem Café vergessen hatte – winkte ich ab. »Ich denke, darauf können wir verzichten. Auf jeden Fall sollten wir die anderen Schubkarren auf dem Gelände untersuchen und den Ort, wo sie beladen werden, beziehungsweise untergestellt sind.«

Meinen guten Einfall setzte ich gleich in die Tat um und beauftragte einen herumlaufenden Polizisten.

»Das wäre noch schöner, wenn die Zeugen anfingen, uns Beamte herumzukommandieren.«

Ich zückte meinen Ausweis, gab ihm den Hinweis, seine Chefin anzurufen und stellte mich als Verantwortlicher vor. »Und jetzt lassen Sie sich bitte von Herrn Floralis die Stelle zeigen, wo die Schubkarren stehen. Auch bei uns in Schifferstadt herrschen Zucht und Ordnung.«

Da er darauf nichts erwiderte, vermutete ich einen neuen und unerfahrenen Kollegen, der bisher nichts von dem Chaos in Schifferstadt mitbekommen hatte, das die Spatzen längst von den Dächern pfiffen.

Bevor Herr Floralis mit dem Polizisten verschwinden konnte, bat ich ihn um eine weitere Information. »Wären Sie so nett, uns die Personalakte von diesem Karl …«

»Käfer«, unterbrach mich der Geschäftsführer. »Karl Käfer.«

»… zu geben. Wir müssen in alle Richtungen ermitteln.«

Ich sah eine Weile den Beamten bei ihrer Arbeit zu. Dass sich daraus große Erkenntnisse gewinnen lassen sollten, davon ging ich nicht aus. Die wichtigste Frage lief darauf hinaus, wie die Bombe in den Schubkarren kam. Und wer sie dort deponiert hatte. Und warum sie gerade an dieser Stelle auslöste. Und ob der Getötete ein Zufallsopfer war. Ich bemerkte, dass es doch mehr als eine Frage war, die es zu beantworten galt.

Bereits nach wenigen Minuten kam Hubertus Floralis zurück. »Ich habe dem Beamten alles gezeigt. Auf den ersten Blick konnte ich nichts Ungewöhnliches feststellen.«

»Die Landauer Kollegen werden das im Detail überprüfen«, klärte ich ihn auf. »Ein Sprengstoffsuchhund dürfte ebenfalls unterwegs sein.«

Floralis druckste herum. »Herr Palzki, eben hat mich Frau Dr. Dammheim aus der Ferne entdeckt und mir zugewinkt. Eigentlich habe ich mir heute freigenommen, damit ich mir das nicht antun muss. Jetzt ist es aber so, dass ich kraft meines Amtes verpflichtet bin, an dieser blöden Sache teilzunehmen. Haben Sie noch Fragen an mich? Gern stehe ich Ihnen selbstverständlich morgen wieder zur Verfügung.«

Auch wenn es nichts mit der Explosion zu tun hatte, war ich mehr als neugierig. Zumal KPD in der Sache mit drinzuhängen schien.

»Wissen Sie was? Ich begleite Sie. Dann kann ich noch ein paar persönliche Worte mit Dr. Dammheim wechseln, die für die Ermittlungen wichtig sind. Eigenarten der hiesigen Bevölkerung und so weiter.«

Während wir einem Ziel zustrebten, von dem ich nicht die geringste Ahnung hatte, was mich dort erwartete, erzählte der Geschäftsführer.

»Es gibt immer ein paar wichtige Personen, meist sind es Personen, die nur denken, dass sie wichtig sind, die durch ihre Beziehungen immer etwas mehr hofiert werden als das normalsterbliche Volk. Ich kann dies auf den Tod nicht ausstehen, daher habe ich mir für heute freigenommen. Diese Typen gehen immer davon aus, dass sie mit ihren Ideen in den Geschichtsbüchern landen, dabei sind es meist kleine, unbedeutende Dinge, die niemanden interessieren.«

Aufmerksam hörte ich zu.

»Das übliche Portfolio kennen wir ja: Für 100 Euro einen Doktortitel honoris causa kaufen, für noch weniger Geld einen Quadratmeter Gelände auf dem Mond oder einen der 100 Milliarden Sterne in unserer Milchstraße, der nach einem persönlich benannt wird. Fürs eigene Ego findet man immer etwas, das wenig Geld kostet und man als Urkunde ins Wohnzimmer über die Couch hängen kann. Obwohl man außer der Zahlung einer Gebühr keinerlei Leistung erbringt und schon zehnmal keine, die die Menschheit weiterbringt.«

»Und was hat das mit der Landesgartenschau zu tun?«

Floralis lachte. »Herr Palzki, Sie wissen wahrscheinlich, wie viele verschiedene Pflanzenarten es gibt. So ungefähr, wenigstens.«

Ich nickte, ohne rot zu werden.

»Von vielen Pflanzen werden ständig neue Kreuzungen gezüchtet. Ein Mekka für alle, die auf der Suche nach etwas Besonderem sind. Und heute ist es besonders schlimm. Ein Bekannter der hiesigen Chefin der Kriminalpolizei, Sie hatten bereits das Vergnügen mit Dr. Dammheim, weiht heute eine neue Pflanzensorte ein, die nach ihm benannt wird.«

»KPD?«, rutschte mir heraus.

Floralis schaute mich verdattert an und schüttelte den Kopf. »Keine Parteienwerbung, Herr Palzki. Das machen wir grundsätzlich nicht. Es geht um die Selbstbeweihräucherung einer einzelnen Person. Hier sehen Sie, wir sind da.«

Wir hatten KPD, seine Landauer Kollegin und den Rest der gestylten Gesellschaft erreicht. Mit Sektkelchen in den Händen blickten sie mit glasigen Augen auf ein Beet mit grünen Pflanzen, die ich meinem schlimmsten Feind nicht wünschen würde. Die lang gezogenen Blätter erinnerten mich vage an die Ungeheuerpflanze, die ich zu Ostern im Speyerer Peregrinus Verlag bei den Ermittlungen im Dom kennengelernt hatte.

KPD bemerkte mich. Er machte auf mich den Eindruck, als ob er nicht das erste Glas Sekt in der Hand hielt. Hoffentlich bot er mir in seinem Delirium nicht das ›Du‹ an.

»Hohoho, Herr Palzki«, begann mein Vorgesetzter mit alkoholgeschwängerter und überlauter Stimme. »Haben Sie die Lage endlich im Griff? Keine weiteren Explosionen? Schauen Sie, was halten Sie davon?« Stolz drückte er seinen Brustkorb nach vorn und zeigte auf das Grünzeug. »Spektakulär, oder?«

»Kein Problem, Herr Diefenbach«, erwiderte ich. »Mit einem Sitzrasenmäher hat man das Unkraut in zehn Minuten beseitigt. Es ist wirklich ein toller Standort für einen zusätzlichen Kinderspielplatz. Wird auch eine Wippe aufgestellt?«

KPD und Frauke Dammheim glaubten, sich verhört zu haben. Allerdings schien der Alkohol ihre Reaktionsfähigkeit gedämpft zu haben. Der Geschäftsführer Floralis verkniff sich ein Lachen. Helfend sprang er mir zur Seite. Ob er sich inzwischen zusammengereimt hatte, dass KPD mein Vorgesetzter war?

»Herr Palzki, bei dieser wunderbaren und einmaligen Staude handelt es sich um eine neue Züchtung, die zu

Ehren von Herrn Diefenbach auf den Namen Dieffenbachia Klausis getauft wurde. Nicht jeder Voll-, äh, volksnahe Beamte kommt zu der Ehre, dass eine Pflanze nach ihm benannt wird.«

KPD strahlte wie die Schauspieler in den 70er Jahren in in der Strahler-70-Zahnpastawerbung der Firma Blendax.

»Da staunen Sie, Palzki, was?« Jetzt fing mein Chef auch noch an zu sabbern.

Ohne darauf zu antworten, griff ich mir das einzige mit gekochtem Schinken belegte Brötchen, das ich auf dem obligatorischen Buffet entdeckte. Hier lag so viel Zeug, damit konnte man sämtliche Besucher der Gartenschau beköstigen. Hungrig, wie ich war, biss ich ab und nickte. Mit dieser Geste gab sich KPD zufrieden. Hätte ich stattdessen verbal geantwortet, wäre es mit Sicherheit zum Eklat gekommen. Manchmal muss man sich halt beherrschen können. Zum Glück besaß ich stets eine Überdosis an Taktgefühl.

Erst jetzt sah ich, dass neben den Brötchenbergen eine Salattheke aufgebaut war. Grundsätzlich war ich Salat nicht abgeneigt. Insbesondere dann, wenn schmackhafte Speckstücke oder Wurstscheiben den Hauptanteil des Salates ausmachten. Hier schien es nur die vegetarischen Varianten zu geben. Wie sollte so etwas schmecken? Angewidert musste ich mich schütteln, als die Landauer Kripochefin mit einem Teller voller Rote Bete auf mich zukam.

»Das sollten Sie auch mal probieren, Herr Palzki«, sprach sie mich an. »Rote Bete fördert die Durchblutung und regt den Kreislauf an. Ideal für Männer in Ihrem Alter.«

»Ich bin genug durchblutet«, antwortete ich. Bevor ich noch mehr in diese dubiose Gesellschaft rund um KPD integriert wurde und vielleicht sogar Visitenkärtchen austauschen musste, leitete ich den Rückzug ein. Ich blickte überdeutlich auf meine Uhr. »Frau Dr. Dammheim, Sie haben es ja mitbekommen, dass ich mit meiner Familie hier bin. Unsere Zwillinge sind erst ein paar Wochen alt, daher muss ich jetzt leider nach Hause. Sie verstehen das, oder?«

Mir war es egal, ob sie es verstand. Sie ging darauf ein.

»Selbstverständlich, Herr Palzki, fahren Sie nur. Meine Mitarbeiter sind Profis. Zudem herrschen bei uns Zucht und Ordnung, Frauen sind eben die besseren Chefs. Schon immer gewesen. Kommen Sie morgen früh, aber bitte nicht zu zeitig, zu mir ins Büro. Dann übergebe ich Ihnen die Akten.«

Ich dankte ihr und verabschiedete mich. Bei KPD ersparte ich mir diese Prozedur, zumal er gerade in seinem nach ihm benannten Grünzeug kniete und es ausgiebig beroch. Na ja, jeder nach seiner Fasson.

Zu guter Letzt ging ich zu dem Geschäftsführer der Landesgartenschau, der sich angeregt mit einem jüngeren Mann unterhielt, dessen Haare taillenlang seinen Rücken bedeckten.

»Herr Palzki, darf ich Ihnen Johannes Ente vorstellen? Er ist der Pressebeauftragte, den ich vorhin gesucht habe.«

Ente schüttelte mir die Hand. »Ich hatte wegen einer wichtigen Besprechung mein Smartphone ausgeschaltet«, erklärte er. »Hubertus hat mir von Opfern erzählt. Sobald ich mich hier loseisen kann, werde ich eine Pressemeldung verschicken. Weiß man schon, wer der tote Besucher ist?«

Ich schüttelte den Kopf. »Es hat sich bisher niemand gemeldet, der ihn vermisst. Vermutlich ist er allein gekommen.«

»Hatte er keine Papiere bei sich?« Ente war ziemlich neugierig.

»Selbst wenn er welche dabei hatte, ist davon vermutlich nichts mehr übrig geblieben. Die Spurensicherung ist allerdings längst nicht fertig mit der Arbeit.«

Es gelang mir, mich nach weiteren drei oder vier Fragen zu verabschieden. Nach meiner vorläufigen Tagesplanung für morgen würde ich nach dem Besuch bei der hiesigen Kripochefin sowieso zu Floralis fahren müssen.

Ich ging zum Tatort zurück und erfuhr, dass es keine wesentlichen Neuigkeiten gab. Gefundene Metallreste verifizierten halbwegs den Anfangsverdacht, dass es sich um eine Rohrbombe gehandelt hatte.

Eine Verabschiedung hielt ich für überflüssig. Ich ging zum wiederholten Mal durch das rote Pflanzenbeet, schnappte mir die Verpflegungstasche und ignorierte trotz Hunger und Durst den Inhalt.

Meine Familie war leicht zu finden. Auf halbem Weg kam Paul angerannt und sprang an mir hoch, was wegen der schweren Tasche für mich äußerst problematisch war. Ich tarierte gerade noch rechtzeitig mein Gleichgewicht aus.

»Papa, sag schon, hast du den Mörder gefangen?«

»Welchen Mörder?«, fragte ich harmlos zurück.

»Da gab es doch 100 Tote, erzählt jeder im Café.«

Ich nahm Paul in den Arm. »Man soll nicht alles glauben, was die Leute erzählen. Zeig mir, wo Mama sitzt.«

Stefanie merkte man die Nervosität an. Am liebsten hätte sie mir 1000 Fragen auf einmal gestellt. Wegen der Kinder hielt sie sich zurück.

»Alles klar?«, fragte sie unsicher.

Ich nickte und wuchtete die schwere Tasche auf den Tisch. »Alles okay. Ich hol mir schnell an der Theke was zu essen und dann fahren wir heim.«

Ohne einen Verweis auf die Tasche ließ mich meine Frau gewähren. Anhand der leeren Pommesschalen und Limoflaschen auf dem Tisch hatte ich längst erkannt, was meine Familie in der Zwischenzeit gegessen und getrunken hatte. Meinen Kindern war es garantiert recht gewesen, dass die Provianttasche bei mir geblieben war.

»Bring uns noch ein paar Buddeln Cola mit«, rief mir Melanie nach.

»Du hast genug Limo getrunken«, schalt sie Stefanie.

Angesicht des schweren Tages belohnte ich Paul und Melanie unter dem kritischen Blick ihrer Mutter mit einer Cola. »Heute machen wir mal eine Ausnahme«, erklärte ich die Situation, schließlich hatte ich mir selbst eine Flasche mitgebracht. »Hat mit den Zwillingen alles geklappt?« Ich schaute in den Kinderwagen. Lisa und Lars schlummerten selig vor sich hin.

»Die pennen keine fünf Minuten, Papa«, klärte mich Paul auf. »Warum müssen Babys eigentlich so viel schreien? Das habe ich doch früher auch nicht gemacht.«

Halbwegs gesättigt traten wir den Heimweg an. Was für ein Tag lag hinter uns, obwohl es erst Nachmittag war! Eine weitere Herausforderung, von der ich im Moment nichts ahnte, lag noch vor mir.

KAPITEL 3
START IN DIE ARBEITSWOCHE

Ich weiß nicht, ob ich es bereits erwähnt habe: Unsere Nachbarn, die Ackermanns, sind keine normalen Leute, also so wie Sie und ich, sondern sehr speziell, um es mal vorsichtig auszudrücken. Herr Ackermann, Frührentner von Beruf, ist dabei noch der harmlosere Part. Wenn er nicht in seinem Bett schläft, ruht er sich im Wohnzimmer auf der Couch aus. Nur selten kommt er in die Vertikale. Meist dann, wenn seine Frau ihn um eine Gefälligkeit bittet. Dann steht er allerdings nicht auf, um diese Gefälligkeit zu erledigen, sondern um ihr aus dem Weg zu gehen. Aus dem Weg gehen, das sind überhaupt die Schlüsselworte, die zu seiner Frau passen. Frau Ackermann hat nur eine einzige Angewohnheit. Diese reicht, um als Außenstehender an Suizid zu denken, wenn man ihr ausgesetzt ist. Unsere Nachbarin redet. Ziemlich viel. Nun ja, könnte jetzt der eine oder die andere meinen: Mein Onkel Herbert oder Tante Christine, die reden auch viel, wenn der Tag lang ist. Bei Frau Ackermann ist es anders. Sie redet auch, wenn der Tag kurz ist. Sie redet immer, und zwar ohne einen erkennbaren Punkt zu setzen. Und das in einer Geschwindigkeit, nach der man die Zeit definieren könnte. Ich weiß, das muss ich erklären. In einem schlauen Buch habe ich gelesen, dass die Sekunde definiert ist als das 9.192.631.770-fache der Periodendauer eines Cäsium-Nuklids. Ich bin mir sicher, dass Frau Ackermanns Stimmbänder in der gleichen Frequenz vibrieren, wenn sie spricht. Der Effekt für jeden hörenden Menschen ist, dass man nur jedes dritte oder vierte Wort, das die Wortschleuder von sich wirft, halbwegs verstehen kann.

Verwundert rieb ich mir die Augen, als wir vor unserem Haus parkten. Herr Ackermann wuchtete gerade eine Bierzeltgarnitur auf die Schulter und trug sie nach hinten in den Garten. Weitere Dinge lagerten vor ihrem Grundstück. Frau Ackermann hatte uns entdeckt. Als sie mich aussteigen sah, kam sie sofort auf mich zu. Stefanie schlich zur Beifahrertür hinaus und kümmerte sich um die Kinder.

»Hallo, Herr Palzki«, begann sie mit dem verbalen Angriff und winkte parallel dazu über das Autodach hinüber zu meiner Frau, was diese geflissentlich übersah.

»Das wird ein richtiges Familienfest, Herr Palzki, wie Sie wissen sollten, sind meine beiden Schwestern vor vielen Jahren nach Irland ausgewandert, und jetzt kommen sie auf Besuch nach Deutschland. Mein Mann kann es gar nicht richtig abwarten, bis sie endlich da sind. Wir wollen eine richtig große Party machen mit Musik und so. Sie sind natürlich auch eingeladen, das habe ich Ihrer Frau bereits gesagt. Meine Schwestern sind so was von musikalisch, das können Sie sich überhaupt nicht vorstellen. Spielen Sie ein Instrument, Herr Palzki? Das können Sie dann ruhig mitbringen, wenn wir irische Volksweisen spielen. Wir haben noch ganz schön viel zu tun, dabei ist mein Mann körperliche Arbeit seit Jahren nicht mehr gewohnt. Aber so sind sie halt mal, die Frührentner. So läuft er mir wenigstens im Haushalt nicht im Weg herum. Obwohl, manchmal könnte ich ihn zwar gut gebrauchen, gerade wenn mal wieder was kaputt geht. Aber mein Mann kann nicht einmal eine leere Klopapierrolle auswechseln, ohne dass er sich dabei wehtut. Sogar einen Koch haben wir engagieren müssen, der an dem Abend für uns grillt. Mein Mann würde nur das ganze Haus abfackeln. Es gibt jede Menge gesunden Salat, Herr Palzki. Ihre Frau hat mich da sehr gut beraten.«

Ich wollte leben. Meine einzige Chance bestand darin, diese menschliche Tragödie stehen zu lassen und ins Haus zu schleichen. Um nicht komplett unhöflich zu wirken, hob ich zum Abschied grüßend die Hand. Ich war mir sicher, sie nahm diese nicht wahr. Selbst als ich dabei war, die Eingangstür von innen zu schließen, hörte ich sie noch schnattern.

Böse Gedanken blitzten mir durch den Kopf. Eigentlich könnte man meine Nachbarin für den Weltfrieden einsetzen. Die gefürchteten ABC-Waffen könnte man einmotten und stattdessen unter der gleichen Abkürzung ABC das viel wirksamere ›Ackermanns Blasting Communication‹ zur weltweiten Abschreckung installieren.

Ich war ein Glückspilz. Zum zweiten Mal war ich heute einem Unglück knapp entgangen. Jetzt konnte es nur besser werden.

Stefanie war keine Ruhe vergönnt, Lars und Lisa hatten beschlossen, ihren Tiefschlaf zu beenden und ein wenig die Nerven ihrer Eltern zu strapazieren.

»Was gibt's zum Essen?«, fragte Melanie.

»Das wird noch eine Weile dauern«, antwortete ihre Mutter. »Nimm dir von den Vollkornbroten, die wir dabei hatten.«

»Ich hab keinen Hunger«, stellte unsere Tochter fest und verschwand in ihrem Zimmer.

Der Rest des Tages verlief, wie es sich für einen Sonntag gehörte. Während sich meine Frau um die Zwillinge kümmerte, ruhte ich mich mit der Sonntagszeitung aus. Abends musste ich ihr ausführlich Bericht erstatten, doch was sollte ich ihr groß erzählen? Ich wusste selbst so gut wie nichts. Klar war nur, dass ich die nächsten Tage viel Zeit in Landau verbringen würde.

*

Als ich mit der obligatorischen Montagfrüh-Verspätung in der Dienststelle ankam und Juttas Büro aufsuchte, das sich seit einiger Zeit als Treffpunkt etablierte, hatte sich die Explosion auf dem Gelände der Landesgartenschau längst herumgesprochen. Sämtliche regionale und nicht wenige überregionale Medien hatten darüber ausführlich berichtet. Meine Kollegen Gerhard und Jutta erzählten mir, dass wie üblich sogenannte selbst ernannte Experten über die Hintergründe spekulierten und die ganze Bandbreite von Agententätigkeit bis hin zu politischen Motiven abgedeckt war.

»Du musst nur noch den Täter fangen.« Gerhard grinste mich an. »Was musstest du dich auch gestern auf dem Gelände herumtreiben.«

»Na hör mal«, antwortete ich erbost. »Das täte dir auch ganz gut. Dort kann man viel lernen über Floristik und so.«

»Oh, unser Reiner kann Fremdwörter«, stichelte Gerhard.

Jutta lachte. »Aber nicht wirklich gut. Du meinst bestimmt die Flora, Reiner.«

Ich winkte ab. »Das ist doch dasselbe.«

»Nicht einmal das Gleiche«, wehrte sich Jutta.

»Nerv nicht, ich hab's auch so schon an den Nerven. Wegen dieser blöden Sache muss ich nach Landau fahren.«

»Zusammen mit mir«, ergänzte Jutta und holte zu einer Erklärung aus. »KPD war vor ein paar Minuten bei uns und hat dich gesucht. Keine Angst, wir haben gesagt, du wärst kurz zur Toilette. Dann sagte er, dass ich dich begleiten soll, damit nichts passiert.«

»Was? Auf die Toilette?«, unterbrach ich sie schockiert.

Jutta lachte. »Nein, nach Landau soll ich mit dir fahren, damit wir Schifferstadter den Fall schnell lösen. Er will sich vor seiner Landauer Kollegin nicht blamieren.«

»Der hat doch einen Schuss«, unterbrach ich Jutta und tippte auf meine Stirn.

»Diese Feststellung hat absolut keinen Neuigkeitswert«, sagte Gerhard, der eine Tasse Sekundentod nach der anderen trank. Für normale Menschen war ein einziger Schluck des rabenschwarzen Kaffees bereits tödlich.

»Wenigstens nervt er uns zwei in Landau nicht, da er sich mit der Medienmeute herumärgern muss, wie er sagte. Dabei kann er es gar nicht abwarten, seine Einschätzung zu dem Fall vor den Medienvertretern publik zu machen. Diefenbachs Märchenstunde ist für zwölf Uhr in unserem Sozialraum angesetzt. Gerhard darf ihr beiwohnen.«

»Da kann ich locker drauf verzichten.«

»Sei mal nicht so undankbar, mein lieber Kollege«, stichelte Jutta. »KPD braucht dich heute.«

Ich horchte auf. »Was meinst du damit?«

Jutta lachte, und Gerhard zog eine Grimasse. »KPD kam vorhin mit einem Zollstock ins Büro und hat die Fensterbank vermessen. Es wird Zeit, dass die tristen Räume optisch aufgewertet werden, meinte er.«

Ich verstand. »Ihr bekommt alle das schreckliche Unkraut ins Büro gestellt, das nach KPD benannt wurde?«

»Du auch«, ergänzte Jutta und grinste schadenfroh.

»Da sind Sie ja endlich, Herr Palzki! Wo treiben Sie sich immer nur herum, statt zu arbeiten?«

KPD trat in Juttas Büro ein. »Ich habe Sie auf der Toilette gesucht, um Ihnen noch ein paar wichtige Instruktionen zu erteilen.«

Jutta schaute mich mit durchdringendem Blick an.

»Ich war auf dem Klo im Keller, da ich anschließend ins Archiv musste«, sagte ich und bemerkte das Aufatmen meiner Kollegin.

KPD ließ die Antwort gelten, obwohl wir in der Dienststelle überhaupt kein Archiv besaßen, was er wahrscheinlich gar nicht wusste.

KPD druckste etwas herum. »Herr Palzki«, sagte er schließlich. »Ich lasse Sie nur ungern ohne meine persönliche Begleitung nach Landau fahren. Sie müssen wissen, dass Frau Dr. Dammheim eine etwas schwierige Person ist. Sie ist gegenüber ihren Untergebenen sehr autoritär und äußerst streng. Über jede Kleinigkeit will sie informiert werden und hält ihre Mitarbeiter an der kurzen Leine. Also ganz anders als hier bei uns in Schifferstadt. Na ja, nicht jeder Dienststellenleiter kann so ein guter Chef sein wie ich. Hinzu kommt, dass Frau Dr. Dammheim sehr egozentrisch ist und meint, sie wäre die wichtigste Person in der ganzen Pfalz. Ich komme nur sehr schwer mit ihr aus.«

Ich musste schmunzeln. Es war wie so oft. Viele Menschen schrieben ihre eigenen negativen Charaktereigenschaften anderen Personen ihres Umfelds zu, ohne zu bemerken, dass diese Eigenschaften sie selbst am besten beschrieben.

»Warum grinsen Sie so?«, blökte KPD. »Finden Sie das lustig?«

»Ja, äh, das heißt nein, Herr Diefenbach. Selbstverständlich ist mir das bereits gestern bei der Präsentation Ihres schönen Unkr-, äh, Ihrer Pflanze aufgefallen. Sie schien mir etwas neidisch auf Sie und Ihr Werk zu sein.«

KPD nickte in der Geschwindigkeit eines Spechtes beim Nestbau. »Dass Ihnen das aufgefallen ist, Herr Palzki. Das hätte ich Ihnen niemals zugetraut.« Er machte eine kurze Pause. »Ich kenne solche Menschen zur Genüge. Durch Neid werden sie schnell hinterhältig. Ich gehe davon aus, dass Frau Dr. Dammheim noch während der Landauer Landesgartenschau ihre eigene Schöpfung vorstellen will.«

»Meinen Sie eine Pflanze?«, unterbrach Gerhard.

»Natürlich, Herr Steinbeißer. Stellen Sie sich das einmal vor! Meine Dieffenbachia Klausis bekommt Konkurrenz! Ich muss sofort nachrüsten. Heute Mittag, wenn die Pressekonferenz vorbei ist, habe ich ein halbes Dutzend botanische Fachkräfte eingeladen, um über einen Notfallplan zu diskutieren. Wenn wir zukünftig die Einsatzfahrzeuge der Schutzpolizei vorn auf der Straße parken, können wir im Innenhof ein paar Gewächshäuser hinstellen. Dann ist auch die Geheimhaltung gewährleistet.«

Meine Güte, KPD schien wieder in einer neuen Verrücktheit aufzublühen. Nun denn, so hatten wir wenigstens die nächste Zeit Ruhe vor ihm.

Unser Chef kam zum Thema zurück. »Und deshalb habe ich angeordnet, dass Sie Frau Wagner mitnehmen. Von Frau zu Frau ist es nicht ganz so schlimm. Frauen kommen schließlich immer ganz gut miteinander aus.«

Er drehte sich zu Jutta. »Frau Wagner, wenn Sie schon mal in der Landauer Dienststelle sind, könnten Sie mir einen kleinen Gefallen tun.«

Jutta hob interessiert eine Augenbraue.

»Sie haben doch ein Smartphone mit einem integrierten Fotoapparat. Würden Sie bitte, natürlich unauffällig, die Pflanzen in Frau Dr. Dammheims Büro fotografieren? Und auch an anderen Stellen, wenn Ihnen die Pflanzen unbekannt sind oder ungewöhnlich vorkommen.«

Oha, KPD stachelte Jutta zur Betriebsspionage an.

Ich konnte nicht anders, als einen eigenen Beitrag zur Sache zu generieren: »Soll ich Ihnen Ableger mitbringen?«

KPD glotzte mich an. »Wissen Sie denn, wie das geht?«

»Ich kann Ihre Landauer Kollegin fragen.«

KPD empörte sich. »Nur das nicht! Frau Dr. Dammheim darf nicht argwöhnisch werden. Frau Wagner, passen Sie bitte gut auf Palzki auf.«

Er nickte uns kurz zu und verschwand.

Jutta packte ihre Tasche. »Können wir, Reiner? Soll ich fahren?«

Panik stieg in mir auf. Gestern war ich zweimal dem Tod von der Schippe gesprungen, heute wollte ich mein Glück nicht überstrapazieren. Ich musste alles tun, um zu vermeiden, dass Jutta mit ihrem Wagen fuhr. Dies hatte weniger mit ihrer Fahrweise zu tun, denn diese war sehr konservativ bis deutlich zu langsam, sondern mit einer Eigenschaft, mit der die meisten Frauen zeitlebens zu kämpfen hatten: Sie fror leicht. Und das unabhängig von der herrschenden Temperatur. Wahrscheinlich trug sie selbst in der Sauna einen Wintermantel. Im Freien war mir das egal, hier konnte meine Kollegin den Temperaturen mit ihrer Kleidung kontern. In einem Auto war das anders, hier mussten die Mitfahrer mitleiden. Wer schon einmal im Hochsommer bei auf höchster Stufe eingeschalteter Heizung Auto gefahren ist, weiß, was ich meine. Bei Jutta kam hinzu, dass sämtliche Fenster bis zum letzten Millimeter geschlossen bleiben mussten.

»Lass mal, Jutta, wir fahren mit meinem Wagen. Ich

habe da vorhin so ein komisches Geräusch gehört, dem will ich nachgehen. Nicht, dass da was kaputt geht.«

»Hoffentlich nicht gerade die Heizung«, antwortete sie besorgt.

Gerhard saß nur da und lachte.

»Wo ist eigentlich Jürgen?« Seine Abwesenheit war mir eben erst aufgefallen. Jürgen war das jüngste Mitglied unseres Teams und noch etwas unbeholfen. Er wohnte zu Hause bei seiner Mama und wurde von ihr verwöhnt wie ein kleines Kind.

»Den hat sich vorhin KPD geschnappt«, sagte Gerhard zum Abschied. »Vermutlich muss Jürgen jetzt auf Gärtner umschulen.«

Minuten später fuhr ich mit Jutta Richtung Landau.

»Kannst du bitte dein Fenster schließen?«, fragte sie.

Ich schüttelte den Kopf und vermied ein Feixen. »Das klemmt bereits seit letzter Woche. Wenn es kälter wird, muss der Wagen mal in die Werkstatt.«

Die Fahrt nach Landau war ambivalent. Auf der linken Körperhälfte fror ich, die rechte dagegen war knapp davor, in Flammen aufzugehen.

Ohne technische oder mediale Hilfsmittel fuhr ich direkt zur Xylanderstraße. Meine Kollegin staunte Bauklötze. »Warst du schon mal hier?«

»Meinst du drinnen im K1?«

Sie nickte.

Ich schüttelte den Kopf, was der Wahrheit entsprach. Dass ich gestern zufällig hier parkte, verschwieg ich ihr. Das K1 lag in der Nähe des Eingangs der Landesgartenschau.

»Guten Tag, wir möchten zu Frau Dammheim.«

Der Beamte hinter dem Sicherheitsglas musterte uns

schräg. »Die gibt's hier nicht. Meinen Sie vielleicht Frau *Dr. Dammheim*?«

Mein Gott, dachte ich, musste diese Frau ihre Mitarbeiter im Griff haben.

»Genau die. Können wir rein?«

»Haben Sie einen Termin? Dann bräuchte ich Ihre Ausweise.«

Jutta drückte mir in den Oberarm, um mein Aggressionspotenzial zu erden. Das war gerade noch zur rechten Zeit.

Wir schoben unsere Ausweise durch die Sicherheitsschleuse. Um den Prozess etwas abzukürzen, legte ich meinen Dienstausweis dazu, was den Beamten wenig bis überhaupt nicht beeindruckte.

Der Polizist begutachtete unsere Papiere, verglich die Lichtbilder mit uns und meinte schließlich: »Herr Palzki, Ihr Ausweis ist seit zwei Jahren abgelaufen. So darf ich Sie leider nicht hereinlassen.«

Jetzt wurde es auch Jutta zu bunt. »Schnappen Sie endlich Ihr Telefon und rufen Sie bei Ihrer Chefin an, sonst lege ich Sie übers Knie.«

Der junge Beamte schien durch so viel Frauenpower überfordert zu sein. Eingeschüchtert griff er zum Telefon und wählte eine Kurzwahlnummer.

»Selbstverständlich, Frau Dr. Dammheim, ich bringe die beiden persönlich in Ihr Büro.«

Wir sahen, wie der Beamte einen Kollegen herbeiwinkte, der seinen Job übernahm und danach durch eine Seitentür zu uns kam.

»Würden Sie mir bitte folgen?«

Oweh, dachte ich, als ich den langen Flur und das Treppenhaus entdeckte. Hier sah es aus wie im Pflanzenschauhaus des Mannheimer Luisenparks. Wenn ich von allen Pflanzen Ableger machen wollte, müsste ich wahrscheinlich einen LKW anmieten.

Unser Führungsbeamter schob einen überlangen Palmenwedel zur Seite und wies uns den Weg ins erste Obergeschoss. »Ein Hobby von Frau Dr. Dammheim«, sagte er erklärend zu dem Pflanzenzeug.

Kurz darauf standen wir vor einer grün lackierten Tür. Der Polizist klopfte einmal an. Mit einer kurzen Verzögerung schnarrte das ›Herein‹ durch die Türfüllung.

Der Beamte griff die Türklinge, wartete zwei Sekunden und öffnete die Tür.

»Frau Dr. Dammheim, Ihr Besuch ist da.«

Wir blickten fassungslos in eine Tarzan-Kulisse. Nur weil die Landauer Kripochefin ein papageiengelbes Kostüm trug und sich bewegte, konnten wir sie auf Anhieb in dem Miniatur-Dschungel orten.

»Kommen Sie herein in den Hort der fast unberührten Natur«, rief sie und kam uns entgegen. Ihr Mitarbeiter verdrückte sich und schloss die Tür von außen.

Mannomann, die war fast so auffällig wie KPD. Ob alle Chefs einen an der Klatsche hatten?

»Haben Sie den Weg gut gefunden? Klaus hat mich angerufen und Sie angekündigt, Frau Wagner. Wollen Sie beide einen Rosmarin-Tee mit Gänseblümchenextrakt?«

Ohne abzuwarten, ging sie zu einer grob aus Holz gezimmerten Sitzgruppe, bei der man aufpassen musste, dass man nicht an einem Astloch hängen blieb.

»Das Zeug müsste mal wieder etwas zurechtgestutzt werden«, meinte ich mit Blick auf den Urwald und ergänzte: »Zecken gibt's hier aber keine, oder?«

Die Kripochefin lachte. »Sie haben ja Humor, Herr

Palzki. Klaus sagte mir gestern, dass Sie kommunikativ keine allzu große Leuchte wären. Seltsamerweise sagte er später, nachdem er die Ermittlungen an sich gerissen hatte, dass Sie sein fähigster Mann wären. Wie auch immer, ich bin froh, dass wir den Fall nicht weiter bearbeiten müssen. Zurzeit habe ich andere massive Probleme.«

Sie stellte drei Tassen auf den Tisch und schenkte ein. »Ganz im Vertrauen: Um Ihren Chef beneide ich Sie nicht. Der muss im Dienst sehr autoritär sein und Sie an der kurzen Leine führen. Bei uns in Landau geht das natürlich viel lockerer vonstatten. Meine Mitarbeiter und ich sind ein eingespieltes Team, da läuft einfach alles rund.«

Sie schlürfte an ihrer Tasse. »Klaus ist auch ziemlich eingebildet, das behalten Sie aber für sich. Er meint, nur weil es jetzt eine gewöhnliche Pflanze gibt, die nach ihm benannt wurde, ist er ein besserer Mensch. Da wird er noch sein blaues Wunder erleben.« Sie grinste in sich hinein.

»Was haben Sie denn vor?«, fragte ich neugierig.

»Auf der Landesgartenschau habe ich eine private Halle angemie-, äh, was erzähle ich Ihnen da. Damit brauchen Sie sich nicht zu belasten. Die Natur ist mein Hobby.«

Jutta hatte sich bereits eifrig umgeschaut. »Das sieht wirklich toll aus, Frau Dr. Dammheim. So ein natürliches Büro habe ich noch nie gesehen, das würde mir auch gefallen. Darf ich ein paar Fotos machen? Natürlich nur für mich privat.«

Da sieh mal an, dachte ich. Jutta wollte tatsächlich KPDs pikanten Auftrag erfüllen.

Die Landauer Kripochefin wackelte mit dem Kopf. »Leider geht das nicht, Frau Wagner. Ich habe in meinem Büro ein paar seltene Leihgaben stehen. Da darf nichts an die Öffentlichkeit gelangen. Sie verstehen das doch sicher, oder?«

Auch wenn Jutta genauso wenig verstand wie ich, nickte sie.

Bevor das Naturthema weiter vertieft wurde, kam ich zum Punkt.

»Sie wissen, warum wir hier sind, Frau Dr. Dammheim? Weiß man inzwischen, wer das Opfer ist?«

Dr. Dammheim gruschelte in dem Gestrüpp hinter ihr. Wenn man genau hinsah, konnte man Teile eines Regals erkennen. Sie zog einen dünnen Aktenordner hervor.

»Viel ist es noch nicht, den Rest schicken wir Ihnen per Bote nach Schifferstadt. Der Tote heißt Volker Luckey und wohnte in Brühl. Seine Frau ist inzwischen informiert, das haben wir für Sie übernommen. Herr Käfer, der verletzte Gärtnermeister liegt im Krankenhaus. Ihm geht es den Umständen entsprechend gut, ein Finger musste amputiert werden. Die Vernehmung überlassen wir Ihnen. Dazu hatten wir keine Zeit mehr.«

»Motiv? Täter?«

Dr. Dammheim schaute mich an und überlegte. »Jetzt weiß ich, was Klaus mit fehlender Kommunikationsstärke meinte. Wir in Landau sind gewohnt, in ganzen Sätzen zu sprechen. Aber ich habe erraten, was Sie meinen.«

Blöde Kuh, dachte ich und streckte ihr einen virtuellen Finger hin, auch wenn ich dies in der Realität nie machen würde.

»Leider haben wir keinen Anhaltspunkt zur Täterschaft. Die Bombe lag eindeutig im Schubkarren, ein Suizid des Besuchers, der auf der Bank saß, sollte daher ausgeschlossen sein. Ob der Gärtner tatsächlich der Täter ist, das müssen Sie herausfinden. Sie kennen bestimmt das Lied ›Der

Mörder ist immer der Gärtner‹ von Reinhard Mey. Also nehmen Sie zur Sicherheit den Gärtner vorläufig fest.«

Jetzt hatte ich Gelegenheit für eine Retourkutsche. »Im Gegensatz zu Ihnen, meine verehrte Frau Dr. Dammheim, kenne ich das Lied von Reinhard Mey wirklich und nicht nur vom Hörensagen. Am Ende des Liedes wird der Gärtner ermordet und der Täter ist der Butler. Haben Sie auch die Daten des Butlers aufgenommen, oder haben Ihre Mitarbeiter das vielleicht vergessen?«

Die Kripochefin blickte äußerst pikiert bis bösartig. Innerlich schoss sie im Moment Feuer und Galle auf mich, da war ich mir sicher. Doch sie brachte sich wieder unter Kontrolle.

»Na, dann ist alles besprochen, Herr Palzki. Ich wünsche Ihnen viel Glück mit dem Fall. Wenn Sie mich jetzt bitte entschuldigen würden, ich habe zu tun.«

Jutta trank ihre Tasse Tee aus, meine hatte ich nicht einmal berührt.

»Wir finden allein hinaus, vielen Dank.« Ich schnappte mir die Akte und sagte laut zu Jutta: »Die Tür befindet sich neben der dritten Palme von links.«

Kaum standen wir zu zweit im Flur, fauchte mich Jutta an. »Bist du verrückt, es dir mit ihr zu verscherzen? Was ist, wenn du Informationen von ihr brauchst? Außerdem wollte ich noch ein paar heimliche Fotos von ihrem Büro machen.«

»Für KPD machst du wohl alles? Wir müssen sowieso auf diese Landesgartendingsbums. Da kannst du ganz viel von dem grünen Zeug fotografieren. Die haben sogar rotes Zeug. Außerdem brauchen wir die Dammheim nicht mehr. Wir ermitteln autark, wie immer. Ist das jemals schiefgegangen?«

Meine Kollegin gab sich geschlagen. Der Beamte am Eingang ließ uns ohne erneute Ausweiskontrolle ungehindert das Gebäude verlassen. Jutta ging auf den Wagen zu und wartete auf der Beifahrerseite.

»Was willst du?«, fragte ich sie.

»Du kannst manchmal richtig blöd fragen, Reiner.« Jutta zeigte mir den Vogel. »Einsteigen will ich. Wir müssen zur Gartenschau fahren.«

Ich grinste, schließlich hatte ich einen Wissensvorsprung. »Wo bleibt denn deine sportliche Ader, Kollegin? Wegen den paar Metern willst du das Auto nehmen? Sei mal nicht so faul und lass uns laufen. Nimm dir ein Beispiel an mir.«

Selten hatte ich sie so verdutzt gesehen. Sprachlos stand sie eine Weile einfach nur da. Dann hatte sie kapiert. »Du Gauner, du warst gestern bereits hier. Dann will ich mal sehen, ob du den Weg noch kennst.«

Zielsicher hatten wir wenige Minuten später unser Ziel erreicht.

KAPITEL 4
EINE SELTSAME ZEUGIN

An einem Infostand neben den Kassenhäuschen meldeten wir unser Begehr an. Nach einem kurzen Telefonat wurden wir von einem Mitarbeiter abgeholt und zu einem länglichen und unscheinbaren Bau gebracht, in dem sich Büros befanden. Im Treppenhaus kam uns der Geschäftsführer Hubertus Floralis entgegen. Ich stellte ihm Jutta vor.

»Es freut mich, Sie kennenzulernen, Frau Wagner. Kommen Sie doch bitte in mein Büro. Leider bin ich zeitlich sehr knapp, da ständig neue Journalisten auftauchen. Gerade gibt der Pressebeauftragte, Johannes Ente, einem Radiosender ein Interview.«

Sein Büro konnte als das Gegenteil von Dr. Dammheims Büro bezeichnet werden. Die kahle und absolut pflanzenlose Einrichtung erinnerte mich sofort an mein eigenes.

»Ich hab's gerne spartanisch«, meinte Floralis. »Draußen gibt es genügend Pflanzen, da brauche ich das nicht auch noch in meinem Büro.«

Der Geschäftsführer war auf unser Treffen vorbereitet. Auf dem Tisch lag die Personalakte des Gärtnermeisters.

»Ich habe Ihnen eine Kopie anfertigen lassen, Sie können die Akte gleich mitnehmen. Unsere Datenschutzbeauftragte hat ihr Einverständnis gegeben.«

Datenschutzbeauftragte? Solch modernes Zeug hatte es früher nicht gegeben. Mittlerweile hatte ich den Eindruck, dass selbst Kleinunternehmen mit kaum einem Dutzend Mitarbeitern mindestens 20 verschiedene Beauftragte für alles Mögliche benötigten. Mit Schaudern dachte ich daran, wie KPD einen Diätbeauftragten bei uns in der Dienststelle installieren wollte, weil seine Untergebenen angeblich immer dicker und unsportlicher wurden.

Ich blätterte die wenigen Kopien durch. Karl Käfer war 42 Jahre alt und arbeitete seit einem Jahr für die Gartenschau. Seine Meisterprüfung legte er vor knapp 20 Jahren ab, arbeitete danach aber berufsfremd als Hygienebeauftragter bei der Nafa GmbH, einem großen Salathersteller in der Kurpfalz. Sein Lebenslauf zeigte keine Lücken oder Auffälligkeiten.

»Ich habe mich umgehört«, unterbrach mich Floralis in meinen Gedankengängen. »Käfer ist ein beliebter Kollege und ließ sich gern für die Wochenenden eintragen, da er ledig ist und nach Aussagen der Kollegen allein wohnt. Vorhin hat er mich übrigens aus dem Krankenhaus angerufen. Es geht ihm soweit gut und er hofft, morgen entlassen zu werden.«

»Dann wird er vermutlich noch eine Weile krankgeschrieben sein«, spekulierte Jutta.

Der Geschäftsführer widersprach. »Er sagte zu mir, dass er außer dem verlorenen Finger keine nennenswerten Verletzungen hätte und er möglichst schnell wieder an seinen Arbeitsplatz zurück möchte. Das wäre für ihn die beste Erholung.« Er verzog seinen Mundwinkel. »Dies wird unser Gesundheitsbeauftragter wahrscheinlich nicht zulassen, zumal Käfer Gärtner ist und mit seinen Händen arbeiten muss. Letztendlich wird das auch unser Arbeitsplatzbeauftragter mit entscheiden.«

Eine Dame kam herein und stellte uns Kaffee und Kekse hin. Mein Magen knurrte aus Begeisterung.

»Wo befand sich der Arbeitsplatz von Herrn Käfer?«, fragte Jutta.

»Im Betriebshof. Der wurde gestern Abend durchsucht, auch mit Sprengstoffhunden, ich war selbst dabei. Gefunden wurde nichts, auch nicht im Spind von Herrn Käfer.«

Es klopfte an der Tür. Zwei Personen traten ein.

»Herr Floralis, Frau Heather Kopf-Hunter will zu Ihnen. Sie wurde von der Kriminalpolizei Landau an Sie verwiesen und sagte mir, dass es sehr dringend sei.«

»Hat es etwas mit dem gestrigen Unfall zu tun?«, fragte der Geschäftsführer die Frau. Als Frau Kopf-Hunter nickte, bot er ihr Platz an. Floralis' Mitarbeiter verließ das Büro.

Die kräftige und hochgewachsene Frau mit dem langen französischen Zopf schaute irritiert in die Runde. Mit drei Personen hatte sie nicht gerechnet.

»Das sind Polizeibeamte«, stellte er uns vor. »Und ich bin Hubertus Floralis, der Geschäftsführer der Landesgartenschau. Womit können wir Ihnen helfen?«

»Helfen?«, fragte sie schüchtern. »Wieso mir helfen? Frau Dr. Dammheim meinte, ich soll direkt hierher fahren, da ich ein wichtiger Zeuge wäre.«

»Haben Sie gesehen, wer für die Explosion verantwortlich ist?«, fiel ich ihr ins Wort.

Heather Kopf-Hunter schaute betrübt zu Boden. »Ich war überhaupt nicht in der Nähe, als das passierte.«

»Auf der Landesgartenschau waren Sie aber?«

»Natürlich, ich wollte mich schließlich mit Volker treffen.«

»Was? Sie kennen das Opfer? Woher wissen Sie den Namen? Warum haben Sie sich gestern nicht gleich gemeldet?«

Sie zupfte nervös an ihrer Hose. »Seine Frau hat es mir vor einer Stunde am Telefon gesagt. Ich habe angerufen, weil ich Volker, also Herrn Luckey gestern nicht angetroffen habe. Dass er bei der Explosion getötet wurde, weiß ich erst seit dem Telefonat. Ich wollte Volker in einem Café treffen.«

»Haben Sie ihn nicht angerufen? Sie haben doch bestimmt Handys.«

»Habe ich, ja«, erklärte Frau Kopf-Hunter und schaute mit trauerndem Blick zu Boden. »Aber erst nach der Explosion. Die war eine Viertelstunde vor unserem Treffen. Als er nicht ans Telefon ging, dachte ich, er ist in dem allgemeinen Getümmel unterwegs oder es wurden keine neuen Besucher mehr auf das Gelände gelassen, was weiß ich.«

»Und was haben Sie dann gemacht?«

»Ich habe ungefähr eine halbe Stunde gewartet und bin dann gegangen. Als ich Volker weder gestern Abend noch heute früh auf seinem Handy erreichte, rief ich unter seiner Privatnummer an. Seine Frau klärte mich dann über den Todesfall auf.«

Sie unterdrückte ein Schluchzen.

Man konnte leicht den Eindruck gewinnen, als hätte ihr der Tote sehr nahe gestanden.

»Kannten Sie Herrn Luckey näher?«, hakte ich nach, obwohl ich vermutete, nicht die ganze Wahrheit zu erfahren.

»Was heißt hier näher«, sagte sie nach reiflicher Überlegung. »Ich kannte ihn seit einigen Jahren. Rein beruflich«, ergänzte sie schnell.

Manchmal musste man etwas provokant fragen, um die Wahrheit erfahren zu können. Ich schaute ihr direkt in die Augen. »Wusste seine Frau von Ihrem Verhältnis?«

Heather Kopf-Hunter war geschockt. »Spinnen Sie? Ich hatte doch kein Verhältnis mit Volker! Hören Sie bloß auf, solche Gerüchte in die Welt zu setzen. Unser Treffen war rein beruflich veranlasst.«

»Sonntags auf der Landesgartenschau?«, fragte Jutta.

Kopf-Hunter hatte sich inzwischen fest im Griff. »In meinem Job muss man mit ungewöhnlichen Arbeitszeiten rechnen. Ich arbeite selbstständig als Arbeitsvermittlerin. So, jetzt wissen Sie, warum ich mich gestern mit Volker treffen wollte: Er hatte vor, sich beruflich zu verändern, und ich wollte ihm einen Vorschlag unterbreiten.«

So richtig nahm ich ihr das nicht ab. Klar, sie war betroffen über den Tod ihres Mandanten. Dennoch reagierte sie viel zu emotional. Ich nahm mir vor, ihr in den nächsten Tagen auf den Zahn zu fühlen. Jedenfalls dann, wenn weder Gärtner noch Butler als Täter infrage kämen.

»Um welches Jobangebot ging es denn?« Dies wollte ich unbedingt wissen.

»Das darf ich Ihnen leider nicht verraten, da ich meinen Auftraggeber schützen muss.«

»Darauf können wir bei Ermittlungen zu Kapitalverbrechen leider keine Rücksicht nehmen. Aber lassen wir das im Moment. Bitte geben Sie uns Ihre Adresse, Sie erhalten dann eine förmliche Einladung zur Zeugenaussage.«

Fast schon mit einer beleidigenden Geste warf sie ihre Visitenkarte auf den Tisch. »Nächste Woche fliege ich nach Teneriffa. Nur damit Sie Bescheid wissen.« Sie stand auf.

»Eine Frage hätte ich noch, Frau Kopf-Hunter. Wusste Herrn Luckeys Frau, dass ihr Mann sich beruflich verändern wollte?«

Sie schüttelte den Kopf. »Nein, ich wollte ihm gestern erst ein neues Angebot vorlegen.«

Das Wörtchen ›neues‹ hatten ich und auch Jutta deutlich wahrgenommen. Manchmal kam es auf jedes Wort an.

»Wie oft haben Sie Herrn Luckey bereits Angebote gemacht?«

Widerwillig antwortete sie. »Ich weiß zwar nicht, was das mit Ihren Ermittlungen zu tun hat, aber ich will diese Frage dennoch beantworten. Etwa fünfmal in den letzten drei Jahren. Er hat alle Angebote geprüft, doch das richtige war nie für ihn dabei. Reicht Ihnen das als Information?«

Jutta steckte die Visitenkarte ein, und Floralis begleitete den Besuch hinaus.

»Schwierige Frau«, meinte er, als er wieder zurück war. »Ich kann allerdings nicht erkennen, was sie mit der Explosion zu tun haben soll, aber ich bin schließlich nur ein kriminalistischer Laie.«

Ihm fiel noch etwas ein. »Genauso wenig kann ich mir vorstellen, dass Karl Käfer für die Explosion verantwortlich sein soll. Das ist alles irgendwie äußerst mysteriös.«

Im Prinzip musste ich ihm recht geben. Doch das wollte ich ihm so nicht sagen. »Wenn Sie wüssten, welche mysteriösen Fälle wir schon erlebt und gelöst haben. Verbrecher gibt es überall. Sogar außerhalb der Kurpfalz.«

Jutta nutzte die Gelegenheit und stand auf. »Dann machen wir uns an die Arbeit, Herr Floralis. Ich denke, dass wir spätestens morgen wieder bei Ihnen aufkreuzen. Wir müssen uns jetzt um Herrn Käfer kümmern.«

»Sie dürfen jederzeit wiederkommen, Frau Wagner und Herr Palzki. Sie können sich denken, dass ich an einer schnellen Aufklärung des Falles interessiert bin. Noch können wir nicht abschätzen, ob die Tat Auswirkungen auf die Besucherzahlen haben wird.«

»Dann drücke ich Ihnen mal die Daumen«, sagte ich und gab ihm die Hand.

»Ich gehe mit Ihnen runter«, sagte der Geschäftsführer. »In wenigen Minuten fängt meine Pause an. Was das angeht, ist unser neuer Pausenbeauftragter sehr rigoros. Selbst wir vom Management müssen uns strikt an die Vorgaben und die Arbeitsgesetze halten.«

Nach einer kurzen Verabschiedung ging ich mit Jutta Richtung Ausgang. Dort wartete die nächste Überraschung auf uns.

Das mir leidig bekannte Wohnmobil des Not-Notarztes Dr. Metzger stand auf einem kleinen Platz innerhalb des Geländes der Gartenschau.

Dr. Matthias Metzger, seit geraumer Zeit freiberuflicher ärztlicher Berater, fuhr mit seinem zur Klinik umgebauten Reisemobil durch die Gegend und versorgte seine Kunden, wie er die Patienten nannte, medizinisch. Vor einem knappen Jahr stand er noch die meiste Zeit auf einem Campingplatz zwischen Waldsee und Altrip, inzwischen traf man ihn an den unmöglichsten Stellen der Kurpfalz an. Seine Geschäftsideen wechselte er schneller als andere ihre Socken.

Die blutrote Schrift auf der Seitenfläche seines Reisemobils sprach Bände: ›Dr. Matthias Metzger – ihr Discountarzt für alle Fälle‹. Und darunter stand fast genauso groß: ›Kein Puls, kein Herzton, ich komme schon‹.

Mehr Zeit blieb uns nicht, ein Ausweichen war unmöglich. Dr. Metzger hatte uns entdeckt.

»Herr Palzki! Was machen Sie hier? Das ist kaum zu glauben. Erst treffe ich Sie vor der Mannheimer Universität und jetzt auf der Landesgartenschau. Das sind doch keine Orte für Sie!« Seine Stimme klang vorwurfsvoll. Er wandte sich an Jutta. »Passen Sie auf Ihren Kollegen gut auf, Frau Wagner. Herr Palzki hat es nicht so mit der Natur, wie wir alle wissen. Was machen Sie hier eigentlich unter der Woche zu solch früher Stunde? Es wird doch nichts mit dem kleinen Feuerwerk zu tun haben, das gestern stattgefunden hat.«

Dr. Metzger begann sein für ihn typisches grölendes Lachen, das nur in homöopathischen Ansätzen humanoid klang.

»Sie blockieren den Ausgang, Herr Dr. Metzger.« Ich bemühte mich um Sachlichkeit, was mit einem weiteren Lachen quittiert wurde.

»Ich bitte Sie, Herr Palzki. Um diese Zeit will niemand gehen. Von Ihnen beiden mal abgesehen.«

»Warum sind Sie nicht bei Ihren Studenten geblieben?« Meine Frage war durchaus berechtigt, da der Notarzt noch vor Kurzem am Haupteingang der Mannheimer Universität sein Domizil aufgeschlagen hatte und Energydrinks und Ähnliches an die Studenten verkaufte.

Dr. Metzger winkte grobmotorisch ab. »Das war ein Schuss in den Ofen, Palzki. Auf einmal waren ein paar Bulgaren da, es können auch Rumänen oder Tschechen gewesen sein, und haben aus Ostasien geschmuggeltes Red Bull zu einem sagenhaft günstigen Preis verkauft.« Er schüttelte sich. »Dabei standen nur seltsame Schriftzeichen auf den Dosen, die kein Mensch lesen konnte. Aber was billig ist, wird getrunken. Egal, ob es Nebenwirkungen hat oder nicht.«

Ich unterbrach ihn. »Bei Ihrem Gesöff gab es keine Nebenwirkungen?«

»Ja schon«, gab er zu. »Aber da wusste ich wenigstens, warum. Und so schlimm war es schließlich nicht. Alle Versuchskanin-, äh, Betatester leben noch, glaube ich.«

Jutta schüttelte die ganze Zeit unentwegt ihren Kopf. Sie wollte das Gespräch abkürzen. »Wir müssen leider weiter, Herr Dr. Metzger. Sagen Sie uns bitte vorher, was Sie hier machen und ob Sie gestern zur Tatzeit auf dem Gelände waren?«

Metzger grölte dermaßen laut über den Platz, dass zahlreiche Besucher stehen blieben und zu uns blickten.

»Bin ich mal wieder Verdächtiger Nummer eins? Da können Sie lang warten, ich bin wie jedes Mal unschuldig. Gestern war ich auch gar nicht hier. Ich musste ein paar Verletzte auf der Autobahn versorgen, übrigens alles Privatpatienten. Die haben sofort in bar und ohne Rechnung bezahlt, weil ich halt so billig bin.«

»Und was machen Sie heute? Verkaufen Sie Souvenirs wie an Ostern vor dem Speyerer Dom?«

»Ach was, ich bin schließlich nicht nur Arzt, sondern auch betriebswirtschaftlich veranlagt und immer auf Gewinnmaximierung aus. Sie werden lachen, ich habe einen offiziellen Auftrag der Landesgartenschau. Ich bin als Gesundheitsbeauftragter tätig.«

Mir schnürte es den Hals zu. »Sagen Sie bloß, Sie kümmern sich offiziell um die Wehwehchen der Besucher?«

»Gewinnmaximierung, Herr Palzki! Mit Kleinkram ist kaum mehr Geld zu verdienen, seit immer mehr Quacksalber mein Geschäftsmodell kopieren und privat und schwarz abrechnen. Ich bin für das gesundheitliche Wohl der Angestellten zuständig, als Gesundheitsbeauftragter auf Zeit. Das ist jetzt Pflicht für alle Unternehmen ab zehn Mitarbeiter.«

Jutta drängte. Doch ich wollte Näheres wissen. »Da muss ich gleich mal beim Geschäftsführer nachfragen, wie hoch die Fluktuation ist, seit Sie diesen Job haben.«

Nach einem weiteren Grölen antwortete der Notarzt: »Machen Sie das. Die erhöhte Kündigungsquote ist durchaus gewollt. Wer nicht ins System passt, muss gehen.«

»System?«

»Gemeinsam mit den Arbeitsschutz- und Pausenbeauftragten haben wir das interne Forschungsprojekt ›Halbierung der krankheitsbedingten Ausfalltage der Mitarbeiter durch medizinpsychologische Abschreckungsmaßnahmen‹ aus der Taufe gehoben. Simulanten erkenne ich zehn Kilometer gegen den Wind. Krankschreibungen der Mitarbeiter laufen seit der Eröffnung der Landesgartenschau ausnahmslos über mich. Ich musste bisher nicht einmal den Block zücken. Entweder habe ich die Sache mit einer kleinen ambulanten Operation in meiner mobilen Klinik erledigt oder die Mitarbeiter verzichteten freiwillig auf eine Krankschreibung. Nur ein paar Unverbesserliche haben bisher gekündigt.«

Das war mal wieder ein starkes Stück. Hoffentlich kam KPD nie auf die Idee, so etwas bei uns in der Dienststelle einzuführen.

»Und da stehen Sie jetzt jeden Tag auf dem Gelände herum und warten auf kranke Mitarbeiter?«

»Ich muss zugeben, der zeitliche Aufwand ist in den letzten Monaten stark zurückgegangen. Am Anfang kamen noch viele angeblich kranke Mitarbeiter zu mir, inzwischen kaum mehr als zwei oder drei die Woche. Unsere Strategie ist voll aufgegangen: Die Mitarbeiter sind im Durchschnitt viel gesünder als in sämtlichen anderen Unternehmen in Deutschland.«

Wenn man Metzger so reden hörte, konnte man fast froh sein, KPD als Vorgesetzten zu haben. »Und was machen Sie die ganze Zeit ohne Kunden? Das ist doch sehr langweilig.«

Der Notarzt zeigte auf einen Campingtisch neben seinem Reisemobil, der mit Blumen überfüllt war. »Langweilig, aber hoch rentabel!«, antwortete er begeistert. »Je weniger Krankmeldungen desto höher fällt meine Prämie aus. Um meinen finanziellen Erfolg zusätzlich etwas zu steigern, verkaufe ich Blumen an die Besucher.«

»Blumen verkaufen auf der Landesgartenschau?«, fragte Jutta. »Wo besorgen Sie die Ware?«

Metzger druckste herum. »Die klau ich mir auf dem Gelände zusammen. Überall ein paar weniger, das fällt niemand auf. Das wächst alles ratzfatz wieder nach.«

Bevor es noch skurriler wurde, zog ich Jutta am Arm in Richtung Ausgang.

»Dann wünsche ich Ihnen viel Erfolg«, sagte ich abschließend zu dem Notarzt. Dass er einem Job in Landau nachging, hatte durchaus seinen Charme. In dieser Zeit konnte er keine unschuldigen Unfallopfer auf den kurpfälzischen Straßen retten oder gar von KPD für ähnliche Jobs verpflichtet werden.

KAPITEL 5
IST DER GÄRTNER IMMER DER MÖRDER?

»Fahren wir jetzt zu Käfer ins Krankenhaus?«, fragte Jutta, nachdem wir das Gelände verlassen hatten.

Ich schaute meine Kollegin langsam von oben herab an und entgegnete: »Du willst immer nur Auto fahren. Denk mal an deine Linie. Komm, lass uns zu Fuß gehen.«

Unterwegs erklärte ich der sprachlosen Jutta, dass sich das Krankenhaus auf halbem Weg zum geparkten Wagen befand.

»Da – das habe ich auf dem Hinweg überhaupt nicht bemerkt«, stotterte sie verblüfft.

Karl Käfer saß auf seinem Bett und sah noch etwas blass aus. Er blätterte in einer Illustrierten. Seine linke Hand war komplett bandagiert, und ein Pflaster zierte seine Stirn.

»Ich habe vorhin mit Herrn Floralis telefoniert«, sagte er, nachdem wir uns vorgestellt hatten.

»Wir wollen Sie auch nicht lang von Ihrer Lektüre abhalten. Beschreiben Sie uns bitte möglichst genau, was gestern passierte.«

Käfer schlug das Magazin zu. »Kurz nach sieben Uhr bin ich aufgestanden und habe mir Kaffee gemacht. Ohne Kaffee fängt bei mir kein Tag an. Dann –«

»Uns interessiert nicht Ihr ganzer Tagesablauf, Herr Käfer.« Ich blickte flehend zur Decke.

»Ach so, natürlich«, entschuldigte sich der Gärtner und fuhr fort: »Ich hatte den Schubkarren neben einer Sitzbank abgestellt und mich gerade ein paar Schritte entfernt, da explodierte der Karren.«

So wurde das nichts. Manche Menschen musste man führen wie kleine Kinder. »Erzählen Sie uns bitte alles, was Sie in der letzten halben Stunde vor der Detonation erlebt haben.«

Jutta hatte sich auf einen der Besucherstühle gesetzt und ihren Notizblock gezückt.

»Da muss ich gerade den Betriebshof verlassen und meine Kontrolltour begonnen haben«, erinnerte sich Käfer nach kurzem Nachdenken.

»Was hatten Sie zu diesem Zeitpunkt in Ihrem Schubkarren?«, fragte Jutta.

Käfer kratzte sich nachdenklich am Kopf. »Nur mein Werkzeug, Hacke und so.«

»Nichts Ungewöhnliches?«

»Wieso? Ich habe die Sachen doch selbst beladen. Das mache ich jeden Tag.«

»Okay, erzählen Sie weiter.«

»Ich habe meinen Rundgang begonnen und die Areale in meinem Zuständigkeitsgebiet überprüft. Ein paarmal musste ich Stauden zurechtschneiden, damit sie nicht in den Weg wuchern.«

Wieder unterbrach ich ihn. »Und den Abfall legten Sie in Ihren Schubkarren?«

Käfer klang von den vielen Unterbrechungen wenig begeistert. »Wenn Sie das als Abfall bezeichnen wollen, von mir aus. Ich kann das Zeug schließlich nicht einfach auf den Wegen liegen lassen. Irgendwann kam ich dann dort an, wo der Schubkarren explodierte. Es war wie immer: Ich stellte den Karren ab und wollte einen Busch auf der anderen Seite des Weges trimmen. Mehr weiß ich nicht mehr.«

Als Zeugenaussage war dies sehr dürftig. Karl Käfer machte auf mich nicht den Eindruck, als hätte er irgendetwas mit der Rohrbombe zu tun. Dazu klang er viel zu ehrlich und spontan. Außer, er war ein verdammt guter Schauspieler.

»Ist Ihnen während des Rundgangs etwas Seltsames aufgefallen?«

Käfer überlegte und schüttelte langsam den Kopf. »Nein, nur die Kinder, die ich zurechtweisen musste, weil sie quer durch ein Beet liefen.«

Na also, irgendwann landete man immer einen Treffer, man musste nur hartnäckig genug nachfragen.

»Welche Kinder?«

Er hob die Schultern. »So ein paar Halbwüchsige halt. Die Eltern scheinen nicht in der Nähe gewesen zu sein. Ich habe sie zum Spielplatz geschickt, das Ganze dauerte weniger als eine Minute.«

»Eine Minute, in der Sie den Schubkarren nicht im Blickfeld hatten.«

»Was soll das?« Er war nun gereizt. »Ich habe schließlich keine Goldbarren transportiert. Auch bei meinen anderen Zwischenstationen habe ich nicht ständig auf den Karren geachtet.«

Ich sah kurz zu Jutta, deren Notizblock fast leer war. »Reicht uns dies, Frau Wagner?«, fragte ich förmlich.

»Eine ergänzende Frage hätte ich noch«, entgegnete Jutta und wandte sich an Käfer. »Warum haben Sie vor einem Jahr bei der Landesgartenschau angefangen? Sie haben jahrelang berufsfremd gearbeitet, wie uns Herr Floralis gesagt hat.«

Der Gärtner echauffierte sich. »Bin ich jetzt tatverdächtig oder was? Was hat mein Lebenslauf mit der Explosion zu tun?«

Jutta schlug beruhigende Töne an. »Nehmen Sie das doch nicht so persönlich, Herr Käfer. Bei Kapitalverbrechen müssen wir stets in alle Richtungen ermitteln und uns ein Bild über die Gesamtlage machen. Das hat mit Verdächtigungen nichts zu tun. Manchmal erhalten wir dadurch aber neue Anhaltspunkte.«

»Ich habe mich in meinem alten Job unwohl gefühlt«, sagte Käfer. »Den ganzen Tag in einer Fabrikhalle, das hat mich fast depressiv gemacht. Ich bin ein Naturbursche. Und als die Gartenschau Gärtner gesucht hat, habe ich mich sofort beworben. Beantwortet das Ihre Frage?«

»Natürlich«, sagte ich. »Und dann sind wir auch schon weg. Was macht eigentlich Ihr Finger? Wie lang sind Sie krankgeschrieben?«

»Mein Finger? Den habe ich das letzte Mal vor der Explosion gesehen. Wenn ich den Gauner erwische, der wird sein blutiges Wunder erleben.« Er machte mit seiner gesunden Hand eine Schnittbewegung vor seiner Kehle.

»Ein Besucher ist dabei sogar gestorben.«

»Tragisch«, bemerkte Käfer. »Wenn ich mir vorstelle, was passiert wäre, wenn die Bombe ein paar Sekunden früher explodiert wäre …« Er schluckte mehrfach nervös. »Um Ihre nächste Frage im Voraus zu beantworten: Nein, ich kannte den Besucher nicht. Ich kann mich nicht einmal erinnern, dass da überhaupt jemand saß.«

Jutta machte eine letzte Notiz. Dann sah sie auf. »Herr Floralis sagte, dass Sie möglichst schnell wieder an Ihren Arbeitsplatz zurückwollen.«

»Was heißt hier möglichst schnell? Morgen stehe ich wieder auf der Matte. Das Gelände der Landesgartenschau ist mir ans Herz gewachsen, es ist für mich ein Paradies. Dort arbeite ich gern, können Sie das verstehen?«

Dunkel konnte ich mich an eine Zeugenvernehmung vor ein paar Jahren erinnern. Der Zeuge hatte damals ebenfalls steif und fest behauptet, dass er gern arbeiten geht und ihm seine Arbeit Freude machen würde. Klar, dass er sich später als Täter herausstellte.

Der Gärtnermeister hatte noch eine letzte Anmerkung. »Man darf bei uns nur nicht krank werden. Das Management hat für die Saison einen obskuren Quacksalber engagiert, der sich um die Gesundheit der Mitarbeiter kümmern soll. Das hat die Welt noch nicht erlebt. Vor ein paar Wochen musste ich mal zu ihm, weil mein Knöchel ein wenig geschwollen war. Der Typ wollte mir stattdessen die Mandeln herausnehmen.« Er schüttelte den Kopf. »Zum Glück blieb mir der Horrorarzt gestern erspart, da er seinen freien Tag hatte und externe Sanitäter gekommen sind.«

»Trotzdem sollten Sie ein paar Tage ausruhen.«

Er besah sich seine Hand. »In einer Stunde werde ich das Krankenhaus verlassen. Dann gehe ich unverzüglich zu unserem Arbeitsplatzbeauftragten und bespreche mit ihm, welche Tätigkeiten ich ausüben kann. Ich sehe ein, dass ich im Moment nicht alles kann, was ich gern tun würde.«

Wir verabschiedeten uns und gingen schweigsam zum Wagen. Erst dort fragte ich Jutta: »Was meinst du? Hat uns das alles weitergeholfen?«

Meine Kollegin wusste auch nicht weiter. »Seltsame Sache, Reiner. Wir wissen, was passiert ist, aber nicht warum. Nur zum Spaß versteckt keiner eine Bombe im Schubkarren.«

»Was uns zu der Frage treibt, für wen sie gedacht war. Für den Gärtner, den Besucher oder jemand ganz anderen, weil die Bombe zum falschen Zeitpunkt auslöste?«

Die Heimfahrt verlief ähnlich wie die Hinfahrt. Vielleicht sollte ich Jutta das nächste Mal vorschlagen, mit getrennten Autos zu fahren?

»Mensch, Reiner!«, schrie Jutta, als wir auf dem Parkplatz hinter der Dienststelle ausstiegen. »Jetzt habe ich die Fotos vergessen. Das wird das Erste sein, was KPD interessiert.«

Ich lächelte verschmitzt. »Kein Problem. Gib mir einfach deinen Fotoapparat und geh schon mal vor ins Büro. Ich komme gleich nach.«

Sie sah mich fragend an und gab mir ihr Smartphone. »Aber bitte keinen Blödsinn machen.«

»Ich doch nicht«, antwortete ich und besah das komische Ding. »Damit kann man fotografieren?«

Jutta schnaufte kräftig durch und erklärte mir das Gerät. War eigentlich ganz einfach, wenn man es wusste. Jutta ging mit ungutem Gefühl ins Gebäude.

Als ich zehn Minuten später in Juttas Büro schneite, war sie sehr aufgeregt. »Wo bleibst du denn nur? KPD wollte dich sprechen und von mir die Fotos haben.«

Jürgen meldete sich mit einer Idee. »Ich kopiere die Fotos auf den PC und schicke sie KPD per E-Mail.«

Nachdem ich Jürgen grinsend das Smartphone übergeben hatte, setzte ich mich an den Besprechungstisch. Die Kekse waren das Erste, was ich entdeckt hatte, als ich in das Büro kam.

Jutta berichtete Gerhard von unserem Ausflug. Dabei blätterte sie lustlos in der Akte von Karl Käfer. »Im Moment haben wir zwei Beteiligte, die …«

»Drei«, unterbrach ich meine Kollegin. »Vergiss die Kopf-Hunter nicht.«

»Fünf«, sagte Jutta, »oder hast du mehr zu bieten?« Da

ich nicht antwortete, zählte sie auf: »Für den Gärtnermeister Karl Käfer wäre es am einfachsten gewesen, die Bombe an den Tatort zu bringen. Wahrscheinlich hatte er dies sogar getan, wenn auch unfreiwillig.«

»Das ist zu offensichtlich«, beschied ich. »Kein Mörder würde so vorgehen und sich damit selbst in den Fokus bringen. Das funktioniert nicht einmal in einem Kriminalroman.«

Jutta ignorierte meinen Einwand. »Zweitens käme das Opfer Volker Luckey infrage.«

»Das wäre aber oberdämlich«, wandte ich ein.

»Dennoch sollten wir das nicht ausschließen«, sprach Jutta unbeirrt weiter. »Auch deine Verdächtige Heather Kopf-Hunter hat Potenzial auf die Täterschaft. Sie wusste, dass das Opfer auf der Gartenschau war. Das ist bis jetzt sogar am augenscheinlichsten von allen.«

»Und dann ist sie so doof und meldet sich freiwillig. Ne, Jutta, das passt auch nicht. Wer sind die Kandidaten Nummer vier und fünf?«

Jutta strich sich eine Strähne hinters Ohr und lachte. »Da solltest du aber allein draufkommen, mein lieber Reiner. Wie wäre es mit dem Geschäftsführer Hubertus Floralis, der zufällig seinen freien Tag hatte. Seine Begründung, warum er sich freigenommen hat, ist absurd. Für mich ist er der heißeste Kandidat. Noch mehr als sein Pressebeauftragter Johannes Ente, der angeblich nicht an sein Handy ging.«

Ich schluckte die Reste eines Kekses hinunter. »Ich würde mir auch freinehmen, um der Pein einer Veranstaltung mit KPD zu entgehen.«

»Herr Palzki!« Im Türrahmen stand KPD. »Welche Pein und welche Veranstaltung haben Sie gemeint?«

Improvisationstalent habe ich seit Geburt zur Genüge, daher konnte ich aus dem Vollen schöpfen. »Was meinen Sie mit Pein, Herr Diefenbach? Ich habe gerade meinen Kollegen von der feinen Einweihungsfeier mit Ihrer Pflanze erzählt.«

KPDs Gesichtszüge entspannten sich. »Sie haben recht, Herr Palzki, meine Dieffenbachia Klausis ist ein sehr feines und auch wertvolles Gewächs. Deswegen bin ich übrigens hier.«

Er schaute Jutta an. »Ich habe mir gerade Ihre Aufnahmen angeschaut, Frau Wagner.«

Jutta sackte leicht in sich zusammen und warf mir einen bösen Blick zu.

»Diese Frau«, KPD schlug sich beide Hände an den Kopf. »Sie wagt es, mir die Stirn zu bieten. Mir, dem Dienststellenleiter der Schifferstadter Kriminalinspektion. Wie eingebildet muss denn jemand sein, um es mit mir, dem besten Chef, den man sich vorstellen kann, aufzunehmen?«

»Sind die Aufnahmen gelungen, Herr Diefenbach?«, fragte Jutta vorsichtig nach.

»Was heißt hier gelungen, Frau Wagner! Sie haben das Geheimnis entdeckt. Es hätte mir eigentlich klar sein müssen, dass Frau Dr. Dammheim ihre Kostbarkeiten nicht offen ins Büro stellt, wo sie jeder sofort finden würde. Aber Sie haben mit Ihrem untrüglichen Instinkt das Rätsel der Landauer Kripochefin geknackt. Es ist zwar schlau, die neuen Gewächse ganz offiziell auf einem Parkplatz zu züchten, aber nicht schlau genug für uns. Ich bin froh, dass ich Sie gebeten habe, die Augen offen zu halten, Frau Wagner. Wenn ich Palzki beauftragt hätte, wäre diese Schweinerei niemals entdeckt worden.«

Zufrieden grinste ich in mich hinein und gönnte mir zur Belohnung ein paar Kekse.

KPD nahm Jutta in den Arm, was er noch nie gemacht hatte. »Zur Belohnung dürfen Sie nachher dabei sein, wenn die Gutachter kommen und wir über unsere Gegenstrategie beraten. Zusätzlich bekommen Sie von mir einen Tag Sonderurlaub für die gelungenen Fotos.«

»Äh, Herr Pfiefen…«, mit vollem Mund war nicht gut sprechen.

»Ja, Herr Palzki?«

Endlich konnte ich antworten. »Ich schieße Ihnen auch gern ein paar schöne Fotos, Herr Diefenbach.«

KPD lachte arrogant und zog ein Smartphone aus der Tasche. »Sie wüssten nicht einmal, wie das geht, wenn ich Ihnen das Gerät in die Hand drücken würde. Außerdem fehlt Ihnen der Blick fürs Wesentliche, Herr Palzki. Frau Wagner hat nicht irgendwelches Unkraut am Wegesrand fotografiert, sondern eine botanische Sensation. Ich als Fachmann kenne mich da aus.«

Das wurde immer skurriler. Ich schwieg und kümmerte mich wieder um die Kekse, die nach Dezimierung schrien.

KPD hatte ein weiteres Anliegen. »Herr Steinbeißer, Sie waren vorhin bei der Pressekonferenz dabei. Was war Ihr Eindruck? War ich gut wie immer?«

»Wie immer, Herr Diefenbach«, schleimte Gerhard. »Sie haben den Fall dermaßen detailliert beschrieben, dass man überzeugt sein könnte, Sie wären der Täter.«

KPD nickte. »Das ist das A und O jeder effizienten Ermittlungsstrategie, Herr Steinbeißer. Man muss sich nur in die Psyche des Mörders hineinversetzen und schon weiß man, wer es war. Haben Sie den Fall eigentlich inzwischen klären können, Frau Wagner?«

»Wir sind nah dran, Herr Diefenbach. Ein paar wenige Befragungen stehen aus. Ihr Spezialauftrag mit den Fotos hat ein kleines Loch in unser Zeitbudget gerissen, das holen wir aber locker wieder auf.«

KPD gab selbst eine weitere Erklärung. »Garantiert haben die Landauer Kollegen unsauber gearbeitet und wichtige Spuren übersehen. Aber wir Schifferstadter werden das Kind schon schaukeln«, sagte KPD und ergänzte: »Mit vier Personen sind Sie schließlich eine große Abteilung. Wenn ich nicht gerade zeitlich unter Druck stehen würde, könnte ich die Ermittlungen allein leiten, aber das geht leider nicht. Gleichwohl, wir müssen langsam anfangen zu sparen.«

Er blickte zu mir. »Wie wäre es mit Ihnen, Herr Palzki? Sie träumen bestimmt davon, nur noch halbtags zu arbeiten, um sich mehr um Ihre Familie kümmern zu können?«

»Bei gleichem Gehalt können wir gern darüber sprechen«, entgegnete ich frech.

KPD seufzte. »Immer das Gleiche mit den Beamten. Niemals mit etwas zufrieden sein und immer mehr fordern. Kein Wunder, dass unser System irgendwann einmal zusammenbricht. Zum Glück gibt es mich, daher ist das System bis zu meiner Pensionierung erst mal gesichert.«

Ohne ein weiteres Wort verließ er das Büro.

»Der wird immer schlimmer«, sagte ich zu meinen Kollegen. »Wenn ich halbtags arbeiten wollte, wäre ich Vollzeit-Lehrer geworden.«

Jutta lag eine wichtige Frage auf der Zunge. »Sag schon, was hast du fotografiert?«

Zunächst setzte ich mich bequem hin und aß zwecks Spannungssteigerung einen Keks. »Ich bin halt ein Naturtalent.«

»Spinn nicht herum, sag die Wahrheit.«

Ich stand gemächlich auf, ging zum Fenster und winkte Jutta zu mir. Jürgen und Gerhard waren neugierig und folgten ihr. Nun zeigte ich auf den auf der anderen Straßenseite liegenden Supermarkt.

»Seht ihr den Streifen mit dem Grünzeug direkt neben den Altkleidercontainern? Es war mir sofort klar, dass dort botanische Besonderheiten wachsen.«

Meine drei Kollegen waren sprachlos.

»Da staunt ihr, was? Für meine genialen Aufnahmen bekommt Jutta einen Tag Sonderurlaub und wird KPDs neue Pflanzenbeauftragte.«

Ich setzte mich wieder hin. »Kommt ihr? Wir haben eine Aufgabe zu lösen.«

Jutta hatte sich wieder beruhigt und sah in die Unterlagen. »Wir sollten auf jeden Fall nach Brühl zu der Witwe von Volker Luckey fahren. Nur um sicherzugehen, dass es kein Motiv gibt, ihn zu töten.«

»Da fahre ich mit Gerhard hin«, entschied ich und ergänzte in Juttas Richtung: »Du musst leider hierbleiben und mit KPD Händchen halten.«

»Hör auf mit dem Mist«, keifte Jutta in Gerhards Richtung, der fast nicht mehr aufhören konnte zu lachen.

»Jürgen, meldest uns bitte bei Frau Luckey an? Die Adresse steht in der Akte von den Landauern, schau auch gleich mal nach dem Weg. Während wir unterwegs sind, kannst du Juttas fünf Verdächtige durch den Computer jagen. Und dann brauchen wir die Daten des Butlers.«

Während unser Jungkollege mich fragend anblickte, lachte Jutta. »Ich erklär's dir nachher, Jürgen.«

Dass meine Kollegin hierbleiben musste, war mir wegen der Fahrt nicht allzu unangenehm.

KAPITEL 6
BRÜHLER ERKENNTNISSE

»Was macht eigentlich deine momentane Partnerin«, fragte ich meinen Beifahrer Gerhard, als wir in Richtung Speyer fuhren. Mit der Frage wollte ich ein bisschen Konversation betreiben und mich gleichzeitig auf den neusten Stand zu bringen.

Wenn man es genau nahm, lagen Teile der Brühler Gemarkung nur knapp drei Kilometer Luftlinie von der Schifferstadter Grenze entfernt. Da der Rhein zwischen Schifferstadt und der Brühler Ortsbebauung lag, dauerte die Fahrt allerdings rund eine halbe Stunde und war 30 Kilometer lang. Die baden-württembergische Gemeinde Brühl besaß, und das war nur wenigen bekannt, linksrheinische Gebiete. Zu Brühl gehörte die Kollerinsel, in Wirklichkeit eine Halbinsel, die von Rhein und einem Altrheinarm umklammert war. Zwischen der fast unbebauten Kollerinsel und Schifferstadt befand sich lediglich die Gemeinde Waldsee.

»Ich bin zurzeit solo«, sagte Gerhard muffig. »Können wir bitte über ein anderes Thema reden?«

Ich ignorierte seinen Wunsch. »Kinder?«, hakte ich vorsichtig nach.

Gerhard genoss sein Leben. Seine Lebensabschnittsgefährtinnen wechselten häufig, spätestens dann, wenn das Thema *eigene Kinder* aufs Tapet kam.

»Nein, ich hatte nur keine Lust mehr.«

»Keine Lust, du?« Ich war schockiert. »Warst du schon beim Arzt?«

»Wieso Arzt? Ach so, jetzt weiß ich, was du meinst. Nein, es geht um was anderes.«

»Wie hieß deine letzte Freundin überhaupt?«

Gerhard seufzte schwer. »Viktoria Langnom-Bastelbergers oder so ähnlich.«

»Ein Doppelname? War sie verheiratet?«

Gerhard war für einen Moment irritiert. »Nein, wie kommst du auf solch einen Gedanken?«

»War nur geraten. Du wolltest mir eben erzählen, zu was du keine Lust mehr hast.«

Gerhard blickte in den Fußraum und murmelte: »Filzen.«

»Sag bloß, die hat beim Zoll gearbeitet.«

Gerhard schüttelte den Kopf. »Nadelfilzen. Handarbeit.«

Vor Schreck wäre ich fast in die Böschung gefahren. »Deine Freundin stand auf Handarbeiten?«

»Sie hat Kugeln gefilzt, Ringe gefilzt, Spinnen, Nadelkissen, Serviettenringe und Eierwärmer. Ihre ganze Wohnung war durchgefilzt.«

»Eierwärmer«, wiederholte ich schockiert. »Wer braucht denn so etwas?«

»Ich nicht«, antwortete Gerhard. »Außerdem war sie Veganerin. Nach ein paar Tagen war ich fix und fertig. Ich musste die Notbremse ziehen.«

»Wie lang kanntest du deine Viktoria?«

Mein Kollege überlegte. »Fast eine Woche, warum?«

»So lang?«

»Depp.«

Die restliche Fahrt schwiegen wir. Jürgen hatte mir den Weg, der alles andere als einfach war, sehr gut beschrieben. Wir fanden die Zieladresse Mannheimer Straße beinahe auf

Anhieb. Es gab nur eine kurze Phase der Desorientierung, da es in Brühl auch eine Mannheimer Landstraße gab.

Der Rasen vor dem modernen Einfamilienhaus war akkurat gestutzt und damit genau das Gegenteil von der Löwenzahnwiese, die unser Haus umgab. Auch das Haus war tipptopp in Form, selbst die Fensterbänke blitzten in der Sonne.

»Hier gibt's keine Kinder«, stellte ich fest, als wir vor der Haustür standen.

»Woher willst du das wissen?«

»Instinkt, mein lieber Gerhard. Wenn du Kinder hättest, wäre dir das sofort aufgefallen.«

Nachdem die Türklingel irgendeine klassische Melodie abgespielt hatte, keine Ahnung, ob diese von Tschaikowsky, Mozart oder Beethoven stammte, öffnete sich die Tür. Frau Luckey wirkte sehr gefasst, auch wenn man ihr die Trauer um ihren Mann deutlich ansah.

»Kommen Sie bitte herein«, sagte sie und deutete durch den Flur ins pikobello aufgeräumte Wohnzimmer. Auf dem Marmortisch standen eine Kaffeekanne und drei Tassen.

»Bitte bedienen Sie sich«, forderte sie uns nach der Vorstellungsrunde und Beileidsbekundung auf. »Es war gut, dass Ihr Kollege Sie beide avisiert hat. Sonst wäre ich wahrscheinlich nicht zu Hause gewesen.« Sie schluchzte kurz auf. »Ich halte es in diesem Haus im Moment nur schwer aus.«

»Die nächste Zeit wird schwierig für Sie. Haben Sie jemanden, der sich um Sie kümmert?«

Die Witwe nickte. »Meine Schwester Irina. Sie wohnt in Stralsund und ist seit letzter Woche bei uns zu Besuch. Normalerweise wollte sie heute heimfahren, jetzt bleibt sie noch ein paar Tage.«

Gerhard hatte sich längst eine Tasse Kaffee eingeschenkt. Ich selbst verzichtete, da ich in der Vergangenheit öfter schlechte Erfahrungen mit Getränken in unbekannter Zusammensetzung machen musste.

»Es tut uns leid, Frau Luckey, dass wir so kurzfristig bei Ihnen auftauchen. Sie können sich denken, dass wir den Tod Ihres Mannes möglichst schnell aufklären wollen. Und dazu müssen wir herausfinden, ob der Täter auf dem Gelände der Landesgartenschau Ihren Mann ermorden wollte, oder ob er nur ein Zufallsopfer war.«

Frau Luckey bekam große Augen. »Meinen Mann umbringen? Wer sollte auf diese hirnrissige Idee kommen?«

»Wir wissen es nicht und müssen daher in alle Richtungen ermitteln. Wissen Sie, warum Ihr Mann allein auf die Landesgartenschau gegangen ist?«

»Aber er war doch gar nicht allein.«

Diese Feststellung traf uns wie einen Keulenschlag. Gerhard schüttete Kaffee über den Tisch, den er mit einem Taschentuch sofort aufwischte.

»Mit wem war er dort?«, hakte ich nach. »Bisher sind wir davon ausgegangen, dass er allein auf der Bank saß, als die Explosion erfolgte.«

Nach einem kurzen Schniefen klärte sie uns auf. »Ich weiß es nicht. Volker wollte sich mit einem früheren Studienkollegen in Landau treffen. Er hatte mir auch seinen Namen genannt. Leider kann ich mich daran nicht mehr erinnern, da ich gestern früh einen kleinen Streit mit meiner Schwester hatte. Das gemeinsame Frühstück lief etwas chaotisch ab.«

Ich musste ihr wohl oder übel sagen, dass der angebliche Studienkollege, den ihr Mann treffen wollte, weiblich war. Um die Sache etwas abzufedern, bereitete ich die Fakten vor.

»Ist Ihnen bekannt, dass Ihr Mann dabei war, sich einen neuen Job zu suchen?«

Ihr Blick war mir Antwort genug. »Nein, davon weiß ich nichts«, sagte sie schüchtern. »Vor etwa einem Jahr hatte er mal ein Angebot von einem Headhunter geprüft. Letztendlich hat er sich aber doch entschieden, nicht zu wechseln. Sind Sie sicher, Herr Palzki, dass er seinen Arbeitsplatz aufgeben wollte? Normalerweise sagte mir mein Mann solche Sachen immer. Er war sehr zufrieden mit seiner Tätigkeit als Prokurist bei der Nafa.«

Nafa? Wo hatte ich den Namen des Unternehmens erst kürzlich gehört? Klar, der Gärtnermeister hatte bis vor einem Jahr dort gearbeitet. Die beiden kannten sich also. Dies war der erste gemeinsame Schnittpunkt und bestätigte wieder einmal, wie wichtig es war, alle Zeugen und Beteiligten zeitnah zu vernehmen. Gerhard war über meine plötzliche Erregung erstaunt, da er im Büro keine Zeit gehabt hatte, die Personalakte des Gärtners zu studieren.

»Sagt Ihnen der Name Karl Käfer etwas? Er soll auch bei der Nafa gearbeitet haben.«

Die Witwe überlegte. »Nein, den Namen habe ich noch nie zuvor gehört.«

»Und Frau Heather Kopf-Hunter?«

Erneut verneinte sie. »Wer ist diese Frau?«

»Hat sie nicht bei Ihnen angerufen?«

Sie überlegte kurz. »Es hat zwar eine Frau angerufen und sich nach Volker erkundigt, die hieß aber anders.«

»Das war sie. Ich werde sie fragen, warum Sie nicht ihren richtigen Namen benutzte. Sie behauptet jedenfalls, Ihrem

Mann einen neuen Job angeboten zu haben. Beziehungsweise wollte sie das tun, kam aber zu spät.«

»Hat mein Mann sich mit ihr gestern auf der Landesgartenschau getroffen?«

»Wie gesagt, er wollte. Angeblich soll es zu einem Treffen nicht mehr gekommen sein.«

Fassungslos glotzte sie mich an. »Dann hat er mich angelogen.«

»Vielleicht wollte er Sie mit einem neuen Job überraschen. Männer sind manchmal so.«

Der Hauch eines Lächelns huschte über ihr Gesicht. »Es muss wohl so gewesen sein, wie Sie vermuten, Herr Palzki.«

Um Sie von diesem heiklen Thema abzulenken, stellte ich eine Frage, die zwar bei solchen Ermittlungen obligatorisch war, aber mit dem Treffen ihres Mannes nichts zu tun hatte.

»Ist Ihr schönes Haus bereits abbezahlt?«

»Leider noch nicht«, antwortete sie naiv und schenkte sich die erste Tasse ein. »Zum Glück hat mein Mann eine hohe Lebensversicherung abgeschlossen. Meine Schwester, sie ist Versicherungskauffrau, hat alles bereits mal überschlagen. Wahrscheinlich brauche ich das Anwesen nicht zu verkaufen. Ob ich hier allerdings wohnen bleiben will, steht auf einem anderen Blatt.«

Natürlich hatte ich während des Gesprächs die Signalworte Schwester, Streit und Versicherung längst kombiniert. Finanzielle Motive taugten schließlich regelmäßig zum Mord.

»Entschuldigen Sie bitte die direkte Frage: Um was ging es bei dem Streit mit Ihrer Schwester?«

»Irina?«, fragte sie verblüfft. »Ach, das war nur äußerst banal. Streitereien zwischen Geschwistern sind nicht ungewöhnlich. Nach dem gestrigen Frühstück hat sie einen Ausflug zum Heidelberger Schloss gemacht. Kurz darauf fuhr mein Mann nach Landau und ich blieb allein zu Hause.«

Wieder wurde ich stutzig. Zeugen, die ungefragt ein Alibi präsentierten, oder wie Frau Luckey betonten, allein gewesen zu sein, machten sich potenziell verdächtig. Ich kam immer mehr zu der Überzeugung, dass der Prokurist alles andere als ein Zufallsopfer war.

»Wo ist Ihre Schwester im Moment?«

»Die wollte nach Neuhofen zur Nafa, um die privaten Dinge meines Mannes abzuholen und anschließend beim Beerdigungsunternehmen vorbeischauen. Sie müsste eigentlich längst wieder zurück sein.«

Es war mir klar, dass wir ihre Schwester überprüfen mussten. Irgendetwas war da im Busch. Ich blickte zu Gerhard. »Habe ich etwas vergessen?«

Gerhard nickte. »Frau Luckey, wir müssen Sie bitten, die Unterlagen Ihres Mannes so zu belassen, wie sie sind. Wir schicken heute noch jemanden vorbei, der sich alles anschauen wird. Es könnte sein, dass wir daraus wichtige Erkenntnisse ziehen können. Sie wollen doch auch, dass wir den Mörder Ihres Mannes schnappen, oder?«

Gut gemacht, Gerhard, dachte ich. Das war eine Frage, die man nicht verneinen konnte.

»Selbstverständlich«, antwortete sie. »Ich werde das auch meiner Schwester sagen.«

»Das wäre gut. Wir verlassen Sie jetzt wieder. Falls Ihnen etwas Wichtiges einfällt, rufen Sie uns bitte an.« Ich überreichte ihr zum Abschied meine Visitenkarte.

»Lascher Kaffee«, meinte Gerhard, als wir im Auto saßen. »Die Sache mit der Nafa hat mich ehrlicherweise überrascht.«

»Mich auch, Gerhard. Mich auch.«

Bereits vorhin hatte ich beobachtet, wie er heimlich mehrfach auf seine Uhr sah. »Was ist los, Kollege? Wir haben heute noch viel zu tun. Übrigens, wenn wir an Speyer vorbeifahren, könnten wir auf die Schnelle unseren Kalorienpegel auffüllen. Ich stehe seit Stunden auf Reserve.«

»Nichts da«, beschied mich Gerhard. »Wir fahren auf direktem Weg nach Schifferstadt. Morgen können wir dann zur Nafa.«

»Wieso morgen? Das packen wir locker noch heute. Es ist nicht einmal dunkel.«

»Weil wir August haben. Du, Reiner, macht es dir etwas aus, wenn ich für heute Feierabend mache, sobald wir zurück im Büro sind?«

Aha, daher wehte der Wind. »Was hast du denn so Dringendes vor? Soviel ich weiß, warst du vorhin noch solo.«

Gerhard druckste herum. »Ja weißt du, ich habe mich bei der Volkshochschule angemeldet.« Er schaute mich warnend an. »Das mir das aber niemand erfährt.«

»Ich bitte dich, bei mir sind Geheimnisse so sicher wie im Safe oder im Kopf eines Pfarrers. Welchen Kurs hast du denn gebucht?«

Zunächst murmelte er etwas absolut Unverständliches. Erst auf Nachfrage wurde er deutlicher.

»Kochkurs.«

Spontan trat ich auf das Bremspedal, was mir ein wildes Hupen des Fahrers hinter uns einbrachte. Während ich wieder beschleunigte, drehte ich meinen Kopf zu Gerhard. »Einen Kochkurs? Warum das denn?«

Grundsätzlich würde es passen. Gerhard war zwar Feinschmecker, aber ähnlich talentfrei wie ich, was das Kochen anging. Seine Einbauküche war nahezu unbenutzt, was daran lag, dass er mit seinen Bekanntschaften so gut wie immer essen ging.

Mein Kollege atmete tief durch. »Man muss sich eben den modernen Zeiten anpassen. Noch vor nicht allzu langer Zeit haben sich meine Freundinnen stets darüber gefreut, mit mir essen zu gehen. In letzter Zeit werden die Frauen immer selbstbewusster und wollen zu Hause bekocht werden. Ich kann denen doch nicht einfach eine Tiefkühlpizza hinstellen oder ein Dosengulasch aufwärmen.«

»Da hast du allerdings ein gewaltiges Problem.« Ich dachte nach und hatte wenige Augenblicke später die alle zufriedenstellende Lösung gefunden.

»Weißt du was? Selbstverständlich unterstütze ich gern Weiterbildungsaktivitäten meiner Kollegen. Ich komme bei der Nafa allein klar. Das wird sowieso nur ein kurzer Besuch.«

Gerhard bedankte sich, und ich legte nach.

»Zum Dank für mein Entgegenkommen könntest du uns einen kleinen Umweg machen lassen.«

Ich hatte gewonnen. Gerhard gab grinsend sein Einverständnis und zehn Minuten später parkte ich in Speyer vor der Curry-Sau am St.-Guido-Stifts-Platz. Während sich mein Kollege mit einer Kleinigkeit zufriedengab, füllte ich meine Reserven bis über den Anschlag hinaus auf. Wer weiß, wann ich das nächste Mal wieder eine Gelegenheit dazu hatte. Mit Schaudern dachte ich daran, dass ich nachher zu einem Salathersteller fahren musste. Da wäre es äußerst fatal, wenn ausgerechnet dort mein Magen knurren würde. Mampfend fragte ich Gerhard, der längst fertig war: »Was kocht ihr heute Schönes in eurem Kochkurs?«

»Salat«, antwortete er.

»Salat?«, wiederholte ich. »Das weiß sogar ich, dass man Salat nicht kocht. Der wird nur, äh, wie soll ich sagen, also, anders gemacht.«

Gerhard lachte. »Es ist ein Kochkurs für Einsteiger. Bevor es ans Eingemachte geht, fangen wir mit Salaten an.«

»Hoffentlich kein Rosenkohl, oder zählt der zum Gemüse?«

»Sowohl als auch«, klärte mich Gerhard auf. »Ein schöner Rosenkohlsalat ist was für Feinschmecker. Also garantiert nichts für dich.«

Damit hatte er absolut recht. Schreckliche Dinge wie Rosenkohl, Rote Bete oder Wirsingkohl galten für mich nicht als Lebensmittel, sondern als der Lebertran der Neuzeit.

KAPITEL 7
ALLES SALAT ODER WAS?

Zurück in der Kriminalinspektion verabschiedete sich Gerhard bereits auf dem Parkplatz. »Dir wird bestimmt etwas einfallen, Reiner. Aber wehe, du verrätst, was ich vorhabe.«

»Wo hast du Gerhard gelassen?«, fragte Jutta prompt, als ich zur Tür reinkam.

»Der ist in geheimer Mission unterwegs«, antwortete ich. »Quatsch«, verbesserte ich mich, »der hat was Privates zu erledigen. Morgen ist er wieder da.«

Jutta hakte nicht weiter nach, dafür der neugierige Jürgen. »Steht er mal wieder unter der Fuchtel einer Dame?«

Ich fixierte unseren Jungkollegen, der immer noch zu Hause bei seiner Mutter lebte. »Und was ist mit deiner Mama? Es wird langsam mal Zeit, dass auch du dich um neue soziale Kontakte kümmerst. Ich meine außerhalb deines Jobs und ohne deine Mama mitzunehmen.«

Jutta grinste in sich hinein, und Jürgen gab Ruhe.

»Es gibt Neuigkeiten. Kommt, setzt euch.«

Ich erzählte das gerade Erlebte, und meine Kollegin machte sich eifrig Notizen.

»Damit erweitert sich unser Verdächtigen-Portfolio«, bewertete Jutta die Lage, nachdem ich fertig war. »Die Frau und die Schwägerin des Opfers. Die beiden wird Jürgen am PC überprüfen. Das kannst du doch, oder?«

Jürgen war unser Ermittlungsass am Computer. Was er nicht fand, das gab es nicht. Er hatte Zugriff auf Datenbanken, deren Inhalte jedem Datenschutzbeauftragten den Schweiß aus den Poren treiben würden.

»Ich mache mich gleich an die Arbeit mit den Dossiers. Zu der Überprüfung der anderen Verdächtigen bin ich auch noch nicht gekommen. Ich musste im Auftrag von KPD Fensterbänke und Treppenabsätze vermessen. Stellt euch mal vor: Selbst auf den Armaturenbrettern der Dienstwagen sollen kleine Pflanzenschalen befestigt werden.«

Da wir durch Jürgens Kommentar sowieso aus dem Thema gerissen waren, fragte ich Jutta: »Wieso bist du eigentlich hier? Musstest du nicht mit KPD Händchen halten, wenn die Gutachter kommen?«

Jutta zog mal wieder eine Schnute, die nichts Gutes verhieß. »Das dauerte nur eine knappe halbe Stunde. Man könnte ein Buch darüber schreiben. Statt Gutachter hätte man genauso gut Marionetten nehmen können. Unser Chef referierte über seine Wünsche, und die Gutachter nickten ausschließlich. Was anderes blieb ihnen gar nicht übrig, sonst hätte KPD sie sofort rausgeschmissen. Das hat er denen gleich zur Begrüßung gesagt. Die Gutachter wären blöd gewesen, sich dagegen zu wehren. Immerhin werden sie für diese Alibi-Show-Veranstaltung bezahlt. Übrigens in bar aus KPDs Schwarzkasse.«

»Was ist dabei herausgekommen? Schult KPD zum Gärtner um?«

Jutta lachte kurz auf. »Der hat von der Botanik nicht viel mehr Ahnung als du, Reiner. Er zitierte nur angelesene Passagen aus ein paar Fachbüchern. Das Ergebnis des Gutachtens ist jedenfalls, dass in unserem Hof hinter der Dienststelle ein größeres Gewächshaus aufgebaut wird. Zwecks Aufrüstung im Krieg gegen seine Kollegin aus Landau, schau mich nicht so an, Reiner, genauso hat es KPD gesagt, will er Fachkräfte aus dem Mannheimer Luisenpark abwerben. Die sollen ihm ein Best-of der Pflanzenwelt zusammenzüchten. Parallel dazu will er mit Stockholm telefonieren, um einen Nobelpreis für botanische Züchtungen zu initiieren.«

Ich hatte den Eindruck, als würde KPD von Woche zu Woche mehr abdrehen. Ein Nicht-Chef würde für solche Extravaganzen schon längst in der geschlossenen Abteilung irgendeiner Klinik mit drei warmen Mahlzeiten sitzen und modische, auf dem Rücken verschlossene Kleidung tragen. Bei Vorgesetzten wurde solch ein Verhalten in den meisten deutschen Unternehmen dagegen toleriert, wenn nicht sogar gefördert. Dort nannte man das kuriose Verhalten *Kreativität der Geschäftsführung*. Leidtragende waren wie so oft die einfachen Mitarbeiter, die nach dem Motto ›Wessen Brot ich ess, dessen Lied ich sing‹, mitsprachelos dahinvegetierten. Doch das sollte im Moment nicht mein Problem sein, die Welt retten konnte ich ein anderes Mal.

Jutta riss mich aus meinen Gedanken: »Dass sowohl der Gärtner als auch das Opfer bei der Nafa beschäftigt waren, ist mehr als auffällig. Das sollten wir überprüfen.«

»Ich bin schon unterwegs«, sagte ich. »Den Job schaff ich allein. KPD ist sowieso der Meinung, dass Polizeibeamte nicht zu zweit durch die Gegend fahren müssen. Irgendwie wird unser Chef es schaffen, zulasten der Mitarbeiter zu sparen, um sein Gewächshaus zu finanzieren.«

Während ich aufstand, fiel mir etwas ein. »Ach ja. Jürgen, würdest du bitte jemand nach Brühl schicken, um die persönlichen Unterlagen des Prokuristen einzukassieren? Insbesondere Lebensversicherungen, Hausdarlehen und so Zeug. Hoffentlich hat seine Schwägerin nichts verschwinden lassen.«

»Befürchtest du das?«

»Geld ist immer ein Motiv, besonders wenn es viel ist. Bis jetzt ist es nur ein Bauchgefühl, dass in Brühl etwas nicht stimmt. – Und hört auf, auf meinen Bauch zu starren!«

Ich wartete, bis Jürgen und Jutta mit dem Lachen fertig waren.

»Ruft lieber bei der Nafa an und gebt Bescheid, dass ich gleich dort sein werde.«

Die Fahrt über die B 9 nach Neuhofen war angenehm kurz. Fast direkt hinter dem Ortsschild lag das Unternehmen auf der rechten Seite. Das Gebäude, das aussah, als wäre es mehrfach erweitert worden, besaß zur Straße hin einen Verkaufsladen. Daneben konnte ich den Verwaltungseingang entdecken.

Eine freundlich lächelnde Frau mit blonden Haaren begrüßte mich. »Sind Sie Herr Palzki? Das ging aber mal schnell.«

»Schifferstadt liegt schließlich gerade um die Ecke«, entgegnete ich. »Sie wissen, warum ich komme?«

Ihr Blick verfinsterte sich. »Es ist eine Tragödie! Herr Luckey war bei allen sehr beliebt. Er hatte viele Ideen, die wir im Lauf der Zeit umgesetzt haben.«

Sie führte mich eine Treppe hoch, und wir kamen in einen geräumigen Besprechungsraum.

»Mein Name ist übrigens Alexandra Flößer. Zusammen mit meinem Vater und meinem Mann führe ich das Unternehmen. In wenigen Minuten wird mein Mann dazu stoßen. Mein Vater ist leider verhindert, der richtet im Moment in der Volkshochschule Schifferstadt einen Kochkurs für Anfänger aus.«

Sie bot mir Platz an.

»Möchten Sie einen Kaffee, Herr Palzki?«

Wie in Brühl verneinte ich auch hier. Ich hoffte inständig, statt Keksen keine Salathäppchen angeboten zu bekommen.

»Hat die Schwägerin von Herrn Luckey die Unterlagen Ihres Prokuristen abgeholt?«

Frau Flößer blickte irritiert. »Wen meinen Sie? Bei uns war niemand. Wie heißt die Frau?«

Ich wollte bereits ansetzen und ›natürlich Luckey, wie sonst‹ sagen, doch dann bemerkte ich meinen wahrscheinlichen Irrtum. In den meisten Fällen nahm bei einer Heirat die Frau den Nachnamen des Mannes an. Ich hoffte, dass Jürgen die Informationen recherchieren würde.

»Ich muss gestehen, ich kenne im Moment nur ihren Vornamen: Irina.«

Sie schüttelte den Kopf. »Den Namen hat Herr Luckey nie erwähnt, tut mir leid.«

Vielleicht war es besser so. Wer weiß, was Luckeys Schwägerin hätte verschwinden lassen.

»Falls Sie noch kommen sollte: Bitte lassen Sie niemand in das Büro von Herrn Luckey. Spätestens morgen werden sich Kollegen von mir melden und seinen Arbeitsplatz untersuchen.«

»Um Himmels willen!« Die Geschäftsführerin war schockiert. »Hat sich Herr Luckey etwas zuschulden kommen lassen?«

»Keine Panik, Frau Flößer. Vielleicht war er nur ein Zufallsopfer.«

Es klopfte, und zwei Männer traten ein. Einer davon war mir hinlänglich bekannt: Dietmar Becker.

Der Student der Archäologie verbrachte sein Leben damit, mir über den Weg zu laufen und sich ständig ungefragt und unbefugt in unsere Ermittlungsfälle einzuschleichen. War dies bereits nervend genug, schrieb er zusätzlich ständig irgendwelche wilden Krimis, die so abwegig und übertrieben daherkamen, dass ich mich schon mehr als einmal fragte, ob seine Krimis überhaupt jemand las. Die Krone des Ganzen war, dass der Student, nachdem ich ihm vor einem knappen Jahr zufällig das Leben in den Katakomben der Eichbaum-Brauerei rettete, den Namen seines skurrilen Kommissars nach mir umbenannte. Das Spießrutenlaufen unter den Kollegen war alles andere als lustig.

Becker wurde schlagartig blass, als er mich sah.

»Guten Tag, Herr Becker. Sind Sie dabei, einen Salatkrimi zu schreiben oder gehen Ihnen die absurden Ideen langsam aus?«

Sein Begleiter stammelte: »Sie kennen sich?«

»Flüchtig«, antwortete ich. Ohne näher auf Becker einzugehen, sagte ich zu ihm: »Sie sind bestimmt Herr Flößer, nehme ich an.«

»Ja, Bernhard Flößer ist mein Name. Entschuldigen Sie bitte, dass ich mich verspätet habe. Ich musste noch etwas Dringendes mit unserem Marketingbeauftragten Herrn Becker besprechen.«

Ich schluckte. »Herr Becker ist Ihr Marketingbeauftragter? Ich dachte, er schreibt als Journalist für Zeitungen und zu Therapiezwecken Krimis?«

Der Student antwortete anstelle von Herrn Flößer. »Ich bin nur freier Mitarbeiter der Nafa für ein paar Wochen. Wir entwickeln gerade die Strategie für einen neuen …«

»Herr Becker!« Bernhard Flößer fiel ihm ins Wort. »Wir haben strengste Geheimhaltung vereinbart. Kein Wort darf vor der Einführung an die Öffentlichkeit gelangen.«

Becker nickte ergeben, und ich notierte mir die Sache im Gedächtnis. Worum immer es ging, vielleicht hatte dabei der Prokurist seine Finger im Spiel. Zunächst ließ ich die Sache auf sich beruhen.

Die Neuankömmlinge setzten sich zu uns an den Tisch. Es war mir klar, dass Becker sofort wieder eine kriminelle Geschichte witterte und er meine Idee mit dem Salatkrimi mit Sicherheit aufgreifen würde.

»Volker Luckeys Tod trifft uns sehr hart«, begann der Geschäftsführer. »Er hat einen einwandfreien Job geleistet. Ich habe keine Ahnung, wie wir die Lücke je wieder schließen werden können.«

»Kannten Sie Herrn Luckey?« Ich schaute dabei Becker in die Augen.

»Ja klar«, antwortete er und verbesserte sich sofort: »Also eher wenig, meine ich. Mehr als ein paar Worte habe ich insgesamt nicht mit ihm gewechselt.«

Ich bemerkte, wie Herr Flößer hörbar aufatmete.

»Wie können wir Ihnen helfen?«, fragte seine Frau.

»Mit Informationen«, antwortete ich. »Sagt Ihnen der Name Karl Käfer etwas?«

»Unser ehemaliger Hygienebeauftragter? Wie kommen Sie auf ihn? Wurde er auch getötet?«

Ich schüttelte den Kopf. »Nein, er lebt noch. Wir wissen nur, dass er bis vor einem Jahr bei Ihnen gearbeitet hat. Wurde er gekündigt oder hat er das Unternehmen von sich aus verlassen?«

Bernhard Flößer wirkte irritiert. »Wir mussten uns leider von ihm fristlos trennen. Was hat dies mit Volker Luckey zu tun?«

»Stand die Kündigung in Zusammenhang mit seinem Job als Hygienebeauftragter?«

»Nein, Sie haben keine Vorstellungen über unsere Sicherheitsbestimmungen. Ein anderes Mal kann ich Ihnen gern den Betrieb zeigen, damit Sie sich ein Bild davon machen können. In Bezug auf die Hygienebestimmungen sind wir mehrfach abgesichert. Das wird auch ständig von diversen Ämtern überprüft. Ich habe den Eindruck, dass die Anzahl der offiziellen Stellen jährlich steigt. Ständig haben wir irgendwelche Kontrolleure im Haus.« Er trank einen Schluck Kaffee, bevor er weiter erzählte. »Herr Käfer fühlte sich unwohl. Das hatte man ständig gemerkt. In jeder noch so kleinen Pause ging er nach draußen, er fühlte sich in Gebäuden eingesperrt. Er ist übrigens gelernter Gärtner, falls Sie das nicht wissen, Herr Palzki.«

»Und deswegen wurde er fristlos entlassen?«

»Na ja, nicht ganz. Der Grund war, dass er ständig zu spät kam und die Pausen überzog. Und das nicht nur geringfügig. Nach zwei Abmahnungen haben wir einen Schlussstrich ziehen müssen.«

Dies entsprach zwar nicht der Aussage des Gärtnermeisters, ließ sich aber überprüfen. Ich schielte zu dem Studenten. Warum schrieb er wörtlich mit?

Im Moment hatte ich andere Sorgen. Irgendetwas lief im Betrieb, was ich nicht wissen sollte. Dass Flößer mir nicht heute, sondern ein anderes Mal den Betrieb zeigen wollte, war in meinen Augen außerordentlich verdächtig.

»Okay, diese Aussage genügt mir im Moment. Herr Käfer arbeitet übrigens zwischenzeitlich als Gärtner bei der Landesgartenschau und war bei der Explosion in Tatortnähe. Das kann alles bedeuten, muss es aber nicht. Hatte Käfer Streit mit Ihrem Prokuristen, während er bei Ihnen arbeitete?«

Das Ehepaar Flößer überlegte. »Mir ist da nie etwas aufgefallen. Herr Käfer war kein Streithansel, man kam prima mit ihm aus.«

»Okay«, sagte ich. »Dann wollen wir mal.« Ich stand auf.

»Sind wir fertig?«, fragte Frau Flößer überrascht.

»Nein, wieso?«, fragte ich zurück. »Ihr Mann hat vorhin gesagt, dass er mir den Betrieb zeigen will.«

Dermaßen überrumpelt zeigte das Ehepaar fast keine Gegenwehr.

»Die meisten Mitarbeiter haben längst Feierabend, da gibt es um diese Uhrzeit nicht mehr viel zu sehen«, versuchte Bernhard Flößer die Führung zu vertagen. »Wir fangen morgens immer sehr früh an, damit der Salat frisch in den Verkauf kommt. Bis zu 100 verschiedene Salate stellen wir täglich her«, fügte er stolz hinzu.

»Das macht doch nichts«, antwortete ich schlagfertig. »Wenn nur wenige Leute da sind, halten wir den Betriebsablauf nicht auf. Und nach der Führung dürfen Sie mir das Büro von Herrn Luckey zeigen.«

Das Ehepaar gab sich geschlagen. »Übernimmst du das?«, fragte Frau Flößer ihren Mann. »Ich mache in der Zeit mit Herrn Becker weiter.«

Der Student war damit nicht einverstanden. »Ich denke, ich gehe besser mit. Herr Palzki wird eine Überraschung erleben.« Auf die erstaunten Gesichter der beiden Flößers entgegnete er: »Herr Palzki wird das Geheimnis mit Sicherheit für sich behalten. Er hat sowieso bereits Lunte gerochen, das habe ich mit meiner jahrelang trainierten Menschenkenntnis längst erkannt.«

Fast hätte ich laut herausgelacht. Becker und Menschenkenntnis. Der Student konnte nicht einmal einen halbwegs realistischen Kriminalroman schreiben. Dennoch, ich war mehr als neugierig, was mich in den nächsten Minuten erwartete.

KAPITEL 8
DAS GEHEIMNIS DER NAFA

Gemeinsam mit Bernhard Flößer und Dietmar Becker ging es ins Erdgeschoss. »Wir müssen zunächst durch die Schleuse«, sagte der Geschäftsführer und schloss im Eingangsbereich eine Tür, die nur angelehnt war.

Wir kamen in einen kleinen Umkleideraum, an dessen Wände Spinde in verschiedenen Größen standen. Der Geschäftsführer überreichte dem Studenten und mir jeweils einen weißen Kittel.

»Wir haben leider keine Übergrößen, Herr Palzki. Probieren Sie mal, ob 2XL ausreicht.«

Becker unterdrückte ein Lachen. Na warte, du Bürschchen, dachte ich und speicherte diese Respektlosigkeit in meinem Langzeitgedächtnis ab.

Der Kittel spannte leicht im Taillenbereich, was mich nicht weiter störte. Wahrscheinlich war er schon tausendmal gewaschen worden und dabei etwas eingegangen.

Herr Flößer ging mit uns durch einen kurzen Flur und öffnete dann den Zugang zu einem weiteren Raum. Zuvor schaltete er gewissenhaft das Licht im Flur aus und schloss die Tür.

»Wir befinden uns im Schleusenraum«, erklärte er. »Ich muss Ihnen nun eine Belehrung erteilen, sonst darf ich Sie nicht reinlassen.«

»Können wir das nicht überspringen?«, schlug ich vor. KPD hätte für solchen Humbug sicherlich auch kein Verständnis.

»Das geht leider nicht, Herr Palzki. Ich muss jedem Betriebsfremden vor seinem ersten Besuch der Produktion die Belehrung erteilen. Anschließend müssen Sie unterschreiben, dass Sie alles verstanden haben und sich an die Regeln halten werden. Wenn wir das nicht machen, gehen wir das Risiko ein, dass der Betrieb geschlossen wird. Und das wollen wir natürlich vermeiden.«

Der Geschäftsführer hielt einen ewig langen Monolog, den er von einem Plakat, das an der Wand hing, ablas.

»Hier können Sie unterschreiben«, sagte er abschließend. Ohne hinzuschauen, tat ich dies in der Hoffnung, kein Jahresabonnement für die Belieferung mit vegetarischen Salaten abzuschließen.

Es wurde noch eine Stufe bizarrer. Er überreichte uns Einmalüberzieher für die Schuhe und für die Haare. Ich sah völlig belämmert aus. Zum Glück mussten Becker und der Geschäftsführer das Zeug ebenfalls überziehen.

»Jetzt zeige ich Ihnen, wie man die Hände wäscht.«

So langsam wurde ich nervös. Nutzte in der Zwischenzeit seine Frau die Gelegenheit, um wichtige Dinge verschwinden zu lassen?

Genervt wusch ich meine Hände, desinfizierte sie anschließend, ohne mit den Armaturen in Berührung zu kommen, und stülpte mir als Höhepunkt Einweghandschuhe über. Es hätte mich nicht gewundert, wenn wir als Nächstes eine Familienpackung Breitband-Antibiotikum schlucken müssten. Doch es war geschafft, die Prozedur des Einschleusens war überstanden.

Flößer drückte mit seinem Ellbogen eine Plastiklamellentür nach außen, und wir betraten den Produktionsbereich. Der Geschäftsführer vergaß nicht, im Schleusenraum das Licht auszuschalten.

Unser Führer zeigte nach rechts. »Lassen Sie uns dort drüben beginnen.«

Ich lachte innerlich über so viel Naivität. »Ich denke, wir fangen auf der anderen Seite an. Was befindet sich hinter der nächsten Tür auf der linken Seite?«

Flößer erbleichte und benötigte einen Moment, um sich zu sammeln. »Wie Sie wünschen, Herr Palzki.« Er ging voran und öffnete auch diese Tür mit dem Ellbogen. Wir sahen eine Frau, die irgendwelche Pulver vermischte.

»Hier werden unsere Kräutermischungen zusammengestellt. Wir haben immer einen kleinen Vorrat, um bei Auftragsspitzen schnell reagieren zu können.« Er zeigte auf mannshohe Regale, die teils mit kleinen Plastikbeuteln, bis hin zu 10 Kilo Eimern voller Gewürze bestückt waren.

»Wollen Sie unsere Gewürzmischung Jasmin-Bambus-Vanille probieren?« Flößer hielt mir eine kleine Versuchspackung und einen Löffel hin.

Ich lehnte ab. »Tut mir leid, ich reagiere allergisch auf, äh, Jasmin.«

So sehr ich auch suchte, ich konnte in dem Raum nichts Verdächtiges finden. »Haben Sie bestimmte Rezepte, mit denen die Gewürze gemischt werden?«, fragte ich die mir unbekannte Frau.

Sie lächelte mich an und antwortete: »Das sind Betriebsgeheimnisse. Nur unsere Frischefee weiß darüber Bescheid.«

Ich ließ diese für mich unbefriedigende Antwort im Raum stehen und wandte mich an den Geschäftsführer. »Wo können wir unseren Rundgang fortsetzen, Herr Flößer?«

Ich spekulierte darauf, dass er nun einen ihm nicht genehmen Ort vorschlug, da er darauf spekulierte, dass ich einen anderen Weg wählen würde.

»Wir können nach links zu den Rohwarenlagern gehen, wenn Sie das sehen wollen.«

Ich tat so, als wäre ich von seinem Vorschlag begeistert. »Sehr gute Idee, ich wollte schon immer mal sehen, wie Kartoffeln im Rohzustand aussehen.« Auf Flößers irritierten Blick ergänzte ich: »War nur ein Witz. Aber als Kind habe ich mal unsere Nachbarin gefragt, ob sie mir einen Puddingbaum pflanzen würde. Aber einen braunen, weil ich den lieber mag.«

Becker, der die ganze Zeit hinterhertrottete, machte sich nach wie vor eifrig Notizen. Ich war mir sicher, dass ich die blöde Puddinggeschichte in seinem nächsten Roman lesen würde. Es war unglaublich, der Student klaute sich alles zusammen, ohne Respekt vor dem Urheberrecht zu haben.

Wir kamen durch verschiedene Lagerhallen, und ich sah Massen an Gemüse verschiedenster Ausprägung und Farbe. Flößer öffnete der Reihe nach mehrere Kühlhäuser und ließ mich einen Blick hineinwerfen. Ich hatte den Eindruck, als wäre er in den letzten Minuten etwas ruhiger geworden. Ob meine Taktik versagt hatte? Hatte er damit gerechnet, dass ich seiner Empfehlung, ins Rohwarenlager zu gehen, folgen werde, anstatt sie zu verwerfen? War er psychologisch gewiefter, als ich vermutet hatte? Dann half nur noch eins: eine absolut zufällige Vorgehensweise, auch wenn ich wusste, dass die meisten zufälligen Ereignisse alles andere als zufällig waren.

»Wollen Sie mal probieren?« Flößer riss mich aus meinen psychologisch-analytischen Gedanken und zeigte auf eine Ecke, die wie die Blutbank eines größeren Krankenhauses aussah: halbdurchsichtige Plastikbehälter mit rotem Inhalt, auf dessen Etiketten ich ›Rote Bete‹ lesen konnte.

»Das ist neben dem Kartoffelsalat einer unserer Verkaufsschlager«, referierte Flößer. »Mit Roter Bete kann man unheimlich viele Variationen an Salaten herstellen, beziehungsweise verfeinern. Wussten Sie, dass manchmal Erdbeereis mit Roter Bete gefärbt wird?«

Ich wusste es und hatte es bisher stets verdrängt. Die Mengen an rotem Zeug, die ich hier sah, hatten mir einen Kloß in der gefühlten Größe eines Medizinballs in den Hals gedrückt.

»Allergie«, presste ich hilflos hervor und wandte mich von diesem schrecklichen Anblick ab.

»Sie Armer«, meinte der Geschäftsführer, während Becker im Hintergrund lachte, »Sie wissen gar nicht, was Sie verpassen. Haben Sie mal eine Hyposensibilisierung ins Auge gefasst? Damit kann man manchmal eine Allergie überlisten.«

Ich schüttelte den Kopf, da sich der Kloß noch weiter vergrößert hatte. Außerdem wusste ich ad hoc nicht, ob es belehrungskonform war, mich im Rohwarenlager zu übergeben.

Im nächsten Kühlhaus lagen Hunderte, ach was, Tausende Netze, die mit Rosenkohl gefüllt waren. Der Geschäftsführer wollte gerade ansetzen und mich etwas fragen, doch ich war schon eine Tür weiter. Ich konnte nur hoffen, dass dies für mich kein Fiasko werden würde. Nicht auszudenken, wenn der Student in seinem nächsten Pseudokrimi wahrheitswidrig beschreiben würde, wie ich das Zeug probierte. Mein Ruf stand auf dem Spiel.

»Ich glaube, ich habe genug Waren gesehen«, sagte ich. »Vielleicht können wir noch durch die Produktion gehen?«

Flößer war damit einverstanden. »Wie gesagt, die meisten Mitarbeiter haben längst Feierabend. Lassen Sie uns zurück zur Schleuse gehen, dort kommen wir direkt in den Produktionsbereich.«

Ich musste innerlich lächeln. Jetzt hatte ich ihn. Auch wenn meine Kollegen und meine Frau behaupteten, ich hätte einen Orientierungssinn wie ein Backstein. Längst hatte ich in dem mir bis heute unbekannten Gebäude erkannt, dass sich vor uns das offene Kartoffellager befand und dazwischen ein Flur in Richtung Produktionshalle abging.

»Lassen Sie uns doch die Abkürzung nehmen«, konterte ich und zeigte auf eine Lamellentür. Flößer erblasste, was mir die Gewissheit gab, dass ich dieses Mal den richtigen Riecher hatte.

Er ging vor und zeigte in zwei Vorräumen, die wir passierten, auf diverse Maschinen und erklärte, nun ziemlich lustlos, dass dies Kartoffelschälmaschinen wären, daneben Kartoffelreinigungsmaschinen, und im letzten Raum wurden diese erhitzt. Es war mir nicht unrecht, dass wir diesen Teil zügig durchquerten. Kartoffelsalat fand zwar, zumindest in den Varianten mit viel Speck, mein Interesse, der Herstellungsprozess interessierte mich dagegen weniger.

Die Produktionshalle war, zumindest aus Laiensicht, gigantisch. Überall standen Maschinen herum, deren Sinn und Zweck mir unbekannt waren. Es überraschte mich, welcher Aufwand nötig war, um ein paar Salate herzustellen.

Als wenn der Geschäftsführer meine Gedanken lesen könnte, sagte er just in dem Moment: »Hier stellen wir täglich bis zu 100 verschiedene Salate her.«

Und da machte er einen Fehler. Er ging viel zu zügig an einer angelehnten Metalltür vorbei, hinter der ich Geräusche vernommen hatte.

»Was ist da drin?«

»Nichts«, antwortete er, ohne zu überlegen, was sein zweiter Fehler war. Er versuchte seinen Fauxpas mit einer trivialen Bemerkung auszubügeln, doch es war zu spät. Mit drei, vier Schritten hatte ich die Tür erreicht und öffnete sie. Was ich sah, hätte ich mir in den kühnsten Träumen nicht vorgestellt.

Den Raum identifizierte ich sofort als Labor. Fröhlich vor sich hin pfeifend drehte sich ein kleiner Mann mit wirren grauen Haaren um, den ich seit meiner Kindheit kannte: Jacques Bosco, der vermutlich letzte interdisziplinäre Wissenschaftler und Erfinder der Welt.

Jacques hatte sein eigenes Labor in Schifferstadt hinter seinem Wohnhaus, das er seit dem Tod seiner Frau allein bewohnte. Bereits als Kind hatte ich zum Entsetzen meiner Eltern in seiner Werkstatt und seinem Labor Verstecken gespielt. Während meiner Schulzeit hatte er mir regelmäßig mit Rat und Tat zur Seite gestanden. Mit einem Schmunzeln dachte ich daran, wie zu meiner Zeit die Pädagogen mühsam mithilfe einer Matrize auf Kohlenpapierbasis Kopien anfertigen mussten. Jacques zeigte mir, wie man aus den von den Lehrern weggeworfenen Matrizenvorlagen die Texte der Klassenarbeiten ablesen konnte.

Jacques hielt ein Reagenzglas mit einer roten Flüssigkeit in der Hand. Das Labor war mit allen möglichen Lebensmitteln, Soßen und anderen Flüssigkeiten vollgestopft. Solch ein Chaos an Gerätschaften war typisch für meinen Freund.

»Hallo, Reiner«, begrüßte mich Jacques, und er klang dabei wenig überrascht. »Ich habe mir gedacht, dass du früher oder später hier auftauchst. Der Tod von Herrn Luckey kam für uns alle sehr überraschend.«

Bernhard Flößer stand mit einer Maulsperre da und war keiner Reaktion fähig. Dietmar Becker klärte ihn auf. »Herr Palzki kennt Herrn Bosco seit vielen Jahren. Ich hatte bisher keine Gelegenheit, Ihnen das zu sagen, Herr Flößer. Außerdem wusste ich nicht, wie geheim die Sache wirklich ist.«

Ich tätschelte dem Geschäftsführer leicht die Schultern. »Nehmen Sie es locker, Polizeibeamte haben einen großen Bekanntenkreis. Ihr Geheimnis ist bei mir gut aufgehoben, was immer Jacques für Sie erfindet.«

Dennoch war ich mehr als neugierig, was Jacques ausgerechnet bei einem Salathersteller zu suchen hatte. Mit Schrecken dachte ich an die letzte Adventszeit, als er Weihnachtsgebäck auf chemischer Basis entwickelte, das kurioserweise sehr lecker schmeckte und zumindest bis heute keine Nebenwirkungen erkennen ließ.

Jacques stellte das Reagenzglas ab. »So schnell sieht man sich wieder, Reiner. Die Drachengeschichte im Mannheimer Barockschloss liegt gerade mal zwei Wochen zurück.«

Damit hatte Jacques eine weitere Wunde aufgerissen. Vom letzten abgeschlossenen Mordfall hatte ich so manche Schramme davongetragen. Dem persönlichen Einsatz meines Freundes war es zu verdanken, dass schlussendlich die Geschichte im Museum des Barockschlosses ein glückliches Ende fand.

»Und was machst du hier?«, fragte ich den Erfinder und war mir gar nicht sicher, ob ich die Antwort wissen wollte.

Jacques zeigte mit einer großzügigen Geste auf die 1000 Dinge, die in dem Labor standen. »Du weißt doch, wie einsam ich lebe. Da bin ich um jedes interessante und anspruchsvolle Projekt froh, das mich mal wieder ein bisschen unter die Leute bringt.« Er schaute in Richtung Student. »Herr Becker hat mich im Auftrag der Nafa gefragt, ob ich Lust hätte, etwas Neues zu erfinden. Neues erfinde ich zwar ständig, das Nafa-Projekt hat aber seinen besonderen Reiz. Erinnerst du dich an die leckeren Weihnachtskekse?«

Ohne eine Antwort abzuwarten, fuhr er fort. »Das war damals einfach, ich konnte aus dem Vollen schöpfen, sprich all meine vorhandenen Chemikalien benutzen. Die Sache bei der Nafa ist ungleich schwieriger, ich bin schon fast am Verzweifeln, ob ich den Gordischen Knoten lösen kann.«

»Einen Knoten?«, fragte ich verständnislos.

»Natürlich nur im übertragenen Sinn«, erklärte Jacques. »Ich habe den Auftrag, einen neuen Salat zu kreieren. Da staunst du, was?«

Herr Flößer blickte skeptisch, weil Jacques sein Geheimprojekt verriet. Ich blickte ebenfalls skeptisch. »Kann es sein, dass man dir einen Bären aufbindet, Jacques? Die Nafa verfügt bereits über 100 Salate. Was sollen die mit 101?«

Jacques lachte. »Vergiss die 100 Salate. Die sind zwar allesamt sehr schmackhaft, viele habe ich selbst probiert. Das, was ich hier mache, wird eine Weltsensation.«

Ich hatte einen Geistesblitz, und mein Magen begann spontan zu knurren. »Doch nicht etwa den perfekten Nichtvegetarier-Salat, der zu 100 Prozent kaloriengesättigt ist?«

Er schüttelte belustigt den Kopf. »Fleischsalat mit russischen Eiern gibt es längst. Hier schau mal.«

Auf dem Tisch stand eine durchsichtige Karaffe mit einer Flüssigkeit, deren Farbe ich nicht benennen konnte. Es sah so ähnlich aus, als wenn man etliche Farbreste zusammenmischte.

»Willst du mal versuchen?« Wie aus dem Nichts hatte er ein Schnapsglas in der Hand.

»Lieber nicht«, wehrte ich ab. »Ich muss meine Allergien pflegen.«

»Du hast doch überhaupt keine«, schoss Jacques quer, und der Geschäftsführer wurde hellhörig. Becker war wieder in seinen Schreibblock vertieft.

»Davon kriege ich aber welche.«

Bernhard Flößer machte einen vernünftigen Vorschlag. »Wenn Sie unser Labor schon mal entdeckt haben, Herr Palzki, können wir Ihnen unser neuestes Projekt auch erklären. In dieser Karaffe befindet sich der idealste Geschmacksträger, den es je gegeben hat. Noch niemals zuvor wurde eine Substanz geschaffen, die so perfekt auf den menschlichen Organismus abgestimmt ist und so einmalig gut schmeckt.«

Jacques trank, um Herrn Flößer zu bestätigen, ein Gläschen der Flüssigkeit. »Ich habe es ›Paradisium‹ getauft«, sagte der Erfinder. »Es besteht zu 100 Prozent aus chemischen Stoffen. Alles ist bis auf das i-Tüpfelchen reproduzierbar. Nicht so wie bei Lebensmitteln, die durch schwankende Qualität oft unterschiedlich schmecken. Einmal Paradisium, immer Paradisium.«

Ich musste mehrfach trocken schlucken. Ein Chemiesalat, das hätte ich in diesem Unternehmen nie vermutet.

»Und das Zeug wollen Sie vermarkten? Wäre das nicht eher was für die BASF?«

Der Geschäftsführer lachte zum ersten Mal, wenn auch nur kurz. »Da haben Sie vollkommen recht, Herr Palzki. Die chemische Variante des Paradisiums dient uns nur als Blaupause.«

Wahrscheinlich sah er, wie aus meinem Kopf Fragezeichen aufstiegen, denn er fuhr fort. »Auch wenn das Paradisium für den menschlichen Verzehr absolut geeignet ist, können wir selbstverständlich keinen Salat auf chemischer Basis anbieten. Da würden unsere Kunden zu Recht niemals mitziehen. Daher versucht Herr Bosco, den Geschmack mit natürlichen Rohstoffen, wie sie seit Jahrzehnten in unseren Salaten eingesetzt werden, zu kopieren.«

Jacques raufte sich die Haare und ergänzte Flößers Aussage. »Und das ist das eigentliche Problem, Reiner. Bei der Nafa werden so viele unterschiedliche Rohstoffe eingesetzt, dass die Variantenzahl fast ins Unendliche geht. Gut, einiges kann man von vornherein ausschließen, aber das hilft nur bedingt. Über eine Woche lang habe ich geglaubt, dass Rote Bete-Saft als Grundstoff für das Paradisium taugt, inzwischen bin ich mir nicht mehr so sicher. Meine Versuche sind im Moment etwas ins Stocken geraten, fast könnte man sagen, ich wäre ratlos.«

Ich sah mich um und erkannte sofort den Grund für seine Erfolgslosigkeit. »Jacques, das ist doch so einfach. Schau mal, neben Gewürzen stehen auf den Regalen ausschließlich Gemüse und so Zeug. Da müssen Fleisch und Wurst dazu, sonst wird das nie etwas mit deinem Paradingsbums.«

Jacques schaute mich beleidigt an. »Denkst du, ich bin ein Anfänger, junger Mann? Schau mal in die Ecke!«

Erst jetzt entdeckte ich die Kühltheke, die etwas versteckt hinter einem Tisch stand. Der Erfinder ging zu ihr und holte eine Schale mit gekochtem Schinken heraus. »Probiere mal, Reiner. So guten Schinken hast du noch nie gegessen. Ich darf mit den besten Zutaten arbeiten, die man sich vorstellen kann.«

Ich schaute den Geschäftsführer an, der kurz nickte. Das sah ich als Zustimmung an und griff zu. Der Schinken schmeckte fantastisch, auch wenn es komisch war, dabei Einweghandschuhe zu tragen.

Der kleine Imbiss regte meine Hirnzellen an. Gab es eine Querverbindung zu Volker Luckey? Hatte sein Tod etwas mit Jacques' Experimenten zu tun? Ich wandte mich an Herrn Flößer.

»Inwieweit war Ihr Prokurist in dieses Projekt eingebunden?«

Der Geschäftsführer schien von dieser Frage überrascht zu sein. »Gar nicht, Herr Palzki. Er wusste zwar als einer der Wenigen davon, aber Herr Luckey kümmerte sich eher um die Verwaltung und weniger um Produktion und Marketing. Details sind nur mir, Herrn Becker und Herrn Bosco bekannt.«

»Und der Frischefee«, ergänzte Jacques. »Ich habe insgesamt höchstens zwei- oder dreimal mit Herrn Luckey gesprochen. Dass er wegen dem Paradisium ermordet wurde, halte ich für eine äußerst gewagte These.«

Auch Dietmar Becker wusste zu dem Thema etwas zu sagen. »Ihre These, Herr Palzki, hätte nicht einmal in einem seriösen Kriminalroman eine Chance. Zumal es zumindest im Moment keinen Grund gibt, da Herr Bosco noch nichts erfunden hat.«

»Und das Paradisium?«, unterbrach Jacques prompt.

»Herr Becker«, sagte ich, ohne auf Jacques' Einwurf einzugehen. »Ich habe keine These, warum Herr Luckey umgekommen ist. Bisher sammle ich ausschließlich Fakten. Außerdem gebe ich zu bedenken, dass der Gärtnermeister ebenfalls hier arbeitete. An Zufälle will ich im Moment nicht glauben. Und dass Sie von einem seriösen Kriminalroman reden, finde ich sehr befremdlich.«

»Ich glaube, Sie bringen da zeitlich etwas durcheinander«, sagte Herr Flößer. »Karl Käfer ist seit einem Jahr nicht mehr bei uns. Die Idee mit dem neuen Salat hatte ich zusammen mit der Frischefee vor einem Vierteljahr. Herr Becker und Herr Bosco sind nicht viel länger als zwei oder drei Wochen im Boot.«

Herr Flößer überlegte und fuhr dann fort. »Unabhängig von dem neuen Salat, den Herr Bosco für uns erfinden soll, sind wir dabei, eine komplett neue Salatlinie aufzubauen. Die Marketingpläne liegen längst fix und fertig in der Schublade. Wir rechnen damit, mit dem innovativen Konzept innerhalb von zwei Jahren den Umsatz verdoppeln zu können.«

Ich schnappte mir die letzte Scheibe Schinken und zog einen vorläufigen Schlussstrich. »Können wir uns abschließend das Büro Ihres Prokuristen anschauen?«

KAPITEL 9
AUF DER FLUCHT

Ich verabschiedete mich von Jacques und kündigte an, spätestens morgen mit ihm unter vier Augen sprechen zu wollen.

Ein entspannt wirkender Geschäftsführer führte uns in die Schleuse, wo wir uns der diversen Einwegschutzmaßnahmen entledigten. Nachdem wir im nächsten Raum die Kittel ausgezogen hatten, fühlte ich mich wieder einigermaßen normal, also so wie immer. Auf dem Weg in den Verwaltungstrakt vergaß Flößer nicht, in sämtlichen Räumen und Fluren, die wir verließen, das Licht auszuschalten. Kurz darauf standen wir im ersten Büroraum, der verwaist war.

»Unser Empfang und Sekretariat«, erklärte der Geschäftsführer und deutete auf einen Durchgang. Im nächsten Büro standen drei oder vier Schreibtische, auch hier war es menschenleer.

Herr Flößer wollte gerade etwas sagen, als von hinten seine Frau kam. »Da seid ihr ja«, sagte sie. »Ich habe euch überall gesucht.«

Ihr Mann nahm sie in den Arm. »Wir waren im Labor bei Herrn Bosco.«

Sie bekam große Augen. »Wo wart ihr?«

»Keine Angst«, beruhigte sie ihr Mann. »Herr Palzki ist ein guter Freund von Herrn Bosco. Unser Projekt ist nicht gefährdet. Zum Abschluss der heutigen Untersuchung will sich Herr Palzki das Büro von Herrn Luckey anschauen.«

Er öffnete schwungvoll eine Tür und erstarrte. »Was ist das?«

Ich hielt ihn am Arm fest, da er im Affekt in das Büro des Prokuristen stürzen wollte. Dort sah es aus, als hätten die Vandalen gehaust. Unzählige Aktenordner lagen verstreut auf dem Boden und dem Tisch, ein Regal war halb aus der Wand gerissen, der Flachbildschirm hing, gehalten nur von einem Stromkabel, vor dem Schreibtisch in der Luft. Hier hatte jemand ganze Arbeit geleistet. Dies war der endgültige Beweis, dass der Prokurist kein Zufallsopfer war.

»Nichts berühren«, befahl ich den anderen und wandte mich an den Geschäftsführer, der neben mir im Türrahmen stand. »Können Sie erkennen, ob etwas fehlt?«

Er schaute mich mit weit aufgerissenen Augen an und schnaufte fest durch. »Wer macht denn so etwas?« Nach einer Pause ergänzte er: »Um zu sehen, ob etwas fehlt, müsste ich in das Büro rein.«

»Dann gehen wir beide vorsichtig hinein, und zwar, ohne etwas zu berühren. Ihre Frau und Herr Becker bleiben bitte draußen.«

Ich zeigte auf das offenstehende Fenster. »Da scheint der Übeltäter eingestiegen zu sein.«

Herr Flößer ging zu dem Fenster, da dort am Boden die wenigsten Ordner lagen. »Keinesfalls das Fenster berühren«, bestimmte ich zur Sicherheit nochmals. Vorsichtig schlich ich ihm nach. Bereits seit dem ersten Schritt im Büro hatte ich das Gefühl, dass irgendetwas nicht stimmte. War das Chaos nur gestellt, um von etwas anderem abzulenken? In dem Moment, als ich Herrn Flößer neben dem geöffneten Fenster erreichte, erkannte ich das Indiz: Auf dem Schreibtisch stand ein kabelloser Computer, bereitgestellt zum Abtransport.

»Der PC«, sagte ich aufgeregt zum Geschäftsführer. »Wir haben den Einbrecher gestört.«

»Heißt das, dass er aus dem Fenster geflüchtet ist?«

Ich nickte, doch ich lag ausnahmsweise falsch. Im gleichen Moment sprang eine Gestalt, die sich zwischen dem umgeworfenen Stuhl und einem Schrank verschanzt hatte, auf und floh aus dem Büro. Das Ganze ging so schnell, dass ich nur einen schwarzen Overall wahrnahm und den Eindruck eines sehr sportlichen Gegners gewann.

»Halten Sie ihn fest, Herr Becker«, rief ich ins Vorzimmer hinaus. Die Antwort war ein Schmerzensschrei und ein harter Aufschlag. Sekunden später sah ich die Misere: Der Student lag halb bewusstlos auf dem Boden und aus einer Augenbraue tropfte Blut auf das Parkett. Frau Flößer stand kreidebleich daneben.

»Wo ist der Kerl hin?«

Wortlos zeigte sie auf den Durchgang zum Empfang.

Dies war meine Chance, es dem Studenten mal so richtig zu zeigen. Ohne weiter darüber nachzudenken, stürzte ich hinaus und dem übermächtigen Gegner nach. Ich war fest entschlossen, ihn zur Strecke zu bringen. So wie manche Autofahrer in einen Geschwindigkeitsrausch gerieten, entwickelte sich in mir spontan ein Verfolgungsrausch. Ohne an die eigenen körperlichen Konsequenzen zu denken, sprang ich den Flur entlang in Richtung Schleuse. Dort hatte ich eine zuschlagende Tür vernommen.

Mein Gehör hatte mich nicht getrogen. Während ich die Schleuse betrat, sprang der schwarze Mann, wie ich ihn getauft hatte, durch die Lamellentür in den Produktionsbereich. Der hatte keine Zeit, die Belehrungen zu unterschreiben, dachte ich, während ich mich ebenfalls durch die Plastiklamellen zwängte. Jetzt hieß es aufpassen, um keinen Flurschaden zu hinterlassen. Die Maschinen, die hier standen, kosteten sicherlich ein Vermögen. Der Einbrecher trug farblich passend schwarze Handschuhe und Sturmmaske und rannte, Zufall oder nicht, direkt in Richtung des Labors. Hoffentlich reagierte Jacques nicht über. Einem so behänden Gegner hatte der alte Erfinder nichts entgegenzusetzen. Nach einem kurzen Stolpern über ein Kabel kam ich am Labor an und sah durch die offen stehende Tür den Erfinder auf dem Boden kauern. Dummerweise hatte ich viel zu viel Schwung, und die Fliesen waren an dieser Stelle rutschig. Meine komplette Bewegungsenergie prallte an das Regal im Labor. Mit lautem Getöse stürzte es um, und sämtliche Gläser, Becher und offenen Lebensmittel flogen mir um die Ohren und verwüsteten innerhalb von Sekunden Jacques' temporären Arbeitsplatz.

Kaum zu glauben, aber ich blieb unverletzt, wenn man von dem labbrigen Gemüse absah, das mir in den Haaren klebte.

»Wer war das?«, fragte Jacques schockiert, der nach wie vor auf dem Boden kniete.

»Hat er dich bedroht?«, fragte ich zurück. »Wo ist er hin?«

»Ach wo«, antwortete der Erfinder, und ich hatte den Eindruck, als hätte er Tränen in den Augen. »Ich habe mich gerade gebückt, um etwas aufzuheben, da kam der Kerl hereingestürmt und warf mich vollends um. Dann sah er, dass es keinen Ausgang gab, und eine Sekunde später war er wieder verschwunden. Und dann kamst du.«

Um Jacques konnte ich mich später kümmern. Ich rappelte mich auf und rannte an den Kartoffelschäl- und Reinigungsmaschinen vorbei ins Rohwarenlager. Durch die Unachtsamkeit in Jacques' Labor hatte sich der Abstand zu meinem Nachteil vergrößert. Wo würde der Gauner sich verstecken? Ich kam zu dem Schluss, dass nur die

Warenlager infrage kämen, da es dort haufenweise geeignete Verstecke gab.

Ich schlich von einem Kühlraum zum nächsten. Die ersten beiden waren von außen verschlossen, hier musste ich es erst gar nicht versuchen. Der dritte Raum stand einen Spalt offen, Kälte schlug mir entgegen. War der Einbrecher wirklich so doof? Oder wollte er mir eine Falle stellen? Ich tippte auf Letzteres und hoffte, dass der schwarze Mann unbewaffnet war. Im Kühlraum standen Paletten mit Kanistern, deren Inhalt mich wenig interessierte. An den drei Wänden waren raumhohe Kunststoffregale befestigt, die mit Gläsern, die mich sofort an große Gurkengläser erinnerten, lückenlos befüllt waren. Um Gurken konnte es sich allerdings nicht handeln, da der Inhalt rot durchschien und in Verbindung mit dem grellen Neonlicht, das sich in den Gläsern spiegelte, für eine gespenstische Atmosphäre sorgte.

Ich war mir sicher, dass sich der schwarze Mann hinter der größten Palette, die etwas im Hintergrund des Kühlraums stand, verbarg. Normalerweise fielen einem Menschen in einer Stresssituation die wirklich guten Dinge erst ein, wenn es zu spät war. Ich hatte Glück. Warum sollte ich mich in Gefahr begeben, wenn die Lösung so einfach war. Rückwärts schlich ich die zwei, drei Schritte, die ich ins Kühlhaus gegangen war, zurück. Ich nahm den Knebel in die Hand, mit dem man den Raum von außen verriegeln konnte, und rief: »Hier ist die Polizei. Kommen Sie mit erhobenen Händen heraus oder ich schließe Sie in dem Kühlraum ein. Sie haben fünf Sekunden.«

Zur Sicherheit würde ich den Riegel von außen blockieren, falls die Tür innen eine Notöffnung besaß. Ich zählte langsam und laut bis fünf. Währenddessen überlegte ich, warum ich eigentlich noch allein war. War Becker endgültig k.o. gegangen und der Geschäftsführer zu ängstlich? Hoffentlich hatte er wenigstens meine Kollegen angerufen.

»Fünf.« Nichts regte sich. Ich schloss die Tür bis auf einen Spalt. »Jetzt schließe ich ab.« Keine Antwort, kein Geräusch. Sollte ich mich getäuscht haben? Das wäre ein Novum. Nein, der Gauner musste sich im Kühlhaus aufhalten. Dass ein Mitarbeiter die Tür offen gelassen hatte, konnte ich mir nicht vorstellen. Garantiert machte Flößer täglich mehrere Rundgänge, um offene Türen zu schließen. Aber warum ergab er sich nicht? Der schwarze Mann konnte sich schließlich ausrechnen, dass in ein paar Minuten eine ganze Armada an schwer bewaffneten Polizeibeamten auftauchen würde.

Ich weiß, dass es naiv von mir war. Doch ich konnte nicht anders, wahrscheinlich liegt das bei mir an den Genen. Meine These musste sofort überprüft werden. Ich begründete es mir gegenüber mit der Peinlichkeit, wenn nachher ein Spezialeinsatzkommando anrückte und der Kühlraum sich als leer herausstellte. Der Student würde diese Fehlleistung ausgiebig literarisch vermarkten und mir auf der Dienststelle neue Spießrutenläufe bescheren.

Ohne meinem Gegner etwas zu sagen, öffnete ich die Tür so weit, dass ich durchschlüpfen konnte. Ich wagte mich bis zur ersten Palette mit den eingeschweißten Kunststoffkanistern. Nichts passierte. Vorsichtig ging es weiter zur vorletzten Palette, die nur teilweise bestückt war. Dort würde ich sehen können, ob sich hinter der letzten Palette der schwarze Mann verbarg.

So weit kam es nicht. Mitten in meiner empfindlichen Magengegend landete ein voller Kunststoffkanister und drückte mich nach hinten, direkt in die Regale. Wie bei einem Déjà-vu stürzten sämtliche Gläser in meiner Umgebung ab. Teilweise zerbrachen sie bereits auf den Regalen. Der Inhalt überschüttete mich mit einer ekligen roten und klebrigen Masse. Ohne eingreifen zu können, sah ich, wie das schwarze Phantom aus dem Kühlhaus hechtete und hinter sich die Tür schloss. Ich war gefangen, was im Moment mein kleinstes Problem war. Ich sah aus wie ein Monster in Pauls Computerspielen. Mein kompletter Körper war mit Rote Bete-Scheiben übersät. Der Saft, der immer noch von oben auf mich herab tropfte, gab mir das Aussehen eines lebendigen Stalagmiten. Das Zeug bedrohte existenzielle Teile meiner Sinnesorgane. Es roch nicht nur verboten, die Flüssigkeit fand auch Zugang zu meinen Geschmacksnerven, was diese mit heftigstem Würgereiz zu verhindern versuchten.

»Herr Palzki?« Dumpf drang der Ruf an meine Ohren. Bevor ich antworten konnte, wurde die Tür aufgerissen.

»Was ist hier passiert?«, rief der Geschäftsführer, als er mich beziehungsweise die rot durchtränkte Gestalt wahrnahm. Hinter ihm erkannte ich Dietmar Becker, der atemlos nach Luft schnappte. »Alles klar, Herr Palzki?«, fragte er besorgt, vermied es aber, das Kühlhaus zu betreten. »Der Einbrecher ist durch ein Fenster im Anlieferungsbereich geflohen. Leider konnte ich ihn nicht aufhalten.«

Flößer kümmerte sich um mich. Wie ein Friseur, der nach getaner Arbeit die abgeschnittenen Haare seiner Kunden mit einer Bürste wegwischte, strich er mit seiner bloßen Hand über meinen Kopf und Schultern. Pfundweise klatschte die letzte Rote Bete auf den Boden und vermengte sich dort mit zahlreichen Glasscherben.

Er fragte nicht näher nach, anscheinend war die Situation für ihn eindeutig. Freiwillig hatte ich mich nicht diesem Salat-Bad hingegeben.

»Sind Sie verletzt? Können wir aus dem Kühlhaus gehen? Nicht, dass wir uns an den Scherben verletzen.«

Ich nickte und zeigte ihm die blutende Schnittwunde an meinem linken Handrücken, was aber fast nicht auffiel.

Ich musste ein seltsames Bild abgeben. Jedenfalls staunte der Student ausführlich über mein Aussehen. »Haben Sie mit dem Einbrecher gekämpft, Herr Palzki?«, fragte er in ehrfurchtsvollem Ton.

»Selbstverständlich, Herr Becker. Wie ein Berserker habe ich mich auf den schwarzen Mann gestürzt. Ich bin halt nicht so wehleidig wie Sie, der sich durch einen kleinen Schlag außer Gefecht setzen lässt.«

»Aber das kam doch völlig überraschend«, wehrte er sich. »Ich hatte gar keine Zeit, in Verteidigungsstellung zu gehen.«

Normalerweise hätte ich seine Bemerkung als Steilvorlage genutzt und ihn mal so richtig bloßgestellt. Doch in meinem momentanen Zustand fühlte ich mich dazu nicht wohl genug.

»Lassen wir das.« Ich wandte mich an Herrn Flößer. »Tut mir leid für den kleinen Schaden. Morgen werden Sie wohl auf den Rote-Bete-Salat verzichten müssen. Haben Sie die Polizei informiert?«

Ich bemerkte, wie sich der Saft langsam zwischen Unterwäsche und Haut einen Weg nach unten bahnte. Meine Schuhe quietschten bei jeder Bewegung.

»Das hat meine Frau veranlasst«, sagte Flößer. »Wobei ich die Chancen als gering einschätze, dass wir den Gauner fassen werden. Das Firmengelände ist nicht eingezäunt. Er kann sich längst irgendwo in der Neuhofener Bebauung versteckt haben.«

Ich sah ein, dass eine weitere Verfolgung wenig Sinn machte.

»Wo waren Sie eigentlich die ganze Zeit? Das hat Ewigkeiten gedauert.«

Der Geschäftsführer antwortete, ohne nachzudenken. »Meine Frau und ich mussten zunächst Herrn Becker verarzten.« Er zeigte auf ein gewaltiges Pflaster, das die Stirn des Studenten zierte. »Es hätte etwas Ernsthaftes sein können.«

Ich grinste den Studenten an, obwohl mir nicht nach Grinsen war. Diese Schmach würde er nicht in seinem nächsten Krimi erwähnen.

»Und dann haben wir das zerstörte Labor von Herrn Bosco entdeckt«, fuhr Flößer fort. »Ihr Freund ist ziemlich geknickt, aber zum Glück unverletzt. Danach haben wir weitergesucht und Sie schließlich gefunden.«

»Ich muss zu Jacques«, gab ich an.

Der Geschäftsführer war von meinem Vorhaben wenig überzeugt. »So kann ich Sie unmöglich durch den Produktionsbereich gehen lassen. Wir haben auch so schon genügend Arbeit mit dem Kühlhaus und dem Labor. Wahrscheinlich muss morgen unsere Produktion ausgesetzt werden.«

Er ging zu einem Telefon, das in der Nähe an der Wand hing und zu einer Hausanlage gehörte.

»Meine Frau kommt gleich«, sagte er, nachdem er das Telefonat beendet hatte.

Kaum zwei Minuten später, währenddessen ich mich von klebrigen Fetzen befreite, die sich in meinen Hosentaschen oder zwischen der Gürtelschnalle verirrt hatten, kam Frau Flößer aufgeregt angerannt. In der Hand hielt sie einen weißen Kittel, vermutlich in meiner oder einer ähnlichen Größe, sowie mehrere Einweghygieneartikel.

Alles Widerstreben half nicht. Nach dem Hinweis auf den bisherigen Schaden blieb mir letztendlich nichts anderes übrig, als mich bis auf die Unterhose zu entkleiden und den weißen Kittel anzuziehen. Die Geschäftsführerin hatte sogar an ein paar offene Kunststoffschuhe gedacht, über die selbstverständlich Einwegüberzieher drübergezogen wurden.

Ich sah außerordentlich lächerlich aus. Hoffentlich kam Becker nicht auf die Idee, seine Krimis zu illustrieren. Mit diesem Outfit trat ich meinen Gang nach Canossa an. Ob Jacques nach dem kleinen Unfall in dem Labor noch mit mir reden würde? Das Ehepaar Flößer schien von der Aktion nicht begeistert gewesen zu sein.

Mit den offenen Schuhen schlurfte ich in Richtung Labor. Becker und das Ehepaar Flößer folgten.

»Mensch, Reiner«, schrie Jacques nach Luft schnappend, als er mich sah. Er wollte etwas anfügen, doch ein halbwegs ausgewachsener Lachkrampf hielt ihn davon ab.

»Das ist ja, das da –«, er schnappte weiter nach Luft.

Ich nutzte die Gelegenheit, um meine Verteidigung vorzubereiten. »Tut mir leid, Jacques, aber beinahe hätte ich den Einbrecher festnehmen können. Ich helfe dir gern beim Aufräumen. Sorry, dass ich dir so viel Ärger bereitet habe.«

»Wovon redest du überhaupt?«, fragte mein Freund, nachdem er sich wieder unter Kontrolle hatte.

Ich verstand nicht, was er meinte und zeigte stumm auf das Chaos in dem Labor. »Von dem Durcheinander hier.«

»Ach, das.« Jaques winkte mit einer großzügigen Geste ab. »Das ist schnell wieder aufgeräumt. Aber wie du aussiehst! Bist du einer der Hauptdarsteller in der Neuverfilmung von ›Einer flog übers Kuckucksnest‹?«

Ich ging nicht auf mein Äußeres ein, da ich damit sowieso nur verlieren konnte.

»Und deine ganzen Versuche? Das ist jetzt alles zerstört.«

Jacques ging zu dem Tisch, der direkt neben dem abgestürzten Regal stand und übersät mit den unterschiedlichsten Zutaten war. Er zog eine Schale hervor. »Vergiss es, Reiner. Meine ganzen Versuche waren bisher für die Katz. Aber probiere das mal, mein Sohn.«

Er hielt mir die Schale hin, die gefüllt war mit einem Allerlei diverser Zutaten. Ein Mix aus zufällig hineingefallenem Zeug.

Angewidert drehte ich mich ab, was Jacques wenig beeindruckte. Er entnahm einer Ablage einen Löffel und überreichte ihn dem Geschäftsführer. Ohne zu zögern, versuchte dieser von der spontan entstandenen Kreation.

Kaum hatte er den Bissen im Mund, veränderte sich sein Gesichtsausdruck in eine Euphorie, wie man sie nur alle paar Hundert Jahre sieht.

»Paradisium«, stotterte er. »Das ist das Paradisium. Alexandra, versuche du mal. Das ist das Beste, was ich je gegessen habe.«

Ich verstand immer noch nicht. Was hatten Jacques Chemikalien mit diesem Gemüsemix zu tun?

Der Erfinder bemerkte meine Ratlosigkeit. »Du hast das Rezept gefunden, Reiner. Nicht ich mit meinen endlosen Versuchsreihen, sondern du mit deiner Tölpelhaftigkeit. Schau dir mal an, was da alles drin ist. Im Leben wäre ich nie auf die Idee gekommen, das so zusammenzumischen.«

Ich warf einen Blick in die Schale, konnte aber so gut wie nichts zuordnen, da alles in einer seltsam dicken Soße schwamm. Sollte ich oder nicht? In Anbetracht des von mir angerichteten Schadens war es vernünftig, sich gegenüber den beiden Geschäftsführern etwas wohlwollend zu verhalten. Trotz persönlicher Bedenken griff ich in die Besteckablage und nahm einen Löffel. Falls Rosenkohl oder Rote Bete eine der Hauptzutaten des Paradisiums war, würde sich die Sauerei auf dem Boden etwas vergrößern. Vier Augenpaare starrten mich an, als ich den gefüllten Löffel zum Mund führte.

»Nun mach schon«, motivierte mich Jacques, da ich zögerte. Das Zögern hatte seinen Grund: Ich hatte mir auf die Schnelle ein paar positiv besetzte Superlative überlegt, mit denen ich das Zeug bewerten wollte. Jedenfalls, wenn es in meinem Magen blieb und nicht gleich wieder flüchtete.

Es war genial. Der Geschmack, die Konsistenz, der Abgang im Rachen, so etwas Fantastisches hatte ich noch nie gegessen, nicht einmal bei der Curry-Sau in Speyer oder beim Imbiss Caravella in Schifferstadt. Sofort aß ich einen weiteren Löffel voll. Mein Freund entzog mir daraufhin die Schale. »Nicht alles leer essen, ich muss das noch genau analysieren.« Er grinste und fuhr fort: »Ich gehe erstens davon aus, dass es dir schmeckt und zweitens, dass du lieber nicht wissen möchtest, was da so alles drin ist.«

Ein kleiner Kloß setzte sich mir in den Hals. Jacques hatte recht. Da die Probe magenfreundlich zu sein schien, ließ ich es damit bewenden. Schließlich musste ich das Zeug nicht leer essen, auch wenn es sehr gut schmeckte.

Das Ehepaar Flößer tuschelte bereits die ganze Zeit miteinander. Schließlich wandte sie sich an mich. »Herr Palzki, mein Mann und ich haben gerade beschlossen, den neuen Paradisium-Salat nach Ihnen zu benennen. Wir würden ihn gern als Palzki-Salat vermarkten. Sie haben bestimmt nichts dagegen, oder?«

Während ich mit einer Schreckensmiene dastand, setzte Dietmar Becker noch eins drauf. »Da macht Herr Palzki selbstverständlich mit. Seit er mir mal das Leben gerettet hat, habe ich den ermittelnden Kommissar in meinen Romanen ebenfalls auf seinen Namen umgetauft.«

Jacques lachte. »Mensch, Reiner, du wirst auf deine alten Tage noch richtig berühmt.«

Auch Herr Flößer ergänzte den Vorschlag seiner Frau. »Da könnten wir auch öffentliche Vorführungen veranstalten, bei denen Sie vor Publikum den neuen Salat probieren. Oder müssen Sie vorher Ihren Chef fragen?«

Ich wollte gerade entgegnen, dass KPD sicherlich nicht amüsiert sein wird, wenn seine Untergebenen in der Öffentlichkeit für Salat werben, doch dazu kam es nicht. Ein Mann im Blaumann kam angerannt.

»Ich habe die Verfolgung abbrechen müssen«, berichtete er atemlos an das Ehepaar Flößer.

»Das ist Dieter Krause, unser Hausmeister«, unterbrach ihn der Geschäftsführer. »Erzählen Sie weiter, Herr Krause.«

»Als Ihre Frau mich angerufen hatte, wollte ich gerade mit meinem Dackel Gassi gehen. Ich lief zunächst außen um den Betrieb herum und so sah ich, wie eine schwarz gekleidete Person aus dem Fenster im Anlieferungsbereich kletterte. Was heißt klettern, es war eher ein Springen. Die Person muss sehr sportlich sein.«

»Konnten Sie sein Gesicht erkennen?«, fragte ich dazwischen.

Krause zögerte einen Moment, da er mich nicht kannte, doch als das Ehepaar Flößer keinen Einwand erhob, fuhr er mit seiner Erklärung fort.

»Die Person trug eine schwarze Maske. Ich kann nicht einmal sagen, ob es ein Mann oder eine Frau war. Ich verfolgte die Person bis zum Münzweg. Dann war sie verschwunden. Bodo, mein Dackel konnte auch keine Fährte aufnehmen.«

Jacques reichte dem Hausmeister einen Löffel. »Möchten Sie auch mal probieren?«

Krause verzog sein Gesicht. »Jetzt nicht«, sagte er. »Die Polizei ist übrigens bereits angekommen. Die Spurensicherung ist drüben in der Verwaltung.«

Ich verabschiedete mich schnell von Jacques und schlurfte gemeinsam mit den anderen durch die Schleuse zu den Büros. Nachdem die Kollegen ausgiebig mein Outfit belacht und kommentiert hatten, revanchierte ich mich mit einer kleinen, aber notwendigen Gemeinheit. »Tut mir leid, dass wir euch kurz vor Feierabend hierher bitten mussten.« Ich konnte mir ein fettes Grinsen nicht verkneifen. »Wenn ihr mit dem Büro fertig seid, könnt ihr euch in die Produktion begeben. Dort findet ihr ein Labor und ein Kühlhaus, die ausgiebig untersucht werden müssen. Ach ja, und das Fenster, aus dem unser Freund geflüchtet ist.« Den länger werdenden Mienen der Kollegen servierte ich einen kleinen Zuschlag: »Hausmeister Krause wird euch zeigen, wo er den Einbrecher aus den Augen verloren hat.« Ich sah provozierend auf meine Uhr. »Bis Mitternacht dürftet ihr das Gröbste geschafft haben.« Ich drehte mich um und ging zum Empfangsraum. Das hatten sie nun davon, sich über mich lustig zu machen.

»Soll ich Sie heimfahren?«, fragte Herr Flößer.

»Vielen Dank, das krieg ich noch allein hin. Den Kittel bringe ich Ihnen morgen wieder vorbei.«

Becker musste natürlich wieder mal intrigieren. »Mit den offenen Schuhen Auto fahren, ist lebensgefährlich.«

Ich blickte ihn böse an. »Gefährlicher ist es, mit Ihnen im gleichen Raum zu sein.«

Nachdem ich mich von den beiden Flößers verabschiedet hatte, machte ich mich auf den Heimweg. Jutta brauchte ich so kurz vor ihrem Feierabend nicht zu informieren. Bis morgen früh würden die Ergebnisse auf dem Schreibtisch liegen, dann könnten wir weiter sehen.

KAPITEL 10
DER NÄCHSTE TOTE

Die Situation vor meinem Haus war etwas vertrackt. Frau Ackermann stand vor ihrer Haustür und unterhielt sich mit ihrem Mann, der Getränkekisten nach hinten in den Garten schleppte. Gut, die Unterhaltung war ein Monolog, anders war das bei meiner Nachbarin nicht vorstellbar. Sie winkte mir zu, und ich blieb im Wagen sitzen und tat so, als würde ich sie nicht sehen. Um die Situation weniger peinlich wirken zu lassen, öffnete ich das Handschuhfach und holte mit großzügigen Bewegungen die Bedienungsanleitung des Wagens heraus. Glücklicherweise kam die Wortschleuder nicht auf die Idee, zu mir zu kommen.

Kaum hatte ich die Gewährleistungsbestimmungen auf Deutsch, Englisch und vermutlich Thailändisch durchgelesen, verschwand Frau Ackermann im Haus, und ich jubelte innerlich. In Sekundenschnelle verließ ich mein Auto und spurtete in Richtung Haus.

»Hallo, Herr Palzki! Wieder mal im Einsatz?«, riefen von der gegenüberliegenden Straßenseite ein paar Fußgänger und lachten. Ich ignorierte sie und verschwand im Haus.

»Das ist dermaßen geil, Papa«, war das Erste, was ich zu hören bekam. Melanie stand im Treppenhaus und bebte vor Lachen.

»Geh in dein Zimmer«, befahl ich ihr, doch schon kam Paul dazu.

»Papa ist ein Indianer«, sang er und begann ein Kriegsgeheul.

Um den Boden nicht zu verschmieren, behielt ich die Kunststoffschuhe an und ging ins Wohnzimmer. Was ich dort sah, gab mir den Rest. Es sah aus, als hätte jemand sämtliche Pflanzen, die es auf der Landesgartenschau in Landau gab, in unser Wohnzimmer gestellt. Die Landauer Kripo-Chefin hätte an unserem Wohnzimmer ihre helle Freude gehabt. Im Vergleich dazu war ihr Dienstzimmer eine Sandwüste.

Ich überlegte. Konnte es sein, dass ich träumte? Würde ich demnächst schweißgebadet aufwachen? Im Fernsehen war so etwas bei vielen Serien ein gern genutztes Stilmittel. War es nicht so bei der endlosen Dallas-Serie, wo es sich erst am Schluss einer ganzen Staffel herausstellte, dass der Protagonist alle Folgen nur geträumt hatte?

Stefanie kam aus der Küche, und ich wusste sofort, dass ich nicht träumte.

»Mein Gott«, schrie sie panisch, »Reiner, du bist am ganzen Körper verletzt! Ich rufe sofort den Notarzt.«

Der eingetrocknete Rote Bete-Saft sah tatsächlich so aus, als hätte mich jemand mit einem Rundum-Vertikutierer überrollt. Vielleicht war das auch der Grund, warum Frau Ackermann nicht an meinen Wagen gekommen war.

»Ist nicht weiter schlimm«, sagte ich zu meiner Frau und zeigte ihr den Handrücken mit der Schnittwunde.

Ungläubig schaute sie auf den Hautriss.

»Das andere ist kein Blut«, klärte ich sie auf und wies zwecks Ablenkungsversuchs auf das Gestrüpp. »Aber was ist das?«

Stefanie irritierte dies noch mehr. »Sag jetzt endlich, was passiert ist!«

Sie wischte über meine Wange und roch an der Probe, was ihre Verwirrtheit weiter steigerte. »Wenn ich es nicht absolut ausschließen könnte, würde ich sagen, du hast in Rote Bete gebadet.«

»Bingo«, sagte ich. »Wusstest du, dass Rote Bete-Saft die Hautalterung stoppen kann und der neueste Wellnessschrei ist? Nur eines darf man nicht: das Zeug trinken oder essen.«

Paul kam mit Häuptlingskopfschmuck herein, den er aus seiner Fasnachtskiste geholt haben musste. »Papa ist jetzt eine Rothaut«, schrie er und begann wieder sein mörderisches Kriegsgeschrei. »Ich klaue dir jetzt deinen Skalp!« Er zog einen Kunststoff-Tomahawk hervor.

Stefanie stand mit offenem Mund ratlos daneben, während ich meinem Sohn mit einer geschickten Handbewegung die Spielzeugwaffe entzog. »Du schaust zu viel Fernsehen, Paul. Übrigens haben die Bleichgesichter die Indianer skalpiert und nicht umgekehrt.«

Ich wandte mich wieder meiner Frau zu. »Es ist nichts passiert, Stefanie. Während einer kleinen, harmlosen Verfolgungsjagd sind versehentlich ein paar Tropfen von dem Zeug über mich gelaufen. Die Geschäftsführerin der Nafa hat mir dann den Kittel geliehen.«

»Nafa?«, stotterte Stefanie. »Du warst bei der Nafa? Mit Frau Ackermann?«

Jetzt war ich an der Reihe mit dem Staunen. »Was hat unsere Wortschleuder mit der Nafa zu tun?« Irgendwie sprachen wir aneinander vorbei.

»Frau Ackermann war heute Mittag bei der Nafa, um die Salate für ihr Familienfest zu bestellen. Hat sie dich mitgenommen?« Unglaube stand ihr im Gesicht.

»Quatsch«, antwortete ich. »Läuft mir Blut aus den Ohren?« Um sie zu überzeugen, ging ich mit meinem rechten Ohr ganz nah an sie ran.

Stefanie bekam große Augen und zog eine Scheibe Rote Bete hervor, die sich hinter meinem Ohrläppchen eingeklemmt hatte.

»Bist du sicher, dass alles in Ordnung ist mit dir?«

Um sie nicht weiter zu verängstigen, grinste ich. »Klar doch. Andere legen sich Gurkenscheiben und Erdbeeren aufs Gesicht. Das ist auch nicht viel anders als Rote Bete hinter dem Ohr. Wie gesagt, ich hatte bei der Nafa einen kleinen Unfall. Im Lager. Und nein, ich habe Frau Ackermann nicht getroffen.«

»Warum warst du überhaupt bei der Nafa?« Stefanie hatte nach wie vor ein Informationsdefizit.

»Der ermordete Besucher auf der Landesgartenschau war der Prokurist der Nafa. Deshalb bin ich dort gewesen. Dann haben wir einen Einbrecher überrascht, und bei der Verfolgung bin ich halt versehentlich in so ein Regal gesaust.«

»Das mit Rote Bete vollgestanden hat«, ergänzte sie, und ich nickte.

»Musst du da noch mal hin?«, fragte Stefanie und bekam einen seligen Gesichtsausdruck. »Dann könntest du uns ein paar Salate fürs Wochenende mitbringen. Am Freitag sind wir zwar bei Ackermanns eingeladen, aber am Samstag könnten wir bei uns im Garten grillen.«

Die Sache mit dem Grillen fand meine Zustimmung. Dass Stefanie dazu ein paar Salate wollte, konnte ich verstehen. Dass wir am Freitag zu den Nachbarn sollten, dagegen nicht. »Müssen wir wirklich rüber zu Ackermanns?«

Meine Frau ließ daran keinen Zweifel. »Auf jeden Fall. Die beiden Schwestern unserer Nachbarin sollen begabte Sängerinnen sein und auch so manches Instrument beherrschen. Vielleicht stecken sie Paul und Melanie damit an, und ich kann sie in der Musikschule anmelden. Stell dir mal vor, wir könnten in Zukunft sonntags gemeinsam Hausmusik machen.«

»Mal sehen«, entgegnete ich und nahm mir vor, alles in meiner Macht Stehende zu unternehmen, um dies zu verhindern. Musik kam in unserem Haus aus dem Radio, das war schon immer so. Traditionen sollte man pflegen.

Bevor ich unter die Dusche springen wollte, musste ich einen lebenswichtigen Punkt klären. »Sagst du mir bitte, was es mit dieser Tarzan-Welt auf sich hat? Wird unser Haus zur Arche Palzki für Pflanzen umgebaut?«

Stefanie lächelte. »Keine Panik, Reiner. Nächste Woche holt Frau Ackermann das wieder ab. Ich habe das nur so lang in Pflege genommen, wie ihr Besuch in Deutschland ist.«

Ich war einigermaßen beruhigt, dass es sich um keinen Dauerzustand handelte. Nachdem ich meine Frau nach dem Weg zu unserem Badezimmer gefragt hatte, ging ich duschen. Das Zeug klebte hartnäckig, doch schließlich gewann ich, wie es sich für einen Siegertypen wie mich gehört. Krebsrot, dieses Mal vom eigenen Körper erzeugt, zog ich frische Klamotten an. Stefanie hatte in der Zwischenzeit gekocht.

»Ich habe dir eine stärkende Gemüsesuppe zubereitet, Reiner. Damit du wieder zu Kräften kommst.«

Eigentlich war ich selbst schuld. Warum musste ich ausgerechnet im vorderpfälzischen Rhein-Pfalz-Kreis wohnen, der als ›Gemüsegarten Deutschland‹ galt und als solcher touristisch beworben wurde.

Während des Essens, komischerweise war ich überhaupt nicht hungrig und konnte nur ein paar Löffel essen, erzählte ich meiner Frau von Jacques.

»Ich hoffe, dass die von der Nafa wissen, was sie da machen«, beurteilte Stefanie die Sache. »Und die wollen wirklich einen Salat nach dir benennen? Das wäre genauso, als würde sich der Bundespräsident in der Öffentlichkeit einen Joint reinziehen.«

Ich zog eine Grimasse. »Lach du nur, es gibt durchaus auch wohlschmeckende Salate.«

»Vor allem die, die ausschließlich aus Wurst und Fleisch bestehen«, konterte sie. »Der Palzki-Salat wird eine Kalorienbombe sein.« Sie schauspielerte ein Schlottern.

»Du wirst schon sehen«, wiegelte ich ab. »Was machen eigentlich Lisa und Lars?«

Die Themenänderung gelang. »Ich schätze, dass die beiden gleich aufwachen werden. Immerhin schlafen sie seit fast zwei Stunden.«

»Papa«, setzte Paul zur nächsten Unbill an. »Herr Ackermann hat mir ein paar Schimpfworte beigebracht, die man in Irland benutzt. Er meinte zu mir, dass ich die auf keinen Fall sagen darf, wenn die Schwestern von seiner Frau zu Besuch kommen.«

Na prima, dachte ich. Herr Ackermann wusste anscheinend nur zu gut, wie Kinder generell mit Verboten umgingen. Der Eklat war vorprogrammiert. Mal schauen, ob ich das geradebiegen konnte.

»Paul«, sagte ich und schaute ihn ernst an. »Wenn du die Schimpfwörter den beiden Schwestern unserer Nachbarin nicht sagst, denke daran, nicht zu erwähnen, dass du diese Wörter von Herrn Ackermann hast.«

»Klaro«, sagte Paul, der das Manöver durchschaut hatte. »Ich muss doch checken, ob die Irren auch so humorlos sind wie meine Lehrer.«

»Das heißt Iren«, verbesserte Stefanie automatisch.

»Ach so, ich dachte, da leben lauter Lehrer«, sagte mein Sohn enttäuscht.

Der Rest des Abends lief in geordneten Bahnen. Stefanie steckte den geliehenen Kittel und meine verfärbte Kleidung, die ich in einer Tüte mitgebracht hatte, in die Waschmaschine. »Haben die bei der Nafa keine Kittel in deiner Größe?«

*

Der Dienstalltag am nächsten Morgen begann wenig vielversprechend. KPD saß bei Jutta im Büro und schaute provozierend auf seine Armbanduhr, als ich zur Tür hereinkam. Kommentarlos schüttelte er den Kopf.

»Guten Morgen, allerseits«, begrüßte ich meine Kollegen überfreundlich. »Wie es hier so toll nach Kaffee riecht. Da freut man sich, Polizeibeamter zu sein. Jutta, hast du noch von den billigen Keksen?«

KPD schienen die Augäpfel herauszufallen.

»Herr Palzki«, begann er und wie üblich sprach er das ›Herr‹ mit fünf ›r‹ aus. »Wir stehen vor der größten Herausforderung, seit diese Dienststelle besteht, und Sie sprechen von Kaffee und Keksen.«

Ich setzte mich und schenkte mir eine Tasse Kaffee ein, obwohl klar war, dass ich den Sekundentod von Jutta und Gerhard nicht trinken würde. »Ist das nicht etwas übertrieben, Herr Diefenbach? Für was haben Sie so geniale Untergebene wie uns? Den Fall in der Nafa lösen wir im Handumdrehen, und außerdem wurde gestern das Paradisium entdeckt.«

»Von was reden Sie da?«, unterbrach er mich harsch. »Kann es sein, dass Sie durcheinander sind, Palzki? Bereits am Sonntag auf der Landesgartenschau hatte ich den Eindruck, dass mit Ihnen etwas nicht stimmt. Wollen Sie mal eine Zeit lang pausieren und ihr Burn-Nichtstun-Syndrom kurieren?«

Jutta versuchte, die Lage zu deeskalieren. »Herr Diefenbach meint das Gewächshaus, das wegen langer Lieferzeit erst Anfang nächster Woche angeliefert wird.«

»Genau«, bestätigte KPD. »Eine verlorene Woche kann üble Folgen für mich als guter Chef haben. Das Schlimme daran: Niemand will mir in meiner Not helfen! Weder die Schifferstadter Bürgermeisterin, der Landrat noch unser zuständiger Landtagsabgeordneter sehen sich in der Lage, mir eine äquivalente Alternative zu besorgen. Warum verköstige ich die regionale Prominenz mehrmals im Jahr mit exquisiten Genüssen aus unserer Schwarzgeldkasse? Doch nur, um in schwierigen Zeiten einen politischen Rückhalt zu haben.« Er schaute ziellos durch den Raum, was Klaus Kinski nicht hätte besser machen können. »Bevor Sie auf die Idee kommen und von Bestechung reden: Das hat damit überhaupt nichts zu tun. Das nennt man auf neudeutsch Networking.«

Das war der Hammer. KPD hatte keine anderen Sorgen als den Pflanzenwettbewerb mit seiner Landauer Kollegin. Zwar gab es bisher nur einen einzigen Toten, dennoch würde ich von einem Dienststellenleiter erwarten, dass er sich um seinen eigentlichen Job kümmerte. Wahrscheinlich dachte er, dass seine Untergebenen mit einer Leiche allein zurechtkämen.

KPD fiel etwas ein. »Ach ja«, sagte er beiläufig und zog einen Zettel aus seiner Hosentasche. »In Landau gab es heute früh einen weiteren Toten. Kann sein, dass es mit der Sache vom Sonntag zu tun hat. Ich habe mit Frau Dr. Dammheim verabredet, dass die Landauer den Tatort aufnehmen und wir wie gehabt die Ermittlungen übernehmen. Das ist wichtig, wegen der Amsterdamreise, die wir gewinnen werden.« Er gab den Zettel an Jutta weiter, die genauso überrascht schaute wie wir alle. KPD schienen Einzelheiten nicht zu interessieren. Selbst seine mörderische Statistik stand im Moment nicht im Fokus, von dem Gewinn der Reise ganz abgesehen. Die Sache mit dem Gewächshaus musste ihm schwer zu schaffen machen. Tief schnaufend erhob sich unser Chef.

»Mal schauen, wie ich dieses Problem gelöst bekomme. Frau Wagner, bitte halten Sie sich auf Abruf bereit, falls wir kurzfristig agieren müssen.« Grußlos verschwand er.

»Das glaubt uns kein Mensch«, sagte Gerhard und ergänzte, »so einen Chef gibt es kein zweites Mal.«

Jutta widersprach. »Nicht ganz, Kollege, kannst du dich an die Premierenlesung des vorletzten Krimis von Dietmar Becker in der Stadtbücherei Schifferstadt erinnern?«

Gerhard prustete Kaffee. »Ja, stimmt. Das war der Oberhammer.«

»Klärt ihr mich mal bitte auf?«, fragte ich neugierig.

Jutta schenkte sich eine neue Tasse Kaffee ein. »Du solltest auch mal eine Lesung von Dietmar Becker besuchen. Wenn der dann noch seinen Freund dabei hat, den Percussionisten, dann wird's noch doller.«

»Nie im Leben mach ich das, aber was hat dies mit KPD zu tun?«, hakte ich verständnislos nach.

Während Gerhard schmunzelte, klärte mich Jutta auf. »Dass KPD in Beckers Krimis als Realperson auftritt, das weißt du ja. Irgendwann hat er uns mal erzählt, dass er jedes Mal Probleme mit der Lektorin hat, die meint, dass KPD absolut unglaubwürdig sei und er es mit der Beschreibung seiner Kapriolen nicht übertreiben soll.«

»Alles an Beckers komischen Krimis ist unglaubwürdig, Jutta.«

»Wie man's nimmt«, wehrte sie sich. »Nach der Veranstaltung in Schifferstadt hatte eine anwesende Journalistin das Publikum befragt und dabei eine Frau erwischt, die mit ihrer Mutter extra aus Mannheim gekommen war. Und diese hatte der Journalistin gesagt, dass ihr Chef das absolute Ebenbild von KPD sei. Ihr Chef wäre genauso verschroben wie der Schifferstadter Dienststellenleiter.«

»Das gibt's doch gar nicht«, erwiderte ich kritisch.

»Mein lieber Reiner, das ist noch nicht alles«, fuhr Jutta fort. »Die Journalistin hat das wortwörtlich im Schifferstadter Tagblatt abdrucken lassen, inklusive voller Namensnennung der Besucherin.«

Ich kratzte mich am Kopf. »Da kann man nur hoffen, dass ihr Chef keine Zeitung liest. Oder die Sache nicht kapiert, so wie es bei KPD sein würde.«

Jungkollege Jürgen kam mit verschlafenem Gesicht zur Tür herein.

»Guten Morgen. Tut mir leid, ich habe verschlafen. Gestern war ein anstrengender Abend für mich.«

Froh um die Ablenkung, spottete ich in Jürgens Richtung. »Wollte der Bingo-Abend wieder kein Ende nehmen?«

»Woher weißt du?«, fragte er überrascht.

»Weil es das Spannendste in deinem Leben ist, von ›Elfer raus‹ spielen mal abgesehen.«

»Die blöde 69er-Kugel war verschwunden«, erläuterte Jürgen. »Wir haben überall gesucht.«

»Und wo habt ihr sie gefunden?«

»Überhaupt nicht. Das ist uns allen ein Mysterium.«

»Vielleicht ist sie gar nicht verschwunden, weil euer Bingo-Spiel eine Alice-Schwarzer-Ausgabe ist.«

Jürgens Stirn runzelte sich, während er erfolglos überlegte, Gerhard prustete zum zweiten Mal Kaffee über den Tisch, und Jutta drohte mir belustigt mit dem Zeigefinger. »Das war aber deutlich unter der Gürtellinie, Reiner.«

Ohne den rat- und kugellosen Jürgen aufzuklären, begann ich von der Nafa zu erzählen.

»Vielleicht hatte Reinhard Mey unrecht«, meinte Gerhard, als ich fertig war, »und der Gärtner ist doch der Mörder.«

»Genau«, bestätigte ich. »Dieser Gedanke liegt schließlich sehr nahe. Ich bin gespannt, ob er für gestern ein Alibi hat.«

Jutta las die Notiz, die KPD dagelassen hatte. »Hier steht nichts Konkretes. Das Opfer ist männlich. Vielleicht wurde der Gärtnermeister ermordet?«

»Vergiss es. Das passiert in einem Kriminalroman, aber niemals in der Realität. Auf Gerhard, wir fahren.«

Ich blickte mit traurigem Blick zu Jutta. »Du musst leider hierbleiben, wegen KPD.«

Jürgen stand ebenfalls auf.

»Wo willst du hin, junger Mann? Musst du aufs Klo?«

Unser Jungkollege gähnte herzhaft. »Ich geh in mein Büro und hau mich eine Runde aufs Ohr.«

»Das kann ich gern für dich übernehmen«, konterte ich. »Das mit dem Ohr hauen, meine ich. Hast du die Personen überprüft, wie wir das gestern besprochen haben?«

Jürgen blickte zu Boden und nuschelte. »Ich war doch den ganzen Mittag mit KPD unterwegs. Und dann musste ich heim wegen dem Bingo.«

»Jürgen, Jürgen, das heißt ›wegen des Bingos‹. Das lernt gerade Paul in der Grundschule. Den Genitiv mein ich, nicht das Bingo. Aber egal, mach dich gleich an die Arbeit, wir sind nicht wegen dem Ausschlafen Polizeibeamte geworden. Damit du ausgelastet bist, möchte ich bis heute Mittag auch alle auffindbaren Informationen über den Geschäftsführer der Nafa haben und dem seine Frau. Dann gibt es dort einen undurchsichtigen Hausmeister, Dieter Krause heißt er. Dem sein Dackel sieht aus wie sein Herrchen. Alles klar? Ich muss jetzt mit Gerhard nach Landau wegen dem Todesfall.«

Jürgen nickte ergeben und trollte sich.

»Mit dem Genitiv musst du genauso wie Jürgen noch ein bisschen üben«, meinte Jutta belustigt. »Lass dir doch von Paul Nachhilfe geben.«

»Jürgen sein Problem«, beendete ich die Diskussion und verabschiedete mich. Wo kämen wir da hin, wenn ein Pfälzer den Genitiv beherrschen müsste? Das würde nur unseren geliebten Dialekt verhunzen.

KAPITEL 11
FEUCHTE LUFT

Heute blieb mir das Autofahren erspart. Ich nutzte die komfortable Beifahrerzeit, um meine Gedanken zu sortieren. War der Fall wirklich so einfach? Auch wenn der Zusammenhang zwischen dem Gärtnermeister, der Nafa und deren ehemaligem Prokuristen dermaßen ins Auge stach, wollte ich das nicht wahrhaben. Egal, wo man hinschaute, überall gab es Verdächtige, die irgendetwas zu verbergen hatten. Da war die angebliche Personalvermittlerin Kopf-Irgendwas oder die Schwägerin des Prokuristen, die zur Nafa fahren wollte, aber dort nicht aufgetaucht war. Selbst Frau Luckey machte auf mich den Eindruck, dass etwas faul war. Was wusste ihr Mann, warum wurde sein Büro durchsucht? Haben die Geschäftsführer der Nafa ein weiteres großes Geheimnis? Dennoch, es musste eine Beziehung zur Landesgartenschau geben. Zwei Todesfälle, beide in Landau, das konnte kein Zufall sein. Bereits am Sonntag hatte sich in meinen Augen der langhaarige Pressebeauftragte Johannes Ente verdächtig gemacht, indem er behauptete, sein Smartphone ausgeschaltet zu haben. Dieses untypische Verhalten konnte alles bedeuten oder nichts.

Ich wurde aus den Gedanken gerissen, als ich wahrnahm, wo Gerhard parken wollte.

»Was soll das?«, herrschte ich ihn an. »Wir müssen zur Landesgartenschau und nicht zur Landauer Kripo!« Mein Kollege stand exakt an der Stelle, an der ich gestern mit Jutta parkte.

»Dort finden wir bestimmt keinen Parkplatz. Von hier sind es nur ein paar Meter zu laufen. Sei mal nicht so faul, Reiner.«

»Was heißt hier faul? Ich habe gestern sportliche Höchstleistungen vollbracht.«

Gerhard unterbrach mich. »Ich weiß, für dich ist Sitzen bereits Hochleistungssport.«

»Jetzt babbel net«, konterte ich auf Pfälzisch. »Wir brauchen keinen Parkplatz. Fahr einfach direkt bis vor den Eingang.«

»Auf deine Verantwortung.«

Gerhard hatte gerade den Motor ausgeschaltet, da kam bereits ein wichtig aussehender Aufpasser in Uniform auf uns zugestiefelt.

»Fahren Sie da bitte sofort weg!«, herrschte er meinen armen Kollegen an.

»Ja, ja, natürlich«, beeilte sich Gerhard zu antworten.

Kein Rückgrat, dachte ich und sprang meinem Kollegen zu Hilfe. »Wir sind im Einsatz, Hilfssheriff«, rief ich über Gerhard hinweg zum Fahrerfenster hinaus und präsentierte gleichzeitig meinen Dienstausweis.

Der Aufpasser wurde schlagartig freundlich. »Ach so, Sie sind wegen dem Toten hier. Hier können Sie trotzdem nicht parken. Wollen Sie mit Ihrem Wagen direkt aufs Gelände fahren?«

Bevor Gerhard ablehnen konnte, nutzte ich trotz fehlerhaften Genitivs die Steilvorlage. »Das wäre super. Ich wusste gleich, dass man sich auf Sie verlassen kann.« Im Schleimen war ich schon immer Weltmeister.

»Aber bitte nur Schritttempo«, sagte mein neuer Freund. »Drinnen fährt so ein gestörter Notarzt herum. Passen Sie auf den gut auf. Keine Ahnung, warum der jeden Tag rein darf. Man könnte meinen, der übt für die Rallye Paris–Dakar.«

Er ging zu einem großen Gitterzauntor und öffnete es. Während er uns zufrieden zuwinkte, fragte mich Gerhard: »Musste das sein?«

»Wieso? Er hat uns doch angeboten, da rein zu fahren, nicht ich. Außerdem ist es mal was anderes. Die Natur aus dem fahrenden Auto heraus genießen, das hat Stil und ist nicht so anstrengend.«

Der rücksichtsvolle Gerhard fuhr langsamer als Schrittgeschwindigkeit. So würden wir nie am Tatort ankommen, zumal wir bis jetzt nicht einmal wussten, wo der genau lag. Nachdem ich ein wenig in die Fahrweise meines Kollegen eingegriffen und ein paar trödelnde Rentner weggehupt hatte, lief es besser. Zunächst fuhren wir eine Weile ziellos die breiteren Hauptwege entlang. So langsam machte es auch Gerhard Spaß, und schließlich entdeckten wir die Einsatzfahrzeuge der Landauer Kollegen, die neben einer Halle standen.

»Siehste, die sind auch reingefahren.«

Er parkte neben einem Leichenwagen, was mir einen kleinen Schauder über den Rücken laufen ließ. Ich schaute mich um. Links von uns befand sich das hallenähnliche Gebäude mit Glasdach. Über dem breiten Eingang hing ein palmengeschmücktes Schild mit der Aufschrift ›Tropenwald‹. Rechts von uns befand sich eine alte Backsteinhütte, die mit einem kleinen ungepflegten Nutzgarten umgeben war. Das seltsame Grundstück in der Größe eines Tennisplatzes war mit einem Maschendrahtzaun begrenzt. Der einzige Zugang, den ich von unserem Standort aus erkennen konnte, war mit einem dicken Vorhängeschloss verriegelt. Vielleicht stand das alte Haus unter Denkmalschutz, und man hatte es deshalb nicht abreißen können, als das Gelände für die Gartenschau gestaltet wurde?

»Was starrst du da drüben hin?«, fragte Gerhard und zeigte auf die Tropenwaldhalle. »Wir müssen da rein.«

Das war wohl wahr, da in diesem Moment zwei Polizeibeamtinnen heraustraten.

»Geht's da zur Leiche?«, fragte ich leger.

»Ich wüsste nicht, was Sie das angeht«, herrschte uns die jüngere der beiden an. »Die Halle ist zurzeit geschlossen.«

»Immer freundlich, die Kollegen aus Landau«, sagte ich in ironischem Tonfall zu Gerhard, sodass die Beamtinnen es hören mussten. »Frau Dr. Dammheim scheint gewisse Defizite in der Mitarbeiterführung zu haben.«

Ganz unweiblich wurden wir mit einer Fingergeste beleidigt. Über solchen Kinderkram standen wir drüber. Ohne aufgehalten zu werden, konnten wir das Gebäude betreten. Feuchtheiße Tropenluft schlug uns entgegen, als wir die Innere der Doppeltüren öffneten. Ich bemerkte, wie sich bei mir sämtliche Hautporen schlagartig öffneten. Hinzu kam, dass die Luft knapp zu werden drohte. Gerhard erging es nicht viel besser.

»Flach atmen«, empfahl er mir. »Dann legt sich die Luftnot gleich wieder. Und keine anstrengenden Bewegungen, sonst schwitzt du gleich wie ein Schwein.«

Ein schwitzendes Schwein?, dachte ich. So etwas hatte ich noch nie gesehen. Wahrscheinlich meinte es Gerhard nicht allzu wörtlich.

Nach wenigen Schritten klebte mir die Kleidung am Körper. Wie sollte das erst werden, wenn ich hier drinnen wirklich anstrengende Dinge tun müsste, wie zum Beispiel meinen offenen Schuh binden, wie ich gerade mit Erschrecken festgestellt hatte.

Optisch bekam man als Besucher für das Schwitzen einen gewissen Ausgleich geboten: Der Dschungel konnte sich sehen lassen. Fast erwartete ich, dass jeden Moment Lex Barker oder Johnny Weissmüller als Tarzan per Liane angesprungen kam.

Der Weg schlängelte sich als gepflasterter Trampelpfad durch die menschengemachte Wildnis. Nach wie vor äußerst kurzatmig gingen Gerhard und ich weiter. Trotz meiner fehlenden Affinität zu Naturprodukten staunte ich über die Kulisse. Jedenfalls bis zur zweiten oder dritten Kurve. Dann stand wie aus dem Nichts Dr. Metzger vor uns.

»Palzki, endlich sind Sie da! Ich warte gefühlte drei Stunden auf Sie!« Er nickte Gerhard zu. »Haben Sie ihm den Weg zeigen müssen, Herr Steinbeißer?«

Das hatte mir gerade noch gefehlt. Ein Toter, und der Not-Notarzt Metzger am Tatort. Die Landauer Kollegen waren garantiert hellauf begeistert.

Metzger, dem der Schweiß auf der Stirn stand, schüttelte seine fettige langhaarige Mähne und motzte weiter. »Da findet man mal eine nicht alltäglich zubereitete Leiche, und dann pfuscht die Landauer Kripo einem ins Handwerk. Ich wäre nicht offiziell zugelassen für die Leichenschau, sagen sie. Als ob das in den letzten Jahren irgendjemanden in der Kurpfalz gestört hat! Jahrelange Erfahrungen im Todesfallgewerbe sind anscheinend nicht so wichtig wie irgendeine unnötige Bescheinigung, die man sich von einem korrupten Beamten besorgen muss. Wahrscheinlich gegen Zahlung eines Trinkgeldes, wie ich die hiesigen Behörden kenne. Deutschland steht auf dem Korruptionsindex nur deshalb so gut da, weil sämtliche Statistiker korrupt sind.«

»Sie haben den Toten gefunden?«, fragte ich ungläubig. »Wer ist es denn?«

Metzger zog einen Bierdeckel aus der Tasche und strich sich damit den Schweiß von der Stirn. Nachdem er den feuchten Karton betrachtet hatte, meinte er: »Hier sollte mal einer das Fenster aufmachen, bevor meine Prothesen zu rosten anfangen.«

Er bemerkte, dass wir ihn angafften.

»Nein, nicht meine. Die in meiner Mobilklinik für die Kunden. Aus Kostengründen verzichte ich auf Edelstahl. Sieht schließlich niemand.«

»Sie parken in der Halle?«, fragte Gerhard überrascht.

»Sicher doch«, antwortete Metzger. »Am Ausgang ist ein kleiner Vorraum. Da parke ich manchmal. Heute früh war ich gerade dabei, den längst überfälligen Ölwechsel zu machen. Als ich mit meinem Altölkanister unterwegs war, fand ich ihn.«

»Den Toten?«

»Nein, Elvis Presley. Natürlich den Toten, Herr Palzki! Wie kann man nur so blöd fragen. Helfen Sie mir jetzt endlich?«

»Womit denn?«, fragte ich verständnislos. »Kennen Sie den Toten oder nicht?«

Metzger wusste es nicht. »Kann sein, dass er mal bei mir in der Sprechstunde war, erinnern kann ich mich nicht.«

»Ein Mitarbeiter der Landesgartenschau?«

»Wahrscheinlich ein Gärtner. Die tragen alle so grüne Kittel.«

»Karl Käfer?«

»Weiß doch ich nicht. Die Bullen waren viel zu schnell da. Ich habe noch nicht richtig mit der Untersuchung beginnen können.«

Das änderte alles: Ein toter Gärtner, wer sollte da anders infrage kommen als Käfer? War Luckey doch ein Zufallsopfer, und die Explosion am Sonntag ein misslungenes Attentat auf den Gärtnermeister?

»Komm Gerhard, wir müssen weiter.«

»Und ich?«, schrie Metzger. »Wollen Sie mich allein zurücklassen? Ich bin Gesundheitsbeauftragter der Gartenschau und für das Wohl der Mitarbeiter verantwortlich.«

»Was wollen Sie denn überhaupt? Der Tote braucht garantiert keinen Krankenschein. Ihre Prämie bleibt Ihnen sicher.«

Metzgers Miene hellte sich auf. »Stimmt, Palzki. Soweit habe ich gar nicht gedacht. Sie sind doch ab und an ein cleveres Kerlchen. Falls Sie mich brauchen, ich warte hier auf Sie.«

Nach zwei weiteren Kurven standen wir vor der Polizeiabsperrung. Gerhard hob sie großzügig nach oben. »Nicht, dass du dich bücken musst, Reiner«, sagte er grinsend. »Deine Schwitzflecken unter den Achseln sind auch so schon rekordverdächtig.«

Ein uniformierter Kollege kam angerannt, der uns verjagen wollte. Als er mich sah, stutzte er einen Moment. »Sie sind doch der Kollege aus Schifferstadt? Sie habe ich am Sonntag bereits gesehen.«

Ich nickte. »Mein Name ist Palzki, und das ist mein Kollege Steinbeißer. Kennt man inzwischen die Identität des Toten?«

Er zog seine gerötete Nase hoch, bevor er antwortete. Ein Schnupfen bei diesen klimatischen Verhältnissen, wie soll das denn funktionieren?

»Wir wissen bisher lediglich, dass es ein Gärtner ist. Wir lassen gerade den Abteilungsleiter herbringen, um ihn zu identifizieren. Der Tote hatte keine Papiere bei sich.«

Während wir um die letzte Kurve bogen, zeigte der Beamte nach hinten und fragte: »Steht der verrückte Kerl noch am Eingang? Er sagte uns, dass er in der Vorderpfalz eine Koryphäe im Rettungswesen wäre. Natürlich haben wir ihn gleich weggeschickt, so wie er aussieht und redet.«

Gerhard mischte sich ein. »Er hat uns gesagt, dass er den Toten gefunden hat. Da können Sie ihn doch nicht einfach wegschicken.«

Er zuckte mit den Schultern. »Frau Dr. Dammheim meinte, damit sollen sich die Schifferstadter rumärgern.«

Der Tatort sah unspektakulär aus. In einem Baum mit seltsam verdrehtem Stamm und vielen dicken Seitenästen hingen mehrere durchnummerierte Schilder der Spurensicherung. Auf dem Boden, direkt neben dem gepflasterten Weg lag die zugedeckte Leiche. Ein Zinksarg stand wenige Meter dahinter.

Ich staunte. Frau Dr. Dammheim war tatsächlich am Tatort und schien die Untersuchung zu leiten. Sie unterhielt sich mit dem Geschäftsführer Hubertus Floralis.

»Da kommt auch endlich Herr Palzki«, rief sie, als sie mich erkannte.

»Kommen Sie zu uns rüber. Bleiben Sie bitte auf dem Weg, damit Sie nicht über die Leiche stolpern.« Es folgte das erste Lachen, das ich von ihr bisher gehört hatte. Es hörte sich nach täglich fünf Päckchen Gauloises über mehrere Jahrzehnte lang an. Die Symbiose ihrer Lungenflügel mit den Stimmbändern ergab den perfekten Bass-Resonanzkörper, zumindest was das Lachen anging. Ihre Stimme klang seltsamerweise einigermaßen normal. Noch, wie ich vermutete.

Nachdem ich Gerhard vorgestellt hatte, begrüßte uns auch Herr Floralis.

»Ich bin gerade eine Minute vor Ihnen angekommen«, sagte er und zeigte in die andere Richtung, in der es vermutlich zum Ausgang ging. »Es ist ein Wahnsinn, sage ich Ihnen. Zwei Tote auf der Landesgartenschau innerhalb von drei Tagen. Wahrscheinlich landen wir heute in der Tagesschau.«

»Auch eine Art von Werbung«, meinte Gerhard.

Um etwas den Stress aus der Sache zu nehmen, fragte ich den Geschäftsführer: »Wo ist eigentlich Ihr Pressebeauftragter? Herr Ente wird viel zu tun bekommen.«

Floralis zeigte auf sein Handy. »Ich habe gerade mit ihm telefoniert. Er wird in ein paar Minuten zu uns stoßen.« Er zeigte auf die zugedeckte Leiche. »Da der Leiter des Betriebshofes nicht erreichbar ist, wird es meine Pflicht sein, den Toten zu identifizieren.«

Die Landauer Kripochefin nickte eifrig. »So lang bleib ich noch da. Es ist sowieso reiner Zufall, dass ich so schnell vor Ort war. Aber ich habe in einer Stunde einen wichtigen Termin, den ich nicht verpassen darf.«

Floralis brachte ein zaghaftes Lächeln zustande. »Da hat es sich für Sie gelohnt, Frau Dr. Dammheim, dass Sie den kleinen Hallenanbau für Ihre privaten Zwecke angemietet haben.«

Die Angesprochene legte ihren Zeigefinger vor den Mund. »Wir haben Stillschweigen vereinbart, Herr Floralis. Also halten Sie sich bitte daran.«

Der Geschäftsführer schaute betreten zu Boden. »Na, dann wollen wir mal.« Er trat zu dem Laken, neben dem ein Beamter stand. Auf ein Nicken der Landauer Chefin hob er es hoch.

Der Anblick war widerlich. Der Tote war höchstens Anfang 20, trug Arbeitskleidung und hatte keine Nase mehr. Das Sinnesorgan war großzügig aus seiner Gesichtsmitte herausgehauen worden. An seinem Hals bemerkte ich breite Striemen. Wir wandten uns fast synchron von der Leiche ab. Der Beamte deckte sie wieder zu.

»Ihnen wird doch nicht schlecht werden, Herr Palzki«, meinte Dammheim. »Herr Diefenbach will schließlich, dass Sie die Ermittlungen übernehmen. Seien Sie froh, dass Sie den armen Kerl nicht abbinden mussten.«

»Abbinden?«

Sie zeigte auf den Baum mit den Nummernschildern. »Da oben wurde er gefunden. Gefesselt und aufgeknüpft an dem langen waagerechten Ast. Die Nase wurde ihm anschließend mit einer Harke abgeschlagen. Die Waffe und die Nase konnten wir inzwischen sicherstellen.«

Der auffällig blass aussehende Floralis schnaufte tief durch. »Tut mir leid, ich kenne den Mitarbeiter nicht. Ich habe ihn noch nie bewusst gesehen.«

Während ich darüber nachdachte, warum nicht Karl Käfer, sondern ein anderer Mitarbeiter das Opfer war, erklärte Dr. Dammheim weitere Hintergründe. »Dieser Pseudoarzt, den Sie eingestellt haben, Herr Floralis, hat angeblich die Leiche gefunden. Da ich zufällig hier vorbeikam, konnte ich ihn gerade noch davon abhalten, die Leiche loszubinden. Wobei es natürlich auch anders sein könnte.« Sie wandte sich von dem Geschäftsführer ab und mir zu. »Vielleicht muss Reinhard Mey sein Lied umschreiben, wenn der Mörder nicht der Gärtner ist, sondern der Mediziner.«

»Ich tippe immer noch auf den Butler«, ärgerte ich sie und notierte mir im Geiste den Grund, warum sie als Zweite am Tatort angekommen war.

Das Klima machte mir sehr zu schaffen. Es war nicht nur allein das unsägliche Schwitzen, sondern insbesondere die feuchte Luft, die meinen Kreislauf an die Grenzen seiner Möglichkeiten brachte. Ich beschloss, dass es zumindest im Moment für uns nichts zu tun gab. Die Landauer Kollegen würden bis morgen die Akte zusammenstellen, und bis dahin war die Identität des Toten geklärt. Da es sich nicht um Käfer handelte, war mir sein Name zunächst nicht so wichtig. Und mehr als Rumstehen konnten Gerhard und ich im Moment sowieso nicht tun.

»Dann läuft alles in korrekten Bahnen«, sagte ich zu Dammheim. »Was für ein Glück, dass Sie zufällig am Tatort waren. Und wie sie so schön spuren, Ihre Untergebenen. Herr Diefenbach meinte, dass Sie in Landau mit eiserner Hand regieren und öfter mal die Peitsche schwingen. Das kann man deutlich erkennen.«

»Mit eiserner Hand?« Die Kripochefin schnappte nach Luft. »Es gibt mit Sicherheit keine zweite Dienststelle, die so kollegial geführt wird wie meine. Meine Mitarbeiter haben außerordentlich viele Freiheiten und dürfen jederzeit eigene Ideen einbringen. Wir leben schließlich nicht mehr im Mittelalter wie bei Ihnen in Schifferstadt.«

»Spätes Mittelalter, um genau zu sein«, verbesserte ich. »Herr Diefenbach überlegt zurzeit, ob er die Daumenschrauben aus dem Folterarsenal verbannen soll. Kommen Sie uns mal besuchen, wir zeigen Ihnen gern unsere niedlichen Verhörzimmer für die peinlichen Befragungen im dritten Untergeschoss der Dienststelle.«

Floralis stand daneben und blickte abwechselnd zu Dammheim und zu mir. Mit dem Dialog war er zweifellos überfordert.

»Ich werde morgen im Laufe des Tages bei Ihnen vorbeikommen und die Akte holen«, sagte ich abschließend zu der Kripochefin.

»Bemühen Sie sich nicht«, antwortete sie und klang ein wenig bissig. »Ich lasse Ihnen das Zeug schnellstmöglich vorbeibringen.«

Da ich dies für einen guten Service hielt, nickte ich schweigend. Die Verabschiedung gestaltete sich kurz und unherzlich.

»Was meinst du zu der Sache?«, fragte Gerhard, während er mir das Polizeiabsperrband zum zweiten Mal in die Höhe hob. »Eine Frau als Mörderin, das wäre mal was richtig Ungewöhnliches.«

»Du meinst die Dammheim?«, hakte ich nach. »Ich weiß nicht, Gerhard. Eine Frau, die einem Gärtner mit der Harke das Gesicht wegbeamt, das passt nicht.«

KAPITEL 12
WOTAN, DER EREMIT

»Haben Sie die Leiche gesehen?«, rief Metzger aufgeregt, als er uns aus einigen Metern Entfernung zulaufen sah. »Der Tote sieht wirklich gruslig aus. Ich hatte mal einen Kunden, der sah nach einer Polypenentfernung ganz ähnlich aus. Was musste er auch so früh aus seiner Narkose aufwachen.«

Metzger vollführte sein vulgäres Lachen, das in dem Pflanzenschauhaus noch weltfremder wirkte als sonst.

»Warum musste diese blöde Frau dazukommen«, motzte Metzger. »Fast könnte man meinen, die hat hinter einem Baum darauf gewartet, dass den Toten jemand findet.«

»Wie kommen Sie darauf?«, unterbrach Gerhard, weil dies zu seiner Theorie einer weiblichen Mörderin passte.

»Mit einem bisschen logischen Denken wären Sie allein darauf gekommen, Herr Steinbeißer. Diese Frau, die sich als Kripochefin vorstellte – haben Sie das wenigstens überprüft, Palzki? – kam vom Ausgang her auf mich zugelaufen. Von dieser Richtung kann man überhaupt nicht die Halle betreten. Nur ich habe einen Schlüssel, damit ich mein Reisemobil parken kann.«

»Das haben wir inzwischen geklärt, Herr Metzger. Die Dame hat einen kleinen Anbau der Halle gemietet. Keine Ahnung, was die da vorhat.«

»Jetzt wird mir einiges klar«, schrie der Notarzt und patschte sich mit seiner fast klodeckelgroßen Pranke an die Stirn.

»Was ist Ihnen klar?«

»In der kleinen Halle, dort wo ich parke, gibt's eine Tür, die immer verschlossen ist«, erklärte Metzger aufgeregt. »Niemand von den Angestellten weiß, wo die hinführt. Einer vermutete, da wäre nur ein Lager. Jedenfalls stinkt's wie die Pest, wenn man am Schlüsselloch riecht.«

»Und was wird Ihnen damit klar?«

»Ach, Palzki. Da ist irgendetwas im Busch. Ist doch egal, was. Hauptsache, etwas Illegales. Ich werde heute Abend mal unverbindlich nachforschen.«

»Machen Sie das«, antwortete ich kurzerhand, weil es mir zum einen egal war und zum anderen vielleicht brauchbare Erkenntnisse zur Kripochefin bringen könnte.

Ich wollte mich gerade verabschieden, als der Not-Notarzt einen Geldbeutel aus der Tasche zog.

»Wir sind grundsätzlich nicht bestechlich, Herr Metzger.«

Metzger grölte erneut. »Ich weiß schon: ›Grundsätzlich‹ bedeutet, dass es Ausnahmen gibt, sonst hätten Sie ›generell‹ gesagt. Aber ich will Sie nicht bestechen. Das ist der Geldbeutel des Toten.«

Gerhard gaffte genauso wie ich.

»Woher haben Sie den?«

»Ich war gerade den Baum hochgeklettert und wollte den armen Kerl abschneiden, als diese komische Frau kam. Damit die keine Beweise verschwinden lassen konnte, habe ich ihm den Geldbeutel aus der Hosentasche gezogen.«

Er überreichte mir das Stück. Da mit Fingerabdrücken des Täters nicht zu rechnen war, öffnete ich ihn.

»Andrea Curie«, las ich von dem Personalausweis ab, den ich in der Geldbörse fand.

»Eine Frau?«, fragte Gerhard verstört.

Auch mir erging es nicht anders. Ich hielt einen Personalausweis in der Hand mit einem Frauennamen und einem Männerporträt. Erst als ich die Staatsbürgerschaft las, wurde mir einiges klar.

»Ne, Gerhard. Andrea ist ein italienischer Männername. Er ist in Neapel geboren.«

»Mafia!«, schrie Metzger. »Ich hab's gleich gewusst.«

Ich entnahm dem Geldbeutel einen Mitarbeiterausweis. »Egal ob Mafia oder nicht, Curie hatte bei der Landesgartenschau gearbeitet.«

»Das ist die beste Tarnung«, ereiferte sich der Notarzt. »Drogen, Falschgeld und was weiß ich noch alles wird hier in Landau abgewickelt. Ich hab's früher schon geahnt, dass Landau als internationale Drehscheibe für den weltweiten Terrorismus fungiert.«

Gerhard schaute betreten zu Boden. Normalerweise hörten wir solchen Schwachsinn nur von KPD.

»Lassen Sie mal gut sein, Herr Dr. Metzger.« Ich versuchte, ihn wieder auf den Boden der Tatsachen zurückzuholen. »Andrea Curie war nur ein normaler Arbeiter. Mit Mafia hatte der so wenig zu tun wie Sie mit Humanmedizin.«

Metzger ließ sich nicht beeindrucken. »Ein normaler Arbeiter soll das gewesen sein? Warum wurde er dann so stilvoll hingerichtet? Nein, der war keineswegs so normal wie ich oder Herr Steinbeißer.«

Ich vermutete, dass er mich bei seiner Aufzählung aus Gemeinheitsgründen unerwähnt ließ.

»Dann bleiben Sie halt bei Ihrer Mafiatheorie. Tun Sie uns aber bitte den Gefallen und behalten Sie Ihre sonderbare Theorie für sich. Und vor allem kein Ton zu diesem Studenten Dietmar Becker, sonst steht das morgen in der Pfälzer Weltpresse.«

Mein letzter Satz war ins Feuer geschüttetes Öl.

»Aber klar doch, Herr Palzki. Ich sammle zunächst Beweise. Das wird ein langer Tag für mich. Heute Abend, wenn die Besucher weg sind, schaue ich mir mal das private Kämmerlein der angeblichen Kripochefin an. Wenn ich dort kein Drogenlabor finde, fresse ich eigenhändig und wahllos eine Packung Pillen aus meinem Sortiment.«

Während uns Metzger seinen Plan in allen Einzelheiten schilderte, fand ich einen kleinen maschinenbeschriebenen Zettel in dem Geldbeutel.

›Morgen früh. 8 Uhr Pflanzenschauhaus. Geld liegt bereit‹, las ich laut vor. War Curie ein Erpresser? Hatte er am Sonntag den Täter beobachtet? Das war eine naheliegende Vermutung. Zumindest so lang, bis wir detaillierte Informationen zu dem Opfer besaßen. Ohne weiteren Erfolg durchsuchte ich den Rest des Geldbeutels, in dem unter anderem eine Bankkarte, ein Führerschein und ein Bibliotheksausweis steckten. Schließlich traf ich eine Entscheidung.

»Ich bringe den Geldbeutel zu den Landauern«, sagte ich zu Gerhard und gab ihm die anonyme Nachricht.

»Aber keinen Ton, dass Sie den von mir haben!«, drohte Metzger.

Gerhard schaute mich skeptisch an. »Und der Zettel?«

»Der bleibt bei uns«, bestimmte ich. »Die Kollegen müssen nicht alles wissen. Spätestens ab morgen haben wir die Ermittlungen sowieso an der Backe. Ein kleiner Informationsvorsprung hat noch nie geschadet.«

»Und warum willst du den Geldbeutel abgeben?«

Ich grinste. »Um uns Arbeit zu ersparen. Je früher die Identität des Toten feststeht, desto eher kann die hiesige Spurensicherung seine Wohnung auf den Kopf stellen.

Curie wohnt in Karlsruhe. Hast du Lust, dorthin zu fahren und das zu übernehmen?«

Gerhard schüttelte den Kopf.

Trotz des langen Fußweges, der zudem noch mit einem Absperrband in schikanöser Höhe verbarrikadiert war, ging ich zu der Kripochefin, die gerade im Begriff war, sich von Floralis zu verabschieden.

»Hier«, sagte ich und übergab ihr den Geldbeutel. »Den habe ich weiter vorn gefunden. Dürfte dem Opfer gehören, Sie können gleich die Spusi nach Karlsruhe schicken.«

Dammheim öffnete sprachlos den Geldbeutel und sah direkt auf den Ausweis.

»Andrea?«

Mit einem Blick auf den Zinksarg, in den gerade die Leiche gelegt wurde, sagte ich: »Schauen Sie halt genau hin.« Dass ich das Bild des Ausweises und nicht den Sarg meinte, verriet ich ihr nicht.

Während ich mich umdrehte, um den Tatort zu verlassen, ergänzte ich: »Fingerabdrücke dürften ausgeschlossen sein. Zumindest vom Täter.«

»Woher wissen Sie das?«, rief sie hinter mir her.

»Intuition«, antwortete ich und war kurz darauf außer Sichtweite.

Metzger trippelte bei meiner Rückkehr nervös auf der Stelle herum.

»Sie brauchen keine Angst zu haben, ich habe Sie nicht verraten.«

»Ach was«, entgegnete der Notarzt, »darum geht es mir gar nicht. Mir ist gerade eingefallen, dass ich in der Nähe des Tatorts den Kanister mit dem Altöl stehen gelassen habe. Was ist, wenn die Landauer Bullen den finden? Herr Palzki, würden Sie bitte noch mal zurückgehen und meinen Kanister holen? Ihre Kollegen sind doch so schrecklich unsensibel und werden mich gleich wieder wegschicken.«

»Was wollten Sie überhaupt mit dem Altöl tun? Wollten Sie das Öl im Pflanzenschauhaus illegal entsorgen? «

Metzger druckste herum. »Nein, natürlich nicht. Obwohl das nicht so gefährlich ist, wie überall geschrieben wird. Sehen Sie sich doch nur mal Nussbäume an. Wenn Sie da im Herbst mit Ihrem Wagen drunter parken, haben Sie am nächsten Tag einen ekligen Ölfilm auf dem Lack. Öl gibt es überall in der Natur. Also machen Sie keinen Aufstand wegen den zehn Litern, die ich Wotan bringen wollte.«

»Wotan? Wer ist das jetzt schon wieder? Haben Sie einen Hund?«

»Hund? Wie kommen Sie da drauf, Palzki? Wotan ist der Einsiedler, der vor der Halle in dem netten kleinen Häuschen wohnt.«

»Da wohnt jemand?«, fragte ich überrascht.

»Wotan ist der Einzige, der innerhalb des Geländes der Landesgartenschau wohnt.«

»Und warum?«

»Das müssen Sie ihn selbst fragen. Gehen Sie ruhig hin zu ihm. Wotan freut sich immer über eine gepflegte Unterhaltung. Falls er in seinem Häuschen ist, müssen Sie ganz laut nach ihm rufen, er ist schwerhörig.«

»Und Wotan will Ihr Altöl haben?«, hakte ich ungläubig nach. »Was will er damit?«

Metzger legte einen Befreiungsrülpser hin, dessen Begleitgeräusch sich wie ein schallmauerdurchbrechender Düsenjet anhörte.

»Ich frage niemals nach, was meine Abnehmer mit Ihrer Ware machen, da bin ich viel zu diskret.«

Während ich wegen des Wörtchens ›diskret‹ lachte, mischte sich Gerhard ein. »Verkaufen Sie regelmäßig Altöl?«

»Sie verstehen mich beide falsch. Es ist mein erster Ölwechsel in den letzten fünf Jahren. Normalerweise fülle ich nur nach. Wotan wollte mir einen Fünfer für das Zeug geben. Reicht zwar nicht für eine neue Ladung Öl, aber besser als nichts.«

»Sie sprachen von Abnehmer in der Mehrzahl«, bohrte Gerhard nach.

»Legen Sie meine Worte jetzt auf die Goldwaage, oder was? Ich verkaufe schließlich nicht nur Altöl. Der Handel mit Gebrauchtmedikamenten ist viel lohnender.«

»Gebrauchtmedi…«, stieß Gerhard heraus.

Ich brach die Diskussion ab. Manches wusste man besser nicht.

»Ist schon gut, Kollege. Wir gehen zu Wotan. Hier drinnen ist es mir zu stickig.«

Der Notarzt blieb in der Halle zurück. Er wollte warten, bis die Spurensicherung fertig war, damit er seinen Ölwechsel fertigmachen konnte.

Die frische Luft traf mich wie ein Keulenschlag. Auch wenn ich es vor wenigen Sekunden noch für unmöglich gehalten hätte, ging mein Kreislauf weiter in die Knie. Ich war mir sicher, dass mir der Kreislaufkollaps nur wegen meiner hervorragenden körperlichen Verfassung erspart blieb.

Das eingezäunte Gelände des Einsiedlers schien verlassen zu sein.

»Herr Wotan!«, schrie ich aus Leibeskräften, sodass mehrere zufällig vorbeilaufende Besucher beinahe zu Tode erschraken und auffällig schnell um die Ecke bogen.

Kurz darauf öffnete sich knarzend die Tür des Häuschens, die nur noch an einem Scharnier hing. Ein kleines Männlein trat heraus. Mit seiner Zipfelmütze und einem Gehstock sah er aus wie einer der sieben Zwerge im fortgeschrittenen Rentenalter. In der freien Hand hielt er eine speckige Pfeife. Langsam kam er zu uns an den Zaun getrottet. Seine Kleidung, die er wahrscheinlich seit dem letzten oder vorletzten Weltkrieg täglich trug und noch nie gewaschen hatte, stank bereits aus zehn Metern Entfernung so, wie man es aufgrund der Optik vermuten konnte.

»Hä?« Wotan schien nicht viel von einer formellen Begrüßung zu halten.

Um dem olfaktorischen Ungenuss etwas auszuweichen, traten wir zwei Schritte vom Tor zurück. Nicht, dass der Gnom auf die Idee kam, uns zum Kaffeetrinken einzuladen.

»Was gibt's, hä?«

»Einen schönen Gruß von Herrn Metzger, dem Gesundheitsbeauftragten der Landesgartenschau. Wir sollen Ihnen ausrichten, dass sich die Öllieferung etwas verzögert.«

»Wesche de Bulle in de Hall, hä?«

Ich nickte. »Ich hoffe, das geht in Ordnung?«

»Hä? Eijo, ich hab jo noch fuffzisch Litter im Schuppe stehe. Fer die nexte drei Tach langt des allemol, hä.«

»Was machen Sie denn mit dem vielen Öl?« Ich war mir nicht sicher, ob ich das wirklich fragen sollte.

Wotan stand nun direkt am Zaun. Vermutlich starben sämtliche Fliegen eines spontanen Todes, sobald sie ihm zu nahe kamen.

»Eich kann ichs jo verrote, wenn ihr Kumpel vum Matthias seid.«

Er zeigte in der Ferne auf einen Hügel, der zum Gelände der Landesgartenschau gehörte.

»Do drowwe hab ich ä paar Sticker Land, hä! Die will ich verkaafe, awer vorher weren die Grundsticker noch richtisch uffgemotzt, hä! Des meischte hab ich schunn verkaaft und ähn Haufe Kohle dodefer gekriegt.«

Ich versuchte, ihn aus der Reserve zu locken. »Das hat Dr., äh, Matthias auch gesagt. Aber warum das ganze Öl?«

Wotan zog seine Zipfelmütze ab, was seine Erscheinung nicht verbesserte.

»Wie bei de Araber is des, wenn ma do owwe Ehl find, hä!«

So langsam kam mir die Erleuchtung. »Sie tun so, als würde es auf Ihren Grundstücken Öl geben, stimmt's?«

»Hä? Eijo, letscht Woch hab ich mitm Matthias widder neie Fässer verbuddelt un die Stelle genau markiert. Wenn do änner mit seim Bohrrissel neibohrt, dann spritzt des Zeig naus wie bled. Mit de annere Grundsticker hänn mer des genauso gemacht, des hot sich voll rentiert.«

»Matthias hilft Ihnen dabei?«

Der Zwerg schaute auf. »Vun dem is jo die Idee, hä! Des is jo a ähn feine Kerl, de Matthias. Vor ä paar Tach hot er mir die eigewachsene Fußnächel rausgschnitte.«

Dr. Metzger schien vor nichts zurückzuschrecken. Ich erinnerte mich an die wenigen Male, die ich seine rollende Klinik betreten hatte. Viel angenehmer als bei Wotan hatte es dort auch nicht gerochen.

Gerhard, der bisher unbeteiligt danebenstand, hatte auch eine Frage. »Gehört Ihr Häuschen zur Gartenschau? Können die Besucher es besichtigen?«

»Was meenscht, hä? Ne, in mei Haisel los ich kenner nei, den ich net kenn. Die vun de Gartenschau wollten mei Haisel abreisse und mer bloß ähn Klicker un ähn Knopp defier gewwe. Do hab ich mich halt geweigert und ähn Zaun außerum gezoge und den dann unner Strom gsetzt.«

Zum Glück standen wir ein Stück vom Zaun entfernt.

»Der steht unter Strom?«, fragte ich.

»Jetzert nimmi, hä. Die hämm mehr äfach de Strom abgstellt, die Halunke. Awer ähn Wotan gibt niemols uff, fer was gibt's Gasflasche? Seit iwwer 100 Johr wohne die Wotans do, un des wert a so bleiwe, hä!«

Na ja, dachte ich mit Blick auf den Zwerg. Mit ihm wird das Wotansche Familienimperium wohl endgültig aussterben. Die Evolution konnte auch ihre guten Seiten haben.

»Hat man Sie nicht enteignet?«

Der Zwerg kratzte sich an einer Körperstelle, die man tunlichst in einem seriösen und jugendfreien Roman nicht im Detail erwähnen sollte.

»Wie denn, hä? De Bagger war schunn newe meim Haisel gstanne, awer ich bin äfach net naus. Irgendwann hännses halt uffgewe un außerum gebaut. Selbst die Bulle hän mich net fortjage kenne. Ä paar defun hab ich heit widder gsehe, als die do nei sinn zum tote Andrea, hä.«

»Was?« Meine Stimme schnappte beinahe über. »Woher wissen Sie, wer der Tote ist?«

Inzwischen hatte er das Kratzen beendet und schaute sich besorgt seine Fingerkuppen an, die aussahen wie vergammelte Schwarzwurzeln.

»De Karl hot mer dess gsagt, der iss do ähn Gärtnermeschter und kummt manchmol uffn Plausch vorbei. De Andrea hot er mol dabei ghabt. Des is ä armi Sau, wenn er jetztert nimmi lebt.«

»Meinen Sie Karl Käfer?«

»Eijo, de Karl halt. Der hot jo heit a de tote Andrea gfunne, hä.«

Wie bitte? Was musste ich da hören? Da stimmte doch irgendetwas nicht. Metzger war der Erste am Tatort, oder?

»Verwechseln Sie nicht den Karl mit Matthias? Matthias hat unseres Wissens den Toten entdeckt.«

Wotan sah mich fragend an. »Matthias, hä? Den hab ich heit noch net gsehe. De Karl is do heit morsche aus de Hall rausgerennt kumme, ich war grad in meim Garte brunse, leicheblass war er, hä. Dann iss er kurz bei mir stehe gebliewe und hot gsagt, dass er grad de Andrea gfunne hot, wie er tot an ähm Baam hängt. Dann is er weggerennt, de Karl, net de Andrea, der is jo tot. Ä weil später sinn dann die Bulle kumme, ä ganze Herd, hä.«

»In der Zwischenzeit ist niemand aus der Halle rausgekommen oder hineingegangen?«

Der Zwerg schüttelte seine fetten Strähnen. »Ne, do war nix. Ich hab genau uffgepasst. Naus aus meim Grundstick bin ich net, net dass die Bulle noch uff die Idee kumme, ich hätt den do drin umgebrocht, hä.«

Ich überlegte. Dr. Metzger und Dr. Dammheim kamen beide vom Ausgang der Halle zum Tatort. Dass sich Karl Käfer bereits vor ihnen am Tatort aufgehalten hat, war eine neue und sensationelle Information.

Karl Käfer war inzwischen dermaßen verdächtig, dass ich ihn insgeheim von meiner eigenen Verdächtigenliste wieder strich. So blöd konnte kein Mörder sein.

»Wissen Sie, wo der Karl jetzt ist?«

Wotan zog seine Zipfelmütze wieder auf. »Ne, der hot zu mir gesagt, dass er heit frieh frei hot, weil er noch zum Arzt muss weche seim Finger wu er verlore hot. Zum Matthias wollt er awer net. Ich geh zu ähm richtische Arzt, hot er mir gsagt, hä. Ich hab kähn Schimmer, was er gesche de Matthias hot, hä.«

Wir sahen, wie Wotan im Begriff war, das Tor aufzuschließen, das eine räumliche Annäherung bisher verhindert hatte.

»Ich schlies eich uff, dann kenne ner uff ä Tass Kaffee reikumme. Ich hab grad vorgeschtern frische Kaffee uffgesetzt.«

Panisch erwiderte ich: »Tut uns leid, wir müssen weiter. Heben Sie den Kaffee gut auf, wir kommen in den nächsten Tagen noch mal vorbei.«

Gerhard zog mich am Oberarm, da ihm die Flucht nicht schnell genug ging.

»Eijo, des kenne mer mache. Ich bin jo immer deheem. Kaffee koch ich blos zwämol die Woch, die Kann langt dann fer ä paa Tach, hä.«

»War das real?«, fragte mein Kollege, als wir ein paar Meter Abstand genommen hatten.

»Wir sind viel zu sehr von KPD verwöhnt«, sagte ich. »Schräge Typen gibt es überall.«

Gerhard zückte sein Handy.

»Was willst du? Lass doch dem armen Wotan seinen Spaß mit dem Ölfeld. Ich freue mich schon auf die Presseberichterstattung. Vielleicht sollte ich Becker darauf ansetzen, damit er mal so richtig auf die Nase fällt.«

Gerhard winkte ab. »Der Typ ist mir so was von egal. Hauptsache ich muss mit ihm keinen Kaffee trinken oder ihm sonst wie nahekommen. Ich rufe kurz im Büro an und lasse mir die Adresse von Karl Käfer durchgeben. Du hast die Unterlagen garantiert nicht dabei und auswendig wirst du sie auch nicht wissen.«

»Irgendwas mit Landau«, erinnerte ich mich.

»Danke für die detaillierte Auskunft.«

KAPITEL 13
SUPERMARKT MAL ANDERS

»Der wohnt in der Röntgenstraße«, berichtete Gerhard, nachdem er sein Telefonat beendet hatte. »Das ist ganz in der Nähe, da können wir hinlaufen.«

Er sah in mein bestürztes Gesicht. »Was ist los, Reiner? Das sind wirklich nur ein paar Meter. Komm, da ist der Ausgang.«

»Du, Gerhard«, flüsterte ich, unter Schock stehend. »Wir haben etwas Entscheidendes vergessen. Weißt du, wo wir den Wagen geparkt haben?«

»Scheiße!«, schrie Gerhard. »Jetzt müssen wir den ganzen Weg bis zum Pflanzenschauhaus zurücklaufen. Das hättest du auch früher sagen können.«

Nach längerer bilateraler Verhandlung einigten wir uns darauf, dass Gerhard allein zurücklief und das Auto holte, währenddessen ich uns an der Imbissbude ein paar schmackhafte Kalorien besorgte.

»Ist das ein staatliches Insolvenzrettungsprogramm?«, lästerte mein Kollege, nachdem er wieder zurück war und über die Pakete in meiner Hand staunte. »Nach deinem Einkauf kann sich der Imbissbesitzer in Florida zur Ruhe setzen. Mit was hast du das alles bezahlt? Dealst du im Nebenjob mit Drogen?«

»So viel ist das doch gar nicht«, wehrte ich unschuldig ab. »Ein kleiner Vorrat hat noch nie geschadet. Schau dir mal die leckeren Pommes an!«

»Na ja, lecker sehen sie schon aus. Aber warum gleich eine große Plastiktüte voll?«

»Weil ich leider keine leere Flasche dabei hatte.«

Gerhard verstand den uralten Dieter-Hallervorden-Gag und gab Ruhe.

Nach der wohlverdienten längeren Pause und einer kurzen Fahrt parkte Gerhard vor einem Dreifamilienhaus in der Röntgenstraße.

»Da drinnen wohnt er.«

Der Vorgarten war vollflächig zugepflastert, was zu einem naturliebenden Gärtner nicht so passte. Vermutlich war er nur Mieter in dem Haus und durfte keine eigenen gestalterischen Ideen umsetzen.

Die oberste Klingel, die mit Karl Käfer beschriftet war, beinhaltete gleichzeitig ein Fitnessprogramm. Ich nahm mir vor, mir keine Blöße zu geben und auf dem Weg ins zweite Obergeschoss höchstens eine Basisstation einzurichten.

Ich hatte Glück, Käfer war nicht zu Hause. Zumindest öffnete er nicht, was für uns ermittlungstechnisch absolut unbefriedigend war.

Ratlos gingen wir die Hofeinfahrt nach hinten. Auch dort sahen wir nur Pflaster und Beton. Hier könnte ich mich wohlfühlen. Ich beschloss, mir die Adresse dauerhaft zu merken, falls ich irgendwann mal in die Verlegenheit kommen würde, einen Altersruhesitz zu suchen.

»He, was machen Sie da?«

Eine Frau mit Gießkanne kam auf uns zu. Gießkanne, fragte ich mich sofort, wozu soll die hier gut sein?

Ich beschloss, formal zu reagieren und zückte den Dienstausweis.

»Polizei«, sagte ich, ohne uns jedoch namentlich vorzustellen. »Wir möchten zu Herrn Karl Käfer.«

Die Gießkannendame erschrak und erblasste. »Wurde er jetzt doch erwischt?«

Oha, jetzt hieß es mal wieder aufpassen. Egal, ob die Aussage direkt etwas mit unseren Ermittlungen zu tun hatte oder ein Zufallsfund im Raum stand. Die nächsten Sätze waren entscheidend.

»Früher oder später kommt alles ans Tageslicht. Wir sind Herrn Käfer bereits längere Zeit auf der Spur.«

Die Frau stellte die Gießkanne ab, Wasser schwappte heraus.

»Ich habe ihm gleich gesagt, dass das nicht gut geht.« Sie zog ein Päckchen Zigaretten aus ihrer Rocktasche.

»Haben Sie bei der Sache mitgemacht?«

»Ich? Um Himmels willen, nein. Herr Käfer, er hat von mir das zweite Obergeschoss gemietet, hat mir davon erzählt, als wir gemeinsam im Garten grillten.«

»Garten?« Das war Gerhard rausgerutscht.

Sie schaute berührt zu Boden. »Herrn Käfer gefällt auch nicht, dass alles so zugepflastert ist. Das hat mein Mann vor zwei Jahren gemacht, als er noch lebte. Er hat es für mich gemacht, weil ich an einer schlimmen Gräserallergie leide. Zu gern würde ich die Landesgartenschau besuchen, leider würde ich das wahrscheinlich nicht überleben.«

»Und Sie haben Herrn Käfer von der Sache nicht abgeraten?«

Sie zündete sich eine Zigarette an und nahm einen Zug bis zum tiefsten Lungenbläschen.

»Der hat doch sowieso gemacht, was er wollte. So ganz verstanden habe ich das auch nicht.« Sie nahm einen weiteren Lungenzug. »Werden Sie ihn ins Gefängnis stecken?«

»Das hängt ganz davon ab«, antwortete ich, ohne die abhängigen Kriterien zu nennen. »Wissen Sie, wo er ist?«

»Na klar«, antwortete Käfers Vermieterin. »Vorhin habe ich durchs Küchenfenster gesehen, wie er mit einem

Einkaufskorb in Richtung Supermarkt ging. Er hat's im Moment ziemlich schwer mit seiner verbundenen Hand. Aber Mitleid will er nicht.«

»Ich glaube, wir gehen ihm entgegen«, beschloss ich. »Müssen wir nach links oder nach rechts?«

Sie zeigte vor zur Straße und deutete nach links. »Rechts runter, dann sehen Sie nach 100 Meter den Supermarkt auf der Straße gegenüber.«

Wir bedankten uns und gingen nach vorn. Gerhard wollte automatisch nach rechts abbiegen.

»Halt, junger Mann!«

»Was ist denn jetzt schon wieder?«, knurrte mein Kollege. »Die kurze Strecke können wir durchaus zu Fuß gehen. Gerade bei dem vielen Zeug, das wir, beziehungsweise du in dich reingestopft hast.«

Ich ging nicht auf seine Provokation ein. »Natürlich gehen wir zu Fuß. Aber in die andere Richtung.«

»Wieso? Die Frau hat doch rechts gesagt.«

»Genau. Und nach links gezeigt. Jetzt denke mal logisch. Was meinte sie wirklich?«

Gerhard lachte und gab sich geschlagen. »Deine Menschenkenntnis wieder«, meinte er kopfschüttelnd.

Die 100 Meter zogen sich wie 1.000 Meter, dann entdeckten wir den Supermarkt auf unserer Straßenseite und nicht auf der gegenüberliegenden, wie von Käfers Vermieterin behauptet.

Gerhard begann spontan zu lachen und zeigte auf ein großes Plakat neben dem Eingang. ›Landauer Salatwoche‹ las ich in grüner Schrift.

»Da hast du aber Glück, dass du vorhin so viel gegessen hast«, meinte Gerhard. Nachdem ich ihn fragend angeschaut hatte, zeigte er nochmals auf das Plakat. ›Helfen auch

Sie mit! Werden Sie Salat-Pate, und wir wiegen Ihr Körpergewicht in Salat auf! Die Lebensmittel werden den hiesigen Schulen, Krankenhäusern und Kindergärten gespendet. Jeder 100. Kunde gewinnt mit uns und den Kindern‹.

Ich schüttelte den Kopf. Auf was für skurrile Aktionen die Lebensmittelhändler kamen, um ihre Kunden zu umwerben. Mich würde man damit garantiert nicht zum Stammkunden machen, jedenfalls nicht mit Salat. Vielleicht sollte ich die Geschäftsführung fragen, ob es auch Landauer Steakwochen gab? Mein Körpergewicht in Steaks, das dürfte für das eine oder andere Grillwochenende genügen.

Bevor wir den Supermarkt betraten, suchten wir die Warteschlangen an den beiden besetzten Kassen ab. Karl Käfer war nicht dabei. Gerhard zog mich Richtung Eingang. Hinter der automatisch öffnenden Schiebetür stand ein Mitarbeiter des Supermarktes in weißem Kittel und Krawatte. Seltsam, dachte ich, warum starrte der so auf Gerhard? Auch meinem Kollegen war dies aufgefallen.

»Geh du mal vor«, sagte er und ließ mir an der automatischen Tür den Vortritt. Der Krawattenträger war eine Sekunde lang irritiert, doch dann schien er sich wieder im Griff zu haben. Allerdings hatte er sein Interesse an Gerhard verloren, er starrte nun mich an. Okay, so frisch wirkten wir beide nicht mehr, schließlich waren wir in der klimatischen Hölle des Tropenhauses gewesen. Aber wie Verbrecher sahen wir doch wirklich nicht aus, zumindest ich nicht.

»Guten Tag, mein Herr«, sprach mich der Mann an. »Mein Name ist Manfred Magasiner. Ich bin der Filialleiter.«

Wunderbar, dachte ich. Wie früher, als jeder Kunde eines Tante-Emma-Ladens persönlich vom Inhaber begrüßt und bedient wurde. Wenn ich einen Einkaufszettel hätte, würde ich ihn ihm in die Hand drücken und ganz entspannt in der Kassenzone warten.

Den nächsten Worten des Filialleiters entnahm ich, dass meine These nicht haltbar war.

»Sie sind in dieser Woche der 400. Kunde in unserer Filiale. Meinen herzlichen Glückwunsch.« Blecherne Geräusche ließen mich zur Seite schauen. Dort standen zwei Auszubildende und versuchten sich in Trompetentönen. Nervös gab ihnen der Filialeiter mit einer wirschen Handbewegung zu verstehen, dass sie damit aufhören sollten.

Gerhard stand neben mir und grinste sich einen ab. Dass er selbst dieser Peinlichkeit durch ein Missverständnis entgangen war, belustigte ihn noch mehr.

»Klasse«, sagte ich. »Ich wünsche Ihnen weitere 400 Kunden in dieser Woche.« Ich setzte an, weiterzugehen, doch der Filialleiter stellte sich mir freundlich aber bestimmt in den Weg.

»Sie sind sicherlich bereit, sich für einen guten Zweck wiegen zu lassen? Von jedem Kilo, das Sie auf die Waage bringen, profitieren die Kinder Landaus mit schmackhaften Salaten, die uns ein Sponsor täglich frisch zur Verfügung stellt.«

Ich sah, wie Gerhard sich bebend wegdrehte.

Mehrere Kunden, vornehmlich weibliche, hatten mein Supermarktjubiläum inzwischen bemerkt. Sie blieben stehen, tuschelten miteinander und warteten gespannt auf meine Reaktion.

Wenn ich getan hätte, was ich gern getan hätte, hätten mich die Kunden zwar nicht unbedingt geteert und gefedert. Wahrscheinlicher wäre gewesen, dass dieser Tag als Landauer Supermarktschlacht in die Geschichtsbücher eingegangen wäre.

»Machen Sie doch endlich«, rief eine ältliche Dame mit Batiktasche. »Meine Enkel im Kindergarten freuen sich darauf.«

»Ach ja«, ergänzte der Filialleiter, »alle Gewinner werden nächste Woche gemeinsam eingeladen und in der Gesamtschule Landau von den Schülern zum Dank bekocht. Auch die Presse wird vor Ort sein.«

Gerhard, der inzwischen vor Lachen in der Hocke kniete, war mir keine Hilfe.

Ich hatte keine Chance. Gemeinsam mit einer stetig größer werdenden Kundenmenge begleitete mich der Filialleiter nach hinten zur Gemüseabteilung. Ich erschrak erneut. Auf einem Podest stand eine riesige Balkenwaage. Eine Flucht war aufgrund der zahlreich vorhandenen Kunden unmöglich. Der Filialleiter sprang behände auf das Podium, während ich zögerte. Herr Magasiner interpretierte mein Zögern anders. Er musterte mich kurz, lächelte, sprang von dem Podest wieder herunter, ging zu einem Regal und zog dort eine abgestellte Trittleiter hervor. »Damit kommen Sie bestimmt hoch«, meinte er freundlich. Ein lauter Lacher von Gerhard unterbrach die abwartende Stille. Um die Situation zu entspannen, sprang ich mit einem Satz auf das Podest und ignorierte dabei die Trittleiter. Na bitte, ging doch. Ich drehte mich zum Publikum um und lächelte süßsauer. Den donnernden Applaus hätten sie sich schenken können. Egal, was ich im Moment machte, alles ging schief. Zum Glück kannte mich hier niemand. Ich musste dem Filialleiter unbedingt klarmachen, dass mein Name nicht veröffentlicht werden durfte.

»Nehmen Sie doch bitte Platz, Herr, äh, wie heißen Sie überhaupt?«

Unauffällig entfernte er aus dem auf der Waage befestigten Sessel die Polster, damit die Sitzfläche etwas größer wurde.

»Müller«, antwortete ich.

»Dann bitte ich Sie, jetzt Platz zu nehmen.« Er drehte sich zu den Kunden. »Bitte einen herzlichen Applaus für Herrn Müller.«

Auch dieses ließ ich über mich ergehen. Ich machte es mir auf der Waage, die Ähnlichkeit mit den Wippen auf Kinderspielplätzen hatte, bequem. Gemeinsam mit zwei Verkäuferinnen belud Magasiner das Gegenstück der Waage, das aus einem Gittercontainer mit offener Vorderseite bestand. Während den drei Beladern der Schweiß auf der Stirn stand, rührte sich die Waage keinen Millimeter. Der Filialleiter kontrollierte den Mechanismus, belud dann aber kopfschüttelnd und schweigend weiter die Gitterbox.

Endlich spürte ich, wie mein Sitz sich langsam in die Höhe hob. Die Tuscheleien der Kunden waren für mich wie Nadelstiche. Ständig zeigte jemand mit den Fingern auf mich, während er seinen Nachbarn irgendwelche Gemeinheiten erzählte.

Mit einem lauten Knall krachte ich zu Boden. Aufgrund der fehlenden Polsterung war die Landung nicht sehr angenehm. Geschockt glotzten wir gemeinsam auf das Mittelstück der Waage. Die Achse war gebrochen, und die Hebelarme hingen beidseitig nach unten. Da die Gitterbox bereits vollständig mit Salat befüllt war, hing sie nur etwas schief, war aber ansonsten wohlbehalten.

Jetzt reichte es mir. Ich nutzte die Gelegenheit mit allen Konsequenzen, um diesen Ort schnellstmöglich zu verlassen. Ich ignorierte den auf mich einredenden Filialleiter und sah zu Gerhard, der vor Lachen krebsrot angelaufen war. In diesem Moment sah ich Karl Käfer wenige Meter hinter Gerhard neben einem Käseregal stehen.

»Gerhard, schnell«, rief ich. »Käfer steht hinter dir.«

Mein Kollege hatte sofort verstanden, dummerweise auch der Gärtnermeister. Während sich Gerhard umdrehte, rannte dieser bereits weg. Da ich durch einen längeren Weg und ein hohes Podest gehandicapt war, folgte ich ein gutes Stück später. Käfer drängelte sich an den Kunden, die in der Warteschlange der Kasse standen, ziemlich rüde vorbei. Mein Kollege, ein geübter Marathonläufer, sprang ohne sichtliche Anstrengung über das Absperrgitter der unbesetzten Kasse 3. Als Schlusslicht sah ich mich der gesamten Warteschlange gegenüber, deren Mitglieder mich böse anfunkelten. Sicherlich erwarteten sie, dass ich es Käfer nachmachte und sie grob zur Seite stoßen würde. Da ich keine Lust auf eine Kassenschlacht hatte, kletterte ich unbeholfen, aber mit einem sportlichen Touch über dasselbe Absperrgitter wie Gerhard. Endlich auf dem Parkplatz angekommen, hatte ich Gerhard und den Gärtner aus den Augen verloren. Um eine Auseinandersetzung mit dem Filialleiter zu verhindern, lief ich vor zur Straße und versteckte mich so gut es ging im Schatten eines Busches.

Kurze Zeit später kam Gerhard zurück. »Nichts zu machen«, sagte er, »der Kerl hat die besseren Ortskenntnisse. Der lief querfeldein durch die Gärten. Irgendwann war er dann weg.«

Details interessierten mich nicht. Meine einzige Motivation war im Moment, diesen unrühmlichen Ort zu verlassen. »Komm, lass uns zurück fahren.«

Gerhard grinste. »Und die armen Kinder, Herr Müller?«

»Die haben doch jetzt den Salat«, antwortete ich. »Das reicht für die ganze Pfalz.«

Gerhard zeigte während der Heimfahrt genug Feingefühl, indem er mich wegen der blöden Supermarktsache nicht weiter aufzog.

KAPITEL 14
NEUIGKEITEN IM BÜRO

Es war unmöglich, KPD zu entkommen. Gerhard fuhr ihn fast über den Haufen, als er auf den Parkplatz hinter unserer Dienststelle fuhr. Unser Chef, der gerade mit Kreide auf dem Boden herum malte, schreckte hoch. »Herr Steinbeißer, so geht das nicht«, motzte er los. »Was wollen Sie hier überhaupt?«

Gerhard, der das Fenster heruntergelassen hatte, entgegnete: »Parken?«

KPD verwirrte diese Äußerung. »Parken?«, fragte er, nachdem er sich wieder geordnet hatte, zurück. »Das geht so nicht, Herr Steinbeißer. Der Hof ist bis auf Weiteres gesperrt.«

»Und wo stellen wir unseren Fuhrpark ab?«

KPD zeigte mit seinen Händen diffus in der Gegend herum. »Zeigen Sie mal etwas Flexibilität, meine Herren. In der Umgebung gibt es zig Supermärkte, da werden Sie doch einen freien Parkplatz finden. Und wenn das nicht hilft, parken Sie halt auf einem Behindertenparkplatz, so wie es Herr Palzki regelmäßig macht.«

»Was mache ich?«, schrie ich über Gerhard hinweg in Richtung unseres Chefs. Während mein Kollege schmerzhaft zuckte und seine Ohren drückte, antwortete KPD mit strafendem Blick. »Sie müssen nicht so tun, als würde mir das nicht auffallen, Herr Palzki. Jede Woche landen mindestens drei bis vier Beschwerden über Sie auf meinem Schreibtisch. Wenn ich nicht immer so wohlwollend abwiegeln würde, wären Sie längst kein Beamter mehr und außerdem einsamer Punkte-Rekordhalter in Flensburg. Solche Negativwerbung habe ich bisher immer abgeblockt, das könnte schließlich auch meinen ausgezeichneten Ruf als guter Chef schädigen.«

Kleinlaut zog ich mich auf meinen Sitz zurück. Von wegen drei oder vier Beschwerden in der Woche. Höchstens eine, maximal zwei, dachte ich beleidigt.

Gerhard bemühte sich, mich aus der Kampflinie zu bringen. »Herr Diefenbach, wenn ich mich da hinten neben die Biotonnen stelle, geht das in Ordnung? In drei Stunden haben wir sowieso Feierabend.«

KPD nickte, obwohl er wahrscheinlich nicht zugehört hatte. Er war längst wieder in seine Kreidezeichnungen vertieft. Leider mussten wir, nachdem Gerhard den Wagen abgestellt hatte, auf dem Weg zum Dienstgebäude nochmals bei KPD vorbei.

»Ah, gut, dass Sie da sind, Herr Palzki«, blinzelte er mir gegen die Sonne entgegen und drückte mir gleichzeitig den Anfang eines Metallmaßbandes in die Hand. »Gehen Sie damit zu diesem Baum da hinten. Dort habe ich den Boden mit einem roten Kreuz markiert.«

Was tat man nicht alles, um seinen Chef zufriedenzustellen. Es soll Arbeitnehmer geben, die sogar jeden Tag ihren Chef zufriedenstellen, indem sie die aufgegebenen Arbeiten erledigten. Wahrscheinlich war an dem Gerücht aber nicht viel dran.

Um meinen Chef etwas zu ärgern, lief ich mit dem Maßband bis gut zwei Meter hinter die Markierung und stand schließlich unmittelbar vor dem Zaun. Den Anfang des Bandes schob ich einen weiteren Meter durch den unsere Dienststelle begrenzenden Maschendrahtzaun hindurch. Ich sah, wie KPD, ohne zu mir zu schauen, das Ergebnis ablas und sich am Kopf kratzte. Da ich den Auftrag zu meiner Zufriedenheit abgewickelt hatte, ließ ich das Maßband liegen und ging zu Gerhard und KPD zurück. Dieser kurbelte das Maßband ein. »Donnerwetter«, sagte er, »wie man sich doch täuschen kann. Ich hätte den zur Verfügung stehenden Platz viel kleiner eingeschätzt. Dabei reicht der Hof sogar für das größtmögliche lieferbare Gewächshaus aus.«

»Das ist doch schön«, antwortete ich und freute mich wie ein kleines Kind. Dieses Mal würde KPD sein persönliches Fiasko erleben.

Juttas Büro war verwaist, genauso wie die direkten Nachbarräume. Erst mittels logischer Kombination kamen Gerhard und ich auf die Lösung dieses Rätsels. Sämtliche Innendienstbeamte befanden sich in den Büros, deren Fenster in Richtung Hof zeigten. Als wir endlich Jutta fanden, meinte sie schmunzelnd: »Deine Aktion wird dich den Kopf kosten, Reiner.«

»Wieso? Hat doch niemand gesehen, oder?«

Sämtliche anwesenden Kollegen stimmten ein dröhnendes Gelächter an.

»Das erste Video ist bereits bei YouTube hochgeladen, Reiner«, meinte einer dieser Kollegen.

»So ein Quatsch«, bewertete ich die Sache. »Jutta, gibt es eigentlich etwas zu tun, außer bei KPDs Kapriolen zuzuschauen?«

Mit einem letzten Blick in den Hof, KPD setzte gerade mit Blumenkübeln irgendwelche Eckpunkte, verließ ich den Raum und ging über den Flur in Juttas Büro. Kurz darauf folgten Gerhard und Jutta.

»Wo bleibt Jürgen?«, fragte ich ungeduldig.

»Der kommt gleich nach«, antwortete Jutta. »Seine Mama hat ganz aufgelöst angerufen, weil sie die vermisste

Bingo-Kugel in der Kiste mit der Schmutzwäsche gefunden hat.«

»Na dann«, sagte ich und beließ es dabei. »Was gibt's *hier* Neues? Vermutlich nicht viel, oder täusche ich mich?«

»Warum denn so bissig, Reiner? Ist dir eine Laus über die Leber gelaufen?«

Eine Antwort erübrigte sich, da Jürgen schnaufend zur Tür hereinkam.

»Hallo, ihr beiden«, sagte er zu Gerhard und mir. »Ihr seid früh zurück.«

Ich beschloss, seine Auszeit wegen der Bingo-Kugel nicht weiter zu thematisieren. »Der Tote heißt Andrea Curie. Bis morgen bekommen wir die Akte von den Landauern.«

Jutta zog Stirnfalten auf. »Reiner, es hat zwar nichts mit dem Genitiv zu tun, aber richtigerweise hättest du ›*Die* Tote heißt Andrea Curie‹ sagen müssen. Oder habe ich mich nur verhört?«

Gerhard, der sich gerade eine Tasse Kaffee einschenkte, schaute belustigt und zugleich erwartungsvoll auf.

»Willst du meine Unfehlbarkeit anzweifeln, Kollegin? Es heißt ganz sicher ›Der Tote heißt …‹«

»Aua«, schrie Gerhard und hielt sich seine nasse Hand fest. »Jetzt habe ich mich wegen euch auch noch verbrüht.« Er zeigte auf seine randvolle Tasse und weiteren Kaffee, den er sich, weil er nicht hingeschaut hatte, über die Hand gegossen hatte.

»Immer sind die anderen schuld«, tadelte ich meinen Kollegen, der sich mit Servietten trockenlegte. »Man könnte fast meinen, du wärst ein Vorgesetzter.«

Jutta hatte resigniert. »Erzähle in Ruhe, Reiner, ich werde dich nicht mehr unterbrechen.«

Ich nickte dankend und klärte Jutta und nebenbei auch Jürgen auf.

»Und darum heißt es ›*der* Andrea‹« schloss ich.

»Soll ich den Notarzt überprüfen?«, fragte Jürgen. »Er war immerhin die erste Person am Tatort.«

»Das dachten wir zunächst auch«, fuhr ich fort. »Dann haben wir einen Zeugen getroffen, der Karl Käfer gesehen hat, wie er in das Pflanzenschauhaus hineinging und kurz darauf wieder rausrannte.«

Jutta hatte kombiniert. »Dann hat der Gärtner am Sonntag seinen ehemaligen Nafa-Kollegen ermordet und wurde dabei von Andrea beobachtet. Ich denke, wir sollten Käfer sofort zur Fahndung ausschreiben.«

»Soweit waren wir auch«, meldete sich Gerhard. »Wir waren sogar bei Käfer zu Hause. Dort erfuhren wir, dass er gerade einkaufen war. Im Supermarkt haben wir ihn gefunden, doch er entwischte uns.«

»Supermarkt?«, unterbrach Jutta. »Vorhin kam eine allgemeine Meldung der Landauer Schutzpolizei rein. In einem Supermarkt soll etwas Ungewöhnliches passiert sein. Man vermutet einen terroristischen Akt im Umfeld der Landesgartenschau. Drei Personen, zwei sportliche und eine untersetzte, sollen in dem Supermarkt randaliert haben. Im Moment fahndet man nach einem ominösen Herrn Müller.«

»Das muss woanders gewesen sein«, brach ich Juttas Ausführungen ab, während Gerhard sich prustend wegdrehte.

Um vollends das Thema zu wechseln, zog ich die anonyme Nachricht, die ich in Andreas Geldbeutel gefunden hatte, heraus. »Das kann Jürgen näher untersuchen, sobald er die Fahndung nach Käfer veranlasst und veröffentlicht hat.«

»Viel kann man damit nicht anfangen«, urteilte Jutta mit einem Blick auf den Zettel. »Außer, dass dieser Andrea vermutlich unseren Mörder erpresst hat.« Sie sah zu Jürgen. »Auch wenn es unwahrscheinlich ist, besorge uns mal unauffällig die Akte von Dr. Frauke Dammheim. Der Name kommt mir überhaupt nicht bekannt vor. Mal schauen, seit wann sie Beamtin ist und womit sie promoviert hat.«

Jürgen schaute unsere Kollegin an. »Wieso soll sie was produziert haben?«

Jutta blickte ihrem jüngeren Kollegen tief in die Augen. »Ich erklär's dir später, Jürgen.«

Es klopfte an der Tür, obwohl sie offen stand. Das käme KPD nie in den Sinn. Dietmar Becker kam herein. »Guten Tag«, begrüßte er uns. »Man hat mich direkt rein gelassen, der Beamte am Empfang kennt mich mittlerweile.«

»Hat Ihnen KPD noch keinen Schlüssel für das Dienstgebäude überlassen?«, fragte Gerhard sprachlos.

Der Student blieb die Antwort schuldig und setzte sich zu uns an den Besprechungstisch. »Ich habe etwas recherchiert«, meinte er in wichtigtuerischer Tonlage.

»Und wo ist da der Neuigkeitswert Ihrer Nachricht? Da können Sie genauso gut in einer Ihrer Zeitungen schreiben, dass morgen wieder mit einem neuen Tag zu rechnen ist.«

»Sie müssen immer gleich alles ins Lächerliche ziehen«, antwortete Becker beleidigt und verzog seinen Mund. »Ich habe in der letzten Zeit von einigen Leuten aus Ihrem privaten Umfeld gehört, dass Ihr übertriebener und ständiger Sarkasmus für Unbill sorgt.«

»Mein was?«, schrie ich erbost, während ich rot anlief. »Mein übertriebener Sarkasmus? Ich bitte Sie, Herr Becker. Wenn Sie immer Ihre Worte so gekonnt wählen würden wie ich, hätten wir ein paar Probleme weniger auf dieser Welt.«

So konnte es nicht weitergehen. Ich hoffte, den Studenten deutlich die Meinung gegeigt zu haben. Irritiert nahm ich die schmunzelnden Gesichter meiner Kollegen wahr.

»Was ist? Ihr wollt doch wohl nicht behaupten, dass dieser dahergelaufene Journalist recht hat, oder?« Drohend blickte ich sie der Reihe nach an.

»Nein, nein«, wehrte Jutta ab. »Meistens ist es zwar so, dass man sich selbst charakterlich viel positiver empfindet als das soziale Umfeld einen selbst. Das gilt zum Beispiel für KPD und die Landauer Kripochefin, aber selbstverständlich nicht für dich, mein lieber Reiner.«
Bei den letzten Worten bebten ihre Lippen, sie konnte ein Lachen nur mühsam unterdrücken. Gerhard gelang dies nicht.

»Ihr Saubande«, echauffierte ich mich. »Macht nur so weiter, dann schule ich um auf Lehrer.«

Jutta bemerkte, dass das Gespräch, zumal in Anwesenheit eines mehr oder weniger Fremden, in die falsche Richtung lief. »Jetzt hören wir zunächst Herrn Becker zu. Vielleicht hat er ausnahmsweise etwas Wichtiges recherchiert.« Sie blinzelte ihm belustigt zu.

Der Student verstand. »Herr Palzki hat Ihnen bestimmt von dem gestrigen Abenteuer in der Nafa erzählt.« Er wartete ein allseitiges Kopfnicken ab, als hätte er seine Zweifel. »Übrigens, einen schönen Gruß von Jacques Bosco. Ich habe vorhin mit ihm ausführlich reden können. Wegen Aufräumarbeiten ist heute die Produktion eingestellt. Morgen früh geht es wieder weiter.«

»Und was meint Jacques?«, fragte ich schnell, um die

blöde Verfolgungsjagd mit ihren Folgen nicht vertiefen zu müssen.

»Er ist bereits in die Vorbereitungen für die Produktion der neuen Salat-Komposition eingestiegen. Das Rezept ist finalisiert und wird im Safe der Frischefee verwahrt. Nur sie und Jacques kennen Einzelheiten.«

Schon wieder wurde diese ominöse Frischefee erwähnt. Ich könnte Becker danach fragen, wollte mir aber keine Blöße geben. Diesem Geheimnis wollte ich selbst auf die Spur kommen.

Der Student sprach weiter. »Allem Anschein nach gibt es keine Verbindung zwischen dem Tod des Prokuristen Luckey und Jacques' Tätigkeit. Die Spurensicherung konnte nicht feststellen, ob in seinem Büro etwas gestohlen wurde. Alle Ordner und Unterlagen sind laut Angaben von Herrn Flößer vollständig vorhanden. Die Untersuchung des PCs wird ein paar Tage dauern.«

»Ein paar Tage?«, unterbrach ich. »Wir haben zwei Tote, und jeden Moment kann es den nächsten erwischen.«

Alle vier sahen mich erstaunt an. »Ist euch das nicht klar? Curie hat den Mörder gesehen und musste sterben, weil er ihn erpresste. Das würde ich mal als gegeben ansehen. Dass der erste Mord Luckey gegolten hat, ebenfalls. Sonst würde der Einbruch in seinem Büro wenig Sinn machen. Vermutlich hat der Täter aber noch nicht das, was er haben will. Er ist in die Enge getrieben. Dabei werden ihm Fehler passieren. Auch bei dem Einbruch in der Nafa oder der Ermordung Curies sind ihm Fehler unterlaufen, die wir noch nicht kennen. In beiden Fällen musste er schnell und spontan einen Plan entwickeln. Und das geht nur in den seltensten Fällen gut.«

»Du meinst, er schlägt erneut zu?«

Ich nickte. »Es kann auch eine ›Sie‹ sein. Karl Käfer ist zwar ein wichtiger Kandidat, es können aber auch andere in Betracht kommen.«

»Genau«, fiel mir Becker ins Wort. »Ich habe eine Frau im Visier.«

Nun hatte es der Journalist doch geschafft, eine Nachricht mit Neuigkeitswert in die Diskussion einzubringen.

Er setzte sich gerade hin und begann stolz zu erzählen. »Ich habe Luckeys Witwe in Brühl besucht.«

»Woher hatten Sie die Adresse? Hat sie mit Ihnen gesprochen?«

Becker lächelte listig. »Die Frischefee hat sie mir gegeben, es ist schließlich kein Geheimnis. Ich hätte die Adresse auch im Internet gefunden.«

Er zog ein kleines Heft aus der Tasche und schlug es auf. »Ich hab's mir notiert. Frau Luckey hat mir von Ihrem Besuch erzählt.« Er blickte kurz zu Gerhard und zu mir. »Auch mir sagte sie, dass sie nicht wusste, dass ihr Mann auf Jobsuche war. Die Headhunterin hat sich inzwischen bei ihr gemeldet, wusste aber auch nicht mehr, als sie von Ihnen erfahren hat. Während des Gesprächs ist mir aber etwas anderes aufgefallen: Frau Luckey hatte einen handfesten Streit mit ihrer Schwester Irina. Es müssen ordentlich die Fetzen geflogen sein.«

»Um was ging es bei dem Streit?«, fragte Gerhard.

Becker ließ seine Achseln sprechen. »Keine Ahnung, Herr Steinbeißer. Sie sagte, das sei Privatsache. Tiefer nachbohren konnte ich nicht, sonst hätte sie mich rausgeschmissen. Ich habe ihr schließlich gesagt, dass ich im Auftrag der Nafa gekommen bin.«

»Soso, Sie kleiner Lügner, das ist aber nicht gerade die feine Art.«

»Aber Herr Palzki, kleine Notlügen sind manchmal durchaus angebracht. Das machen Sie täglich genauso.«

»Ich? Aber niemals. Nur dann, wenn es nicht anders geht.«

Gerhard verbiss sich am Rand seiner Kaffeetasse, während Becker den Faden wieder aufnahm. »Sehen Sie? Bei mir ging es auch nicht anders. Irina, so heißt ihre Schwester, ist seit dem Sonntag spurlos verschwunden. Sie war weder beim Beerdigungsinstitut noch bei der Nafa, um die privaten Unterlagen ihres Schwagers abzuholen.«

»Und deswegen ist sie eine mehrfache Mörderin?«

Becker wiegelte mit dem Kopf. »Bewiesen ist gar nichts. Von der Optik her gesehen, passt sie in das Täterbild. Sie hat mir ein Foto gezeigt: Sie hat eine sehr sportliche Figur und ist ausgebildete Karatekämpferin. Kein Wunder, dass ich keine Chance hatte.«

Es war Zeit, dem Studenten einen Dämpfer zu verpassen. »Wer sagt denn, dass der Einbrecher oder die Einbrecherin identisch mit dem Mörder oder der Mörderin ist?«

Darauf wusste er keine Antwort. In die entstandene Stille hinein platzte ein lautes Räuspern, das unverkennbar von KPD stammte.

»Ist das unser neues Stillzimmer?«, fragte unser Chef, ohne sich der Doppeldeutigkeit bewusst zu werden. »Draußen bricht die Welt zusammen, und Sie sitzen hier und schweigen sich an. Was ist eigentlich aus den beiden Landauer Kapitalverbrechen geworden? Wollten nicht wir Schifferstadter uns um die Sache kümmern? Frau Dr. Dammheim ist leider seit Stunden telefonisch nicht erreichbar, daher bin ich informativ nicht auf dem aktuellsten Stand.«

»Wir sind gerade in einem Brainstorming, Herr Diefenbach«, vermeldete ausgerechnet Becker. »Die Landauer Ermittlungen Ihrer Mitarbeiter –«

»Untergebenen«, verbesserte KPD. Becker schaute kurz und dämlich aus der Wäsche. »Natürlich, Herr Diefenbach. Was ich sagen wollte: Die Todesfälle in Landau haben wahrscheinlich mit der Nafa zu tun.«

»Nafa?«, unterbrach KPD erneut. »Das höre ich bereits zum zweiten Mal. Meinen Sie damit den Neuhofener Salathersteller?«

»Genau, Herr Diefenbach.« Dietmar Becker tat, als wäre er der leitende Beamte in dieser Ermittlungssache. KPD schien das nicht zu stören.

Nun versuchte Becker, sich bei mir einzuschleimen, wobei mir die Motivation unbekannt war. »Die Geschäftsleitung der Nafa ist von Herrn Palzki sehr angetan, wie er die Ermittlungen leitet. Ihm zu Ehren wollen sie sogar einen eigenen Salat kreieren und per Online-Shop weltweit vermarkten.«

KPD schluckte zwei- oder dreimal, dann glotzte er zur Salzsäule erstarrt mit offenem Mund, was äußerst debil aussah. »Palzki? – ein Salat, der nach ihm benannt wird? – weltweit?«, stotterte er nach einer Weile.

Verflixt, warum musste der Journalist ausgerechnet mit diesem unsäglichen Thema kommen. Die Ermittlungen waren auch ohne diese Salatgeschichte verwirrend genug.

Ich versuchte mich in einem kleinen arrogant-höhnischen Lachen. »Nehmen Sie das nicht so ernst, Herr Diefenbach. Die Nafa hat bereits über 100 verschiedene Salate, außerdem sind es bis jetzt nur erste, völlig theoretische Überlegungen. Da fließt noch viel Wasser den Rehbach hinunter.«

KPD hörte nicht zu. Er schien mehr mit sich selbst zu reden: »Ein Diefenbacher Chefsalat wäre sicherlich eine Überlegung wert. Die von der Nafa haben von Marketing keine Ahnung, sonst wären sie nicht auf Palzki gekommen. Das kann doch mit ihm nur Murks werden.«

KPD schien nicht bemerkt zu haben, dass er laut gesprochen hatte. »Herr Palzki, vielleicht war ich in den letzten Tagen beruflich etwas angespannt. Ich hätte mich mehr um Sie und Ihre Kollegen kümmern müssen. Die Ermittlungen in Sachen Landesgartenschau erscheinen mir inzwischen wesentlich komplexer, als anfangs vermutet. Daher habe ich beschlossen, mich in die Ermittlungen einzuklinken. Heute geht das leider nicht mehr, da in einer Stunde das Architektenteam zum Zwischenmeeting kommt. Ab morgen werden wir den Fall in echter Teamarbeit lösen, was halten Sie davon?«

Niemand sagte etwas. KPD bewertete unsere Fassungslosigkeit als Bestätigung. »Alle Fäden laufen ab sofort bei mir zusammen. Herr Steinbeißer, Sie kümmern sich um die Tatorte in Landau, ich und Herr Palzki klären die Details bei der Nafa. Und Frau Wagner wird sich in der Zeit um das wichtige Projekt Gewächshaus kümmern. Was nützt mir ein nach mir benannter Salat, wenn diese Dammheim mit einer botanischen Sensation aufwartet und mir damit mein internationales Renommee untergräbt?«

»Welchen Salat?«, wagte ich zu fragen.

»Vergessen Sie das, Herr Palzki«, antwortete KPD mürrisch. »Das kläre ich auf oberster Ebene mit der Nafa. Da brauchen Sie sich als einfacher Beamter nicht drum zu kümmern.«

Nach dem schlimmen gestrigen Tag war ich sicher, dass es nur besser werden konnte. Ein Irrtum, wie ich nun wusste. Ich hatte noch nie gemeinsam mit KPD im Außendienst ermitteln müssen. Es war mir klar, dass der nächste Tag mit einem extremen Chaos in die Weltliteratur eingehen würde.

»Wann schlagen wir am Mittwoch zu, Herr Diefenbach? Soll ich für elf Uhr einen Termin mit der Nafa vereinbaren?«

»Nein.« KPD überlegte. »Ich werde mich persönlich darum kümmern und dort anrufen und mich gleich als Dienststellenleiter vorstellen. Sie werden sehen, mit mir als gutem Chef gehen die Ermittlungen viel leichter von der Hand. Passen Sie morgen gut auf, Herr Palzki, dann können Sie von mir viel fürs Leben lernen. Sind Sie bitte so gut, und kommen morgen früh ausnahmsweise mal pünktlich ins Büro, falls wir vorab noch etwas besprechen müssen.« Er wandte sich übergangslos an seinen Hofjournalisten. »Herr Becker, mir wäre es lieb, wenn Sie Zeit hätten und gleich mitkommen würden. Ich werde Sie dann unauffällig bei der Nafa einführen. Dort können Sie von mir ein paar Fotos machen, um zu belegen, wie ich den Fall effizient und intelligent löse. Das Resultat werden wir als Fotoreportage dem Spiegel und dem Focus anbieten.«

Zufrieden mit sich selbst, verließ der Dienststellenleiter ohne einen Abschiedsgruß das Büro.

Ich schlug mir auf die Wange. Träumte ich, oder war das real?

KAPITEL 15
EIN FAST NÄCHTLICHER EINSATZ

»Deinen Palzki-Salat kannst du dir abschminken«, meinte Gerhard. »Dafür wird KPD schon sorgen.«

»Mir doch egal«, antwortete ich beleidigt. »Sag mir lieber, wie ich der Peinlichkeit entgehen kann, mit unserem Chef in Neuhofen aufzukreuzen. Die bekommen doch einen völlig falschen Eindruck von uns Beamten.«

»Hat dich das jemals gestört?«

»Ich musste auch noch nie gemeinsam mit KPD im Außendienst ermitteln. Hat jemand was dagegen, wenn ich für heute Feierabend mache, damit ich mich geistig auf diesen Horrortag vorbereiten kann?«

Jutta wollte etwas erwidern, doch Gerhard sprang mir helfend bei. »Ne du, mach mal. Jeder kann mal was Wichtiges zu tun haben und früher heimwollen.«

Klar, Gerhard dachte dabei natürlich an seinen Volkshochschulkurs. Ich stand umständlich auf. »Herr Becker, werden Sie morgen mitkommen?« Die Frage war nur rhetorisch gemeint, da sich der Student diese Gelegenheit niemals entgehen lassen würde. Ich drehte mich zu Jürgen, der die ganze Zeit unbeteiligt die Gespräche verfolgt hatte. »Da die Bingo-Kugel offensichtlich wieder aufgetaucht ist, könntest du ein paar Recherchen abarbeiten, falls nichts Wichtigeres anliegt.« Unser Jungkollege bekam augenblicklich eine rote Melone. Ich verzichtete darauf, näher auf die Ursache einzugehen. »Mich interessiert insbesondere Irina, die Schwester der Witwe. Haben Sie den Nachnamen, Herr Becker?«

Spontan antwortete er: »Luckey, denke ich.«

»Sind Sie sich da sicher? Wollen Sie noch mal nachdenken?«

Jetzt erkannte der Student seinen Denkfehler. »Sapperlot, die Schwester wird wahrscheinlich ganz anders heißen. Daran habe ich nicht gedacht.«

»Dafür haben Sie uns«, entgegnete ich ihm, ohne zu verraten, dass Gerhard und mir der gleiche Fehler passiert war. »Jürgen wird das herausfinden.«

»Garantiert«, antwortete dieser. »Sonst noch etwas?«

»Vergiss die Dammheim nicht«, warf Jutta ein. »Und zur Sicherheit das Umfeld von Andrea Curie, sobald die Landauer die Akte vorbeigebracht haben. Ich glaube zwar nicht, dass dies was bringt, aber man weiß nie.«

Ich hatte ebenfalls noch einen Auftrag an unseren Jungkollegen. »Schau bitte unauffällig nach Bernhard Flößer von der Nafa. Irgendetwas ist da faul, das habe ich sofort bemerkt. Und das hat nicht nur mit Türen und Lichtschaltern zu tun.«

Ich stand auf. »So, das war's für heute. Ich wünsche euch einen angenehmen Abend.«

An der Tür prallte ich gegen eine Beamtin, die gerade in Juttas Büro wollte. Ich entschuldigte mich für meine Ungeschicktheit. »Das ist das erste Mal, dass mir so etwas passiert.«

Den Zusatz ›in der letzten Viertelstunde‹ von Gerhard vernahm ich hinter meinem Rücken nur allzu deutlich. Ich drehte mich zu ihm. »Was macht ihr eigentlich das nächste Mal in deinem Ko –«. Mitten im Satz brach ich absichtlich ab. Gerhard zog seinen Kopf ein, der Gewinner dieses Duells stand fest.

Die Beamtin hatte natürlich nichts verstanden. Jutta

sprach sie an. »Magst du einen Kaffee? Komm, setz dich zu uns.«

Sie erwiderte ein schüchternes Lächeln. »Ich muss wieder zurück.« In der Hand hielt sie ein Blatt Papier, das sie mir zusteckte. »Ein Fax.«

Verwundert nahm ich den Ausdruck entgegen. »Für mich?«

Die Beamtin nickte und war eine Sekunde später verschwunden.

»Die neuen Caravella-Preise?«, riet Gerhard.

»Besser«, antwortete ich nach dem Lesen der wenigen Worte. »Es ist ein Drohfax. Wie bescheuert muss man dazu sein?« Um die Neugierde der anderen zu befriedigen, las ich vor:

›Herr Palzki. Wenn Sie nicht aufhören, unschuldige Gärtner zu verdächtigen, werden wir Ihnen wehtun müssen. Das nächste Mal werden Sie einer Explosion näher sein, als Ihnen lieb ist. MFG D.B.‹

Jutta kommentierte als Erste. »Da will uns wohl jemand mit der Nase auf Karl Käfer stoßen. Offensichtlicher geht es wirklich nicht. Unser Mörder stellt sich ziemlich dämlich an.«

Ich stimmte Jutta zu. »Ich hab's euch vorhin gesagt. Er oder sie steht unter Zeitdruck und macht Fehler. Das Fax ist so gut wie der halbe Beweis, dass Käfer unschuldig ist.«

Gerhard, der mir das Fax entrissen hatte, meinte: »Die Initialen D.B. sind bestimmt ein Fake.«

»Der Butler«, rutschte mir spontan heraus.

Jutta schaute betreten drein. »Das kann nur ein Zufall sein, Reiner. Niemand weiß von unserem running gag mit dem Gärtner und dem Butler.«

»Niemand? Was ist mit der Kripochefin aus Landau?«

Während wir überlegten, schnappte sich Dietmar Becker das Fax. »Die Absenderangabe sieht authentisch aus. Vielleicht sollte man das überprüfen?«

»Ach was«, schnitt ich ihm das Wort ab. »Das wäre doppelt dämlich.« Ich zog das Papier wieder zu mir und erwartete, dass als Absender die Kriminalinspektion Landau eingetragen war. Ich irrte, es handelte sich um ein Architektenbüro in Mannheim: »Bürogemeinschaft Grasgrün & Partner, Friedrich-Koenig-Straße. Hab ich noch nie gehört, kennt das jemand von euch?«

Nachdem keiner der Anwesenden etwas sagte, gab ich das Fax an Jürgen. »Bitte kontrollieren und alle wesentlichen Informationen zusammenstellen.«

Ich verabschiedete mich endgültig von Becker und meinen Kollegen. »Macht's gut. Wenn noch etwas Tragisches passieren sollte, ich bin zu Hause.«

Auf der Heimfahrt fühlte ich mich ähnlich wie am Sonntagvormittag vor der Fahrt zur Landesgartenschau. Nur eine Nacht lag vor mir, dann musste ich mit KPD zur Nafa fahren. Dem nicht genug, gab es dieses verflixte Fax. Ich bekam zwar regelmäßig irgendwelche Drohbriefe, die ich stets ignorierte, ein unbefriedigendes Gefühl hinterließen sie dennoch. Erfreulicherweise blieb mir eine Begegnung mit meiner Nachbarin erspart. Ich weiß nicht, wie ich reagiert hätte, wenn sie mir heute über den Weg gelaufen wäre.

Dass mich in meinem Haus ein Dschungel erwartete, wusste ich. Dass Paul heute Mittag versucht hatte, in den Palmen mit allen verfügbaren Sofakissen und Stefanies Bügelbrett ein Baumhaus zu bauen, war mir bis eben unbekannt. Die Sauerei, die die umgefallenen Pflanzkübel nebst Palmen auf dem Wohnzimmerteppich verursacht hatten, sah aus wie ein umgeworfener Biomüllcontainer. Vermutlich war der Teppich nicht mehr zu retten, mit ein bisschen Glück dagegen das darunterliegende Parkett.

Meine Frau saß auf der Couch und stillte Lisa und Lars. Ihre todmüden Augen sprachen Bände. »Ich werde einen Mutterschaftstest machen«, sagte sie und es klang keineswegs sarkastisch. »Paul kann unmöglich mein Sohn sein.« Wenn Stefanie solche Reden schwang, musste sie schon sehr deprimiert sein. Um sie zu trösten, setzte ich mich zu ihr. »Ich bin heute etwas früher heimgekommen, um dir helfen zu können. Soll ich mit den großen Kindern etwas unternehmen oder das Abendessen machen?«

»Lieber nicht«, war ihre Antwort. »Ich hatte heute genug Chaos. Setz dich auf die Terrasse und lies ein Buch.«

Das war nicht die Antwort, die ich mir erhofft hatte. Eine Diskussion loszutreten, hielt ich im Moment für wenig geeignet. Nicht in Stefanies momentanem Zustand. Trotz des mittlerweile einsetzenden Hungers befolgte ich ihren Rat. Ich kam sowieso viel zu selten dazu, ein Buch zu lesen. Während ich die erste Zeile las, kam Melanie auf die Terrasse.

»Papa, weißt du schon, was Paul vorhin mit Herrn Ackermann angestellt hat?«

Ich zählte langsam und unhörbar bis zehn, um meinen in die Höhe geschnellten Puls wieder zu beruhigen. »Meinst du die Sauerei im Wohnzimmer?«

»Ach das«, erwiderte sie. »Das ist harmlos im Vergleich zu der anderen Sache. Paul hat …«

»Petze!«, schrie ihr Bruder lauthals und versuchte, ihr mit einer Yucca-Palme nebst Übertopf auf das Hinterteil zu schlagen.

»Spinnst du? Wenn Mama das mitkriegt, kannst du in der

Garage pennen«, schrie Melanie, während sie in den Garten flüchtete. Bevor ich einschreiten konnte, waren beide verschwunden. Buchlesen konnte ich mir nun abschminken, dazu war ich innerlich viel zu aufgewühlt. Von allen Seiten brach im Moment das Chaos über mich herein, nur ein Weltuntergang schien mich noch retten zu können.

Der Weltuntergang kam um fünf Uhr in der Nacht. Der Abend davor war zwar anstrengend, aber irgendwie ging er dennoch vorbei. Stefanie hatte sogar Zeit, ein kleines Abendessen zu kochen. Todmüde fielen wir wenig später ins Bett.

5.03 Uhr zeigte der Wecker, als ich wieder halbwegs denken konnte. Lisa und Lars schrien um die Wette, Stefanie sah aus wie ein Schreckgespenst, und mein Herz schlug so fest, dass es durch die Schädeldecke zu brechen schien. Das Dauerklingeln an der Haustür war mörderisch.

»Liegt Paul im Bett?«, war mein erster vernünftiger, laut ausgesprochener Gedanke. Hatte er mit unserem Nachbar eine Nachtwanderung inklusive Klingelstreich gemacht? Die Theorie war nicht haltbar. Melanie und Paul stürmten die Treppe herunter und kamen in unser Schlafzimmer.

»Draußen steht der Teufel«, schrie Paul gegen den Lärm der Türklingel. »Er will Melanie holen.« Dafür handelte er sich einen Tritt in sein Gesäß ein.

Während Stefanie zu den Zwillingen ging, lief ich im Schlafanzug zur Haustür. Ohne Vorsichtsmaßnahmen öffnete ich diese und erstarrte im gleichen Augenblick.

»Na endlich«, schrie KPD in einer Lautstärke, als würde uns ein Fußballfeld trennen. »Wo bleiben Sie denn immer so lang?«

KPD, der inzwischen die Türklingel losgelassen hatte, stand im Smoking vor mir und war ähnlich penetrant geschminkt und parfümiert wie am Sonntag bei der Einweihung seines Unkrautes.

»Was stehen Sie denn in der Gegend herum, Herr Palzki. Ziehen Sie sich mal schnell was an, wir werden erwartet.«

Was war da los? Dass wir verschlafen hatten, schloss ich aufgrund der beginnenden Morgendämmerung aus. Kam KPD vielleicht gerade von einer privaten Feier und stand unter Alkohol oder illegalen Drogen? Vorsichtig trat ich näher und roch. Kein Alkohol, und seine Pupillen hatten eine normale Größe, wenn auch sonst nichts normal an meinem Chef war.

KPD kniff die Augen zusammen. »Was machen Sie da, Palzki? Ich bin kein Gespenst. Ich bin immer noch ihr guter Chef und Sie sind mein Untergebener. Aber jetzt beeilen Sie sich, wir haben einen Einsatz.«

»Einsatz?«, brachte ich als erste verbale Regung gegenüber KPD hervor. »Was für ein Einsatz? Wissen Sie, wie viel Uhr wir haben?«

KPD zog elegant die Jacke zurück. »Genau fünf Uhr und fünf Minuten. Wir haben keine Zeit zu verlieren, sonst ist die Spurensicherung vor uns dort. Und wie ich die kenne, zertrampeln die wieder alles.«

Während ich ungläubig gaffte, kam von hinten Stefanie, die Lisa auf ihrem Arm trug. »Herr Diefenbach, ist etwas passiert?«

KPD machte einen Diener. »Guten Morgen, Frau Palzki. Ich hoffe, ich habe Sie nicht geweckt. Leider muss ich Ihren Mann mitnehmen, da er mit mir zusammen in einem Mordfall ermitteln darf.«

Das, was sich KPD da erlaubte, war ziemlich dreist. Stefanie gähnte unhöflich mit offenem Mund und verschwand mit Lisa grußlos in Richtung Wohnzimmer.

»Wo müssen wir überhaupt hin?«, fragte ich den Dienststellenleiter. »Hoffentlich nicht nach Landau?«

»Landau? Wie kommen Sie auf solchen Blödsinn? Für Landau ist Herr Steinbeißer zuständig, ich habe die Zuständigkeiten doch gestern eindeutig geregelt, wissen Sie das nicht mehr?«

»Neuhofen?« Ich wagte einen neuen Versuch.

KPD schnaufte verächtlich wie ein Walross. »Endlich haben Sie es kapiert. Nun machen Sie endlich. Oder soll ich Sie im Schlafanzug mitnehmen?«

Ich ließ meinen Vorgesetzten an der Tür stehen. Einen kurzen Moment überlegte ich, zunächst ausgiebig zu duschen und zu frühstücken. Da dies die Laune KPDs nicht unbedingt fördern würde, verzichtete ich auf diese Gemeinheiten und beließ es bei rudimentärer Körperhygiene. KPDs Parfüm würde sowieso sämtliche Gerüche der Umgebung überdecken. Die Verabschiedung von meiner Frau fiel kurz aus, erklären konnte ich die Aktion schließlich auch nicht. Paul meinte zum Abschluss, dass sich Herr Ackermann im Wald in Richtung Waldsee versteckt hielt. Näheres konnte ich aus Zeitgründen nicht in Erfahrung bringen.

KPD saß bereits in seinem Wagen und blickte nervös auf die Uhr, als ich einstieg. »Immer diese Trödelei«, kritisierte er. »Es wird Zeit, dass ich meine Untergebenen zum Thema Zeitmanagement schule. Diese ineffiziente Arbeitsweise muss ein Ende haben.«

Ich hatte andere Sorgen. Was in Juttas Wagen die bereits beschriebenen Temperaturen besorgten, war in KPDs Wagen der Geruch seines penetranten Parfüms, das mich an eine Mischung von Buttersäure mit einem Hauch Vanille erinnerte.

KPD ignorierte die geltenden Geschwindigkeitsbeschränkungen, was um diese Uhrzeit wohl nur wenige störte. »Wollen Sie einen Prosecco, Herr Palzki? Schauen Sie mal ins Kühlfach in der Mittelkonsole.«

Als ich eine angewiderte Miene aufsetzte, ergänzte er: »Jägermeister habe ich leider keinen.«

Nachdem ich das Fenster der Beifahrerseite komplett heruntergelassen hatte, was bei Jutta unter Höchststrafe stand, ließen die Gerüche etwas nach und ich begann, mich für den Einsatz zu interessieren.

»Was ist in Neuhofen passiert, Herr Diefenbach?«

»Ein Mord natürlich. Ein Glück, dass ich mich gestern noch bei Herrn Flößer gemeldet und meine Kontaktdaten durchgegeben habe. Nicht vorzustellen, wenn er vorhin bei der Zentrale angerufen hätte und Sie erst heute Vormittag davon erfahren hätten. Merken Sie sich gleich die Lektion 1: Immer der Erste am Tatort sein ist das A und O eines Kriminalbeamten.«

Ich grinste in mich hinein. Ob KPD amüsiert wäre, wenn ich ihm sagte, dass der Erste am Tatort neben dem Opfer immer der Täter war?

»Wer wurde denn getötet?«

KPD hob die Achseln. »Das ist doch erst mal sekundar«, sagte er, ohne das falsch ausgesprochene Fremdwort zu bemerken. »Wichtig ist, dass ich den Täter in kürzester Zeit ermitteln werde. Dann habe ich gegenüber dem Ehepaar Flößer ein ganz anderes Standing. Aber daran brauchen Sie sich nicht weiter zu stören. Vielleicht halten Sie sich heute ausnahmsweise mal betont im Hintergrund.«

»Warum muss ich überhaupt mit?«, fragte ich irritiert.

KPD schüttelte den Kopf. »Wie sieht das denn aus, wenn der Chef allein kommt?«

Nachdem wir aus seinem luxuriösen Wagen ausgestiegen waren, kontrollierte KPD seine Garderobe. »Der erste Eindruck ist entscheidend, Herr Palzki. Merken Sie sich das als Lektion 2.«

Während wir zum Verwaltungseingang gingen, flüsterte mir mein Chef eine Handlungsanweisung zu. »Wir stellen uns kurz vor, und danach verschwinden Sie für eine Weile unauffällig.«

Als KPD meine fragende Mimik sah, ergänzte er: »Laufen Sie meinetwegen um das Betriebsgelände herum, aber kommen Sie mir nicht in die Quere, wenn ich mit der Geschäftsleitung die erste Tatortbegehung absolviere. Da darf nichts schiefgehen. Das Bild der Polizei in der Öffentlichkeit ist sowieso ziemlich angeschlagen, seit Sie verstärkt im Außendienst sind.«

Dieser Kommentar wird dir noch leidtun, dachte ich voller Hass. Und zwar heute.

Frau Flößer erwartete uns am Eingang. Nachdem sich KPD ausgiebig in extravaganter Form vorgestellt hatte und mich dabei mit keiner Silbe erwähnte, sagte die Geschäftsführerin. »Kommen weitere Beamte?«

KPD nickte. »Die Spurensicherung wird bald hier sein. Ich habe sie selbst informiert.«

Aus einem der geschlossenen Büros vernahmen wir bereits die ganze Zeit lautes Schreien. »Gab es Verletzte?«, fragte KPD, weil sich die Schreie teilweise wie Schmerzensschreie anhörten.

Frau Flößer schaute betreten zu Boden. »Das ist nur mein Mann. Er telefoniert immer etwas laut. Gleich wird er fertig sein.«

Tatsächlich kam kurz darauf ihr Mann aus dem Büro. Nach einer erneuten Vorstellungsrunde, die genauso intensiv war wie die erste, erklärte Herr Flößer die ersten Details.

»Den Toten haben wir vorhin im Kartoffellager gefunden. Gestern haben wir den Betrieb gereinigt, da wir heute die Produktion wieder aufnehmen wollen. Da das Kartoffellager bei der Verfolgungsjagd nicht tangiert wurde, hatten wir es gestern nicht kontrolliert. Als wir vorhin die Produktion vorbereiten wollten, entdeckten wir den Toten in den Kartoffeln.«

»Welche Verfolgungsjagd?«, fragte KPD und sorgte damit für Verblüffung.

»Ich erkläre es Ihnen später, Herr Vorgesetzter.«

KPD hatte wohl erst durch diesen Satz bemerkt, dass ich immer noch bei ihm war. »Wollten Sie sich nicht um das Außengelände kümmern, Herr Palzki?«, sagte er in eindringlichem Ton.

»Mach ich gleich«, antwortete ich lässig. Zunächst wollte ich aber sehen, wie mein Vorgesetzter mit dem Thema Schleuse umging.

»Zunächst werde ich Ihnen die Hygienebelehrung erteilen«, begann Flößer und zeigte auf das Waschbecken und die Regale mit den Einwegartikeln. »Meine Frau wird Ihnen gleich einen Schutzkittel …«

Weiter kam er nicht. KPD reagierte, wie ich es eingeschätzt hatte. »Lassen Sie uns das im Moment überspringen, Herr Flößer«, bestimmte er. »Ich habe frisch geduscht, und die Spurensicherung bringt ihre eigenen Schutzanzüge mit. Wo müssen wir hin? Da durch?« Er zeigte auf den Lamellenvorhang und schritt hindurch. Herr Flößer schaute betreten drein, und seiner Frau, die mit den Kitteln gerade hinzukam, erging es genauso.

»Viel Spaß mit meinem Chef«, wünschte ich den beiden. »Ich schau mich mal draußen um.«

KAPITEL 16
MAHLZEIT

Um diese Uhrzeit war es im Freien zwar etwas kühl, doch das nahm ich gern in Kauf. Jede Minute ohne KPD war eine gute Minute. Nachdem ich als Rache für die verbalen Entgleisungen die Luft aus KPDs beiden Vorderreifen gelassen hatte, überlegte ich, wo ich um diese Uhrzeit für mich geeignete Nahrungsmittel auftreiben könnte. Salat kam als Ersatzstoff natürlich nicht infrage. Ob im Ort bereits ein Bäcker geöffnet hatte?

Ich erschrak, als sich etwas Kleines an meinem Hosenbein verfing und daran zog. Es handelte sich um einen Dackel.

»Bodo, komm her«, rief eine Stimme, die den Dackel bei seiner Tätigkeit nicht störte. Bevor ich überreagieren konnte und dem Tier eventuell wehgetan hätte, kam sein Herrchen angelaufen. Es war Hausmeister Krause, der, was mich völlig verblüffte, um diese Uhrzeit einen Blaumann trug.

»Entschuldigen Sie bitte«, sagte er unterwürfig, während er seinen Bodo von meiner Hose entfernte. »Der gute Bodo steht noch immer unter Schock. Dabei ist er so ein liebes Tierchen. Beim Dackelbingo im vorletzten Jahr hat er den fünften Platz belegt.«

Weder interessierte mich, was Dackelbingo war noch was dies mit einem lieben Tier zu tun hatte. Hauptsache, ich wurde nicht mehr angeknabbert.

»Sie sind doch Hausmeister bei der Nafa?«, fragte ich, obwohl ich ihn längst erkannt hatte.

Er machte einen Bückling. »Dieter Krause, stets zu Diensten, Tag und Nacht. Und Sie sind der Polizist, der am Montag bereits hier war. Blöde Sache, dass wir nun sogar einen Toten gefunden haben.«

Mir war etwas anderes wichtiger. »Sagen Sie mal, Herr Krause, gibt es in der Nähe eine Bäckerei, die um diese Uhrzeit geöffnet hat?«

Der Hausmeister lächelte listig. »Sie halten auch nichts von dem ganzen Salatwahn, stimmt's?«

Ich nickte abwartend.

»Dann kommen Sie mal mit rein.« Er zeigte auf einen Anbau des Betriebsgebäudes. »Im Obergeschoss wohne ich in der Hausmeisterwohnung.«

Er schloss die Tür auf, und eine schmale Holztreppe führte nach oben. Bodo sprang sofort auf die Couch, die ich aufgrund der vielen Decken und diversem Hundespielzeug als seinen Stammplatz erkannte. Krause zeigte auf einen altmodischen Esszimmertisch mit noch altmodischeren Holzstühlen. Über dem Tisch hing ein Hirschgeweih, das zur Lampe umgebaut war. »Meine Familie schläft um diese Zeit noch.«

Was jetzt folgte, war der helle Wahnsinn. Innerhalb von wenigen Minuten zauberte Dieter Krause aus dem Nichts ein salatloses Buffet, das ein Mehrsternekoch auch nicht besser hätte komponieren können.

»Wo haben Sie das ganze Zeug her?«, fragte ich verblüfft.

Der Hausmeister, der einen schlanken Körperbau hatte, grinste von einem Ohr zum anderen. »Gutes Essen ist das halbe Leben«, begann er mit seiner Erklärung. »Ich habe immer einen kleinen Vorrat meiner Lieblingsnahrungsmittel zu Hause. Bodo und ich essen für unser Leben gern. – Meine Familie natürlich auch«, ergänzte er schnell.

»Das ist aber nicht von der Nafa?«, fragte ich neugierig.

Der Hausmeister zeigte auf ein paar Sachen, während Bodo auf seinen Schoß sprang. »Ein paar Zutaten schon. Es gibt bei der Nafa einiges, das ich gern mag, so lang es noch nicht zu Salat verarbeitet wurde.«

»Die Steaks gehören aber nicht dazu.«

Krause nahm eines der Steaks und fütterte damit seinen Dackel. »Das sind die Reste vom Grillen gestern Abend.«

Reste?, fragte ich mich. Damit könnte man die komplette Schifferstadter Schutzpolizei verköstigen.

Krause schien meine Gedankengänge zu erraten. »Ich bin ein schlechter Futterverwerter«, sagte er stolz und tätschelte dabei seinen Bauch. »Ich kann essen, soviel ich will und nehme dabei nicht zu. Klar, ich habe auch viel Bewegung, nicht wahr, Bodo?« Der Dackel beachtete sein Herrchen nicht, da er dabei war, das Steak zu verschlingen.

Mein Magensaft brodelte längst wie ein kurz vor der Eruption stehender Vulkan. Nachdem Krause mir einen Teller und Besteck gereicht hatte, stürzte ich mich in die Befriedigung meines momentan dringendsten Bedürfnisses. Ich konnte es nicht fassen: Dachte ich bisher, dass ich viele Nahrungsmittel in kürzester Zeit zu mir nehmen konnte, wurde mir nun bewusst, dass ich meinem Meister gegenübersaß. Zusammen mit seinem Bodo verschlang er den Wochenbedarf einer Großfamilie an Kalorien. »Wie machen Sie das?«, fragte ich, als ich versehentlich einen leeren Mund hatte.

Der Hausmeister warf seinem Bodo weitere Würste auf den Teller und antwortete: »Man muss nur auf jegliches Füllzeug wie Salat verzichten, das macht unnötig satt und bläht auf.«

Ich hatte einen neuen Freund. Okay, an seinen Hund und seinen Blaumann musste ich mich gewöhnen. Wie gut, dass ich heute bei der Nafa sein durfte, sonst hätte ich Krause nie privat kennengelernt.

Da sich hungrige Gleichgesinnte schnell näherkamen, waren wir nach nicht allzu langer Zeit beim ›Du‹.

»Du, Dieter«, fragte ich ihn, als mir das Essen schließlich bis zur Oberkante der Unterlippe stand. »Vorhin hast du was von einem Schock erzählt, den dein lieber Bodo hat. Was ist da passiert? Hat ihm jemand sein Fressen geklaut?«

»Ach was, das würde ich niemals zulassen.« Er schmachtete seinen Dackel an und fütterte ihn mit einer Extraportion Schinken. »Wir haben heute Nacht beinahe einen Einbrecher gestellt.«

Oha, was musste ich da hören? Hatte ich wieder einmal das Glück eines Zufallsfundes? »Wollte jemand in den Betrieb einsteigen?«

Krause schüttelte den Kopf. »Nein, nichts mit der Nafa. Jemand wollte ein Auto stehlen, das auf dem Parkplatz abgestellt ist.«

»Parkplatz? Wo? Wann?« Tausend Fragen stürzten auf mich ein, und ich hoffte, dass Krause strukturierter erzählen konnte als ich im Moment fragen.

»Gestern Abend so kurz vor Mitternacht war's.« Er schaute auf die Uhr. »Ja, so vor knapp sechs Stunden. Da war ich mit Bodo auf dem letzten Rundgang vor der Heia. Um Mitternacht geht's ins Bett und pünktlich um sechs Uhr stehen wir wieder auf, Bodo und ich. Jeden Tag, egal ob Sommer und Winter, mehr Schlaf brauchen wir nicht. Nur meine Frau und die –«

Ich wagte es, ihn zu unterbrechen. »Und was ist dann bei Ihrem, äh, deinem Rundgang passiert?«

Fassungslos schaute ich zu, wie Krause sich erneut den Teller volltürmte. »Wir waren mit unserem Rundgang fast fertig, als wir einen Schatten sahen, der sich an einem silbernen Mercedes zu schaffen machte, der seit zwei Tagen vor dem Betrieb steht.«

Natürlich war mir sofort die Brisanz seines Satzes bewusst geworden. Doch zunächst ließ ich ihn fertig erzählen.

»Bodo und ich gingen auf die Gestalt zu, und ich rief ›Hallo, was machen Sie da?‹«

»Und dann?«, hakte ich nach, weil mir die Pause zu lang vorkam.

Der Hausmeister streichelte seinen Dackel. »Bodo ist sofort auf ihn zugerannt. Stell dir mal vor, dieser Kerl hat nach ihm getreten! Und dann ist er abgehauen.«

»Und Sie, äh, du bist ihm nach?«

Er schüttelte den Kopf. »Ich musste doch schauen, ob mein Bodo verletzt war. Aber mein Guter wurde nicht getroffen, nur einen Schock hat er davongetragen. Seitdem isst er nicht mehr so gut, der Arme.«

»Kannst du den Kerl beschreiben, der das Auto stehlen wollte?«

»Der war komplett schwarz vermummt, hab ich dir das nicht erzählt?« Er stockte, da ihm etwas einfiel. »Donnerwetter, mir fällt gerade ein, dass die Gestalt genauso vermummt war wie der Einbrecher vorgestern.«

»Von dem du nicht mal wusstest, ob es ein Kerl oder eine Frau war«, ergänzte ich, obwohl ich das selbst nicht erkannt hatte.

»Dass mir das nicht früher aufgefallen ist.« Nachdenklich schaute er ins Nichts.

»Erzähl mal was über den Wagen«, forderte ich ihn auf. »Seit wann steht er vor der Nafa?«

»Seit Montag, da bin ich mir sicher. Am Montagfrüh war

da noch alles leer, gegen Mittag ist mir der Mercedes das erste Mal aufgefallen, weil er etwas schräg geparkt wurde.«

Schwerfällig stand ich auf. Vielleicht hatte ich eine Nuance zu viel gegessen. »Zeig mir den Wagen, bitte.«

Dieter Krause schnappte sich ein fettes Kotelett und tat es mir gleich. »Komm, Bodo, zeig dem Reiner das böse Auto.«

Keine Minute später standen wir vor dem Mercedes, der tatsächlich etwas schief stand. Das Germersheimer Kennzeichen speicherte ich sofort in meinem Langzeitgedächtnis ab. Auf der Rückbank spitzelte aus einem Berg Decken der Lauf einer Waffe heraus. Ungeheuerlich, dass die Spurensicherung am Montag diesen Wagen übersehen hatte. Auch wenn es spät war und der Feierabend nicht fern, gehörte das Umfeld des Tatorts eindeutig zu einer Bestandsaufnahme dazu.

Während ich dies dachte, griff Krause kurzerhand nach der Fahrertür und öffnete sie. Wahnsinn, es war nicht einmal abgeschlossen. Bevor weitere Fingerabdrücke unwiederbringlich verloren gingen, intervenierte ich. »Lass mal, Dieter. Sonst wirst du noch festgenommen, wenn man deine Abdrücke findet.«

Erschrocken trat er zurück, und ich grinste ihn an. »Das sollen die Kollegen nachher untersuchen.« Ich sah mich um. Neben KPDs Wagen war der Mercedes der einzige, der auf dem Parkplatz vor der Nafa stand. Hatte Diefenbach nicht gesagt, dass er die Spurensicherung benachrichtigt hatte?

Ich zog ein Papiertaschentuch aus meiner Hose und versuchte, die Beifahrertür zu öffnen. Auch diese war unverschlossen. Mit dem Taschentuch als Berührungsschutz gelang es mir, auch das Handschuhfach zu öffnen.

Die Kopie einer Tankquittung fiel mir entgegen, die auf der Rückseite mit H. Lunke unterzeichnet war. Zwischen Parkscheibe und einer CD-Hülle steckte der Fahrzeugschein. Der Wagen war auf Heinrich Lunke aus Germersheim ausgestellt. Na also, der Fall war so gut wie gelöst. Warum hatte ich eigentlich KPD mitgenommen, dachte ich sarkastisch. Die Waffe und die Decken auf der Rückbank ließ ich unberührt. Mein Verhältnis zu Schusswaffen war sowieso sehr zwiespältig. Gerade als ich die Beifahrertür sanft geschlossen hatte, brausten mehrere Einsatzfahrzeuge auf den Parkplatz. Ich erkannte die Kollegen vom Montag sofort wieder.

»Guten Morgen, auch schon da?«, begrüßte ich sie wenig freundlich.

Man sah ihnen deutlich an, dass sie sich über meinen Gruß und vermutlich über meine Anwesenheit nicht allzu sehr freuten.

»Was machen Sie so früh hier?«, fragte einer. »Davon hat Herr Diefenbach nichts erwähnt.«

»Der wird euch noch genug zu sagen haben wegen eurer Verspätung.«

»Wieso?«, brauste er auf. »Herr Diefenbach sagte zu uns, wir sollen genau um sechs Uhr hier sein. Und jetzt ist es drei Minuten vor sechs.«

KPD hatte intelligenter gehandelt, als ich es ihm zugetraut hätte. Ob er seinen zeitlichen Vorsprung nutzen konnte, stand auf einem anderen Platz.

Ich wies auf den Mercedes. »Den habt ihr am Montag übersehen, Leute. Schaut mal auf die Rückbank.«

Drei oder vier Kollegen traten näher und wurden sofort kreidebleich. »Der stand am Montag nicht da«, versuchten sie sich herauszureden.

»Das ist leider sehr unglaubwürdig. Herr Krause«, ich zeigte auf meinen neuen Freund, der gerade seinen Bodo streichelte, »ist der Hausmeister der Nafa und kann bezeugen, dass der Wagen seit Montagmittag hier steht. Heute Nacht hat er eine Person überrascht, die den Wagen mitnehmen wollte.«

Aufgrund der Waffe begannen die Spurensicherer mit dem Mercedes. Ob sie den Termin mit KPD zeitlich einhalten würden?

Gemeinsam mit Dieter Krause ging ich zur Verwaltung, die abgeschlossen war.

»Wir nehmen den Hintereingang«, meinte dieser und lief los.

»Hintereingang?«, fragte ich fassungslos nach. Kam man dort ohne Schleuse in den Betrieb?

KAPITEL 17
GRUMBEERELAGER

Kurz darauf wusste ich, was er mit dem Hintereingang meinte. Seitlich des Produktionsgebäudes gab es mehrere aneinander versetzte Tore, an denen LKWs rückwärts zum Be- und Entladen andocken konnten. Eines der Tore stand offen, und der Raum dahinter war hell beleuchtet.

»Bodo, mein Lieber, du musst hier warten«, sagte Krause zu seinem Hund. Dieser setzte sich auf den Boden und schmachtete sein Herrchen mit einem Dackelblick an. »Hunde sind im Gebäude leider strengstens verboten. Obwohl es Bodo da drinnen sehr gut gefallen würde.«

Krause erklärte mir, dass die Anlieferer zwar theoretisch von hier direkt in die Produktion gelangen könnten, dies aber ebenfalls streng verboten war. Er zeigte nach rechts in einen Lagerraum. »Da drin wurde der Tote vor eineinhalb Stunden gefunden. Ich selbst habe fest geschlafen, als Herr Flößer aufgeregt zu mir gerannt kam.«

Schon wieder: ein ungefragtes Alibi. Welche Motivation hatte Dieter, mir dies zu sagen? Weiter konnte ich darüber nicht nachdenken, da im gleichen Moment KPD aus einem riesigen Metallcontainer kletterte.

»Ach, Sie sind es, Herr Palzki. Ich dachte, die Spurensicherung kommt endlich. Wo die immer so lang bleibt? Anscheinend ist es doch nicht so gut, seinen Untergebenen zu viele Freiheiten zu lassen.«

Um mir weiteres Gesülze zu ersparen, fragte ich ihn nach der Leiche. »Haben Sie den Toten bereits gefunden, Herr Diefenbach?«

Das Ehepaar Flößer stand daneben und verfolgte verständnislos unseren Dialog. Wahrscheinlich überlegten sie gerade, ob es geschickt war, wegen des einen Toten gleich die Polizei zu rufen, statt die Leiche in Eigenregie irgendwo auf dem Gelände zu verscharren.

»Natürlich weiß ich, wo die Leiche liegt«, blökte KPD. »Auch ohne Arzt habe ich erkannt, dass der Tote seit Montag in den Kartoffeln liegen muss. Treten Sie näher, Palzki, schauen Sie sich das ruhig mal an. Es kann nicht schaden, wenn Sie auch mal wissen, wie eine Leiche aussieht.«

Während ich zu der Metallwanne ging, überlegte ich mir, wie wohl KPD als abgehangene Leiche aussehen würde. Ob es sich lohnte, diesbezüglich ein Exempel zu statuieren?

Als wäre es eine Badewanne voller Grumbeeren, wie der Pfälzer zu Kartoffeln sagt, lag die Leiche rücklings ausgestreckt in der Pommes-Rohmasse. Das Opfer war männlich und etwa 30 Jahre alt. Wie ein Einbrecher sah er nicht aus, eher wie ein seriöser Versicherungsvertreter, auch wenn es den in der Realität genauso wenig gab wie einen unbestechlichen Politiker oder normalen Lehrer. Das Kartoffellager war zwar kein Kühlraum, dennoch lag die Temperatur bei angenehmen zehn Grad, wie ich einer Digitalanzeige an der Wand entnahm. Durch diese relative Kühle hatte der Verwesungsprozess zumindest äußerlich so gut wie nicht eingesetzt. Todesursache könnte ein schwerer Metallblock gewesen sein, der neben der Leiche lag. Zumindest deutete die eingeschlagene Stirn darauf hin, das einzige Unappetitliche an diesem Szenario.

»Na, Herr Palzki«, rief KPD von außerhalb des Containers, »ist Ihnen übel geworden? Zertreten Sie bitte nicht die Spuren!«

Die einzigen Spuren, die ich erkennen konnte, waren zertrampelte Grumbeeren, die vermutlich mehrheitlich von KPDs Einsatz stammten. Ich stieg wieder aus der Wanne.

»Nettes Arrangement«, sagte ich. »Wissen Sie bereits, wer der Täter ist, Herr Diefenbach? Wir haben nicht mehr lang Zeit bis zum Frühstück.«

KPD rieb sich die Hände und quälte sich mit seinem nächsten Satz. »Die Ermittlungen gestalten sich sehr schwierig, da der Tote kein Mitarbeiter der Nafa ist. Aber sonst hätte man schließlich nicht mich als guten Chef am Tatort benötigt. Ich werde jetzt mit Frau und Herrn Flößer in deren Büro gehen und die weitere Vorgehensweise besprechen. Kümmern Sie sich um den Tatort. Die Spurensicherung wird hoffentlich bald hier sein.«

Ich hätte wetten können, dass es darauf hinausläuft: KPD machte sich wichtig, und sobald er mit seinem Latein am Ende war, drückte er die Arbeit an seine Untergebenen ab. Es war Zeit, den Joker auszuspielen.

»Soll ich Heinrich Lunke so lang in den Kartoffeln liegen lassen?«

KPD wurde aufmerksam. »Wen meinen Sie?«

»Heinrich Lunke, den Toten.« Theoretisch könnte Lunke auch der Mörder sein, so genau wusste ich es im Moment nicht. Für einen Überraschungseffekt sorgte der Name aber allemal.

»Wo – woher wissen Sie das?«, fragte mein Chef, und auch das Ehepaar Flößer trat neugierig näher.

»Ich bitte Sie, Herr Diefenbach, wer kennt Heinrich Lunke aus Germersheim nicht? Haben Sie sich die Leiche vielleicht nicht richtig angeschaut?«

KPD gab sich keine Blöße. »Ach so, den Lunke meinen

Sie. Ja, ja, den habe ich selbstverständlich gleich erkannt. Jetzt machen Sie sich aber mal an die Arbeit.«

Er drehte sich um und wollte gerade mit den beiden Geschäftsführern das Lager verlassen, als Dietmar Becker durch das LKW-Tor kam. KPD nutzte sofort die Gelegenheit zur taktischen Ablenkung.

»Frau und Herr Flößer, darf ich Ihnen unseren Polizeireporter Dietmar Becker vorstellen? Er erstellt zurzeit eine Reportage über mich als Dienststellenleiter der Schifferstadter Kriminalinspektion. In diesem Zusammenhang nehme ich ihn ab und an bei Ermittlungen mit. Herr Becker wird Ihre Produktionshallen nicht beschmutzen, er ist sehr reinlich.«

Die Situation war grotesk. KPD grinste wie Otto Waalkes in seinen besten Jahren, das Ehepaar Flößer schaute, als wäre KPD einer geschlossenen Abteilung entsprungen, und Beckers Gesicht nahm eine Röte an, die dem Blumenbeet vom Sonntag in nichts nachstand. Um KPD nicht zu pikieren, drehte er sich schließlich zur Seite.

In die Stille hinein sagte Herr Flößer schließlich: »Wir kennen Herrn Becker bereits.«

Diefenbach nahm es sportlich und ließ sich seine Verlegenheit nicht anmerken. »Dann ist wohl alles geklärt. Herr Becker, wir wollen uns gerade zur Besprechung zurückziehen, kommen Sie gleich mit?« In diesem Moment entdeckte er die Kamera, die der Student in der Hand hielt. »Gut, dass Sie mich daran erinnern! Machen wir noch schnell zwei oder drei Aufnahmen.« KPD kletterte erneut in den Metallcontainer und stellte sich in Gewinnerpose neben die Leiche. In der Hand hielt er eine größere Grumbeere, die er interessiert betrachtete. Während Becker fotografierte, kam der Hausmeister zu mir und flüsterte mir ins Ohr: »Was ist denn das für einer?«

Ich unterdrückte mein Grinsen so gut es ging. »Das ist ein Quereinsteiger, auch bei der Polizei nehmen sie inzwischen jeden, der noch irgendwie selbstständig atmen kann.«

»Kommen Sie doch rein.« Ich drehte mich um und sah, dass KPD damit seinen Fotografen meinte. »Machen Sie noch eine Nahaufnahme von uns beiden.« Er zeigte auf die Leiche. Die Leute von der Spurensicherung würden ihre helle Freude haben.

»Haben Sie die Blende richtig eingestellt?« Diefenbach versuchte, mit Fachwissen zu protzen.

»Becker kann das«, mischte ich mich ein. »Bei diesen Lichtverhältnissen und dem Motiv reicht Blende 1.000 völlig aus.«

KPD gab sich mit der Antwort zufrieden, während Becker feixend zu mir rüber schielte. So leicht demontierte man seinen Vorgesetzten.

Der Dienstellenleiter, der von seiner Blamage wegen Nichtwissens nichts ahnte, strich seine Bügelfalten glatt, nachdem er aus der Metallkiste geklettert war.

»Denken Sie an Amsterdam, Palzki«, sagte er zum Abschluss. Dann verließ er mit Becker und dem Ehepaar Flößer, das ziemlich blass wirkte, den Tatort.

»Was hat der Typ mit Amsterdam gemeint?«, fragte mich Dieter Krause, als wir zu zweit im Kartoffellager standen.

»Das gehört zur Therapie«, erklärte ich. »Man hat ihm erklärt, dass sein gepolstertes Einzelzimmer in der geschlossenen Klinik ein Hotelzimmer in Amsterdam sei.«

»Und warum lässt man so jemanden frei herumlaufen?«

Ich kratzte mich am Kopf. Was sollte man auf so eine Frage bloß antworten? »Verrückte gibt es überall, Dieter. Wenn man die alle einsperren würde, wären wir zwei ziemlich einsam. Lass uns raus zu Bodo gehen.«

Weit kamen wir nicht, da die Mannschaft der Spusi sowie ein Arzt eintrafen.

»Wo ist Herr Diefenbach?«, fragte der Leiter.

»Der ist längst wieder weg«, sagte ich mit einer gewissen Genugtuung. »Er hat ewig lang auf euch gewartet. Jetzt ist er sehr sauer.«

»Warum haben Sie ihm nicht gesagt, dass wir draußen beim Mercedes sind?«

Ich zuckte mit den Schultern. »Ist das euer Termin oder meiner?« Bevor die Situation eskalierte, zeigte ich zum Metallcontainer. »Da drin liegt der Tote. Viel Spaß damit.«

Die Beamten lugten in die Wanne. »Warum ist da drinnen alles völlig zertrampelt? Das waren doch Sie, Herr Palzki.«

Ich ersparte mir eine Antwort und ging mit Dieter Krause nach draußen. Für mich taten sich im Moment zwei Alternativen auf: zu KPD gehen und ihn weiter brüskieren oder bei meinem neuen Hausmeisterfreund etwas essen. Auch wenn es nur selten vorkam, um ehrlich zu sein, es war heute das erste Mal: Ich war pappsatt. Um meinen körperlichen Verfall nicht überzustrapazieren, verabschiedete ich mich von Krause.

»Dieter, leider muss ich meinen Kollegen wieder zurück in die Anstalt bringen. Grüß mir deine Familie, und wenn ich wieder in der Nähe bin, komme ich auf einen Happen vorbei.« Wie gut, dass die Nafa in Sichtweite der B 9 lag, die ich regelmäßig befuhr.

»Klar, Reiner, du bist immer willkommen. So einen starken Esser wie dich habe ich noch nie kennengelernt. Mein

Kühlschrank ist immer gefüllt. Und denke an mein Motto: niemals Salat!«

Bodo bellte mir einen Abschiedsgruß nach, während ich den einzigen mir bekannten offenen Zugang in das Unternehmen nahm. Die Spurensicherer, die mir irgendwelche Gemeinheiten zuriefen, ignorierte ich. In den Produktionshallen fand ich mich ausgezeichnet zurecht. Sogar Jaques' Labor fand ich auf Anhieb, das allerdings verschlossen war. Inzwischen tummelten sich einige Mitarbeiter im Betrieb, die offenbar dabei waren, die Produktion der 100 Salate wieder aufzunehmen. Auch wenn alle anderen Schutzkleidung trugen, wunderte sich niemand über mein ziviles Outfit.

Ich ging durch die Schleuse in den Verwaltungstrakt. Da ich keine Stimmen hörte, ging ich weiter nach oben in das mir bekannte Besprechungszimmer. Hier hatte ich Glück, KPD befand sich gerade in einer weiteren Fotosession.

»Was machen Sie hier, Palzki?«, schnauzte mich mein Vorgesetzter an, zeigte aber sofort wieder ein aufgesetztes Lächeln, da Becker das Objektiv auf ihn richtete.

»Die Spurensicherung hat übernommen«, berichtete ich lapidar und ließ mich auf einen der Stühle fallen. KPD irritierte meine Arbeitshaltung maßlos. Er grummelte zunächst vor sich hin, bis er zu einem Entschluss kam. »Dann wird es wohl das Beste sein, wenn wir zurück zur Dienststelle fahren. Ich habe um neun Uhr einen wichtigen Termin und Sie, Herr Palzki, kümmern sich um dieses Kapitalverbrechen. Bitte bringen Sie mich halbstündlich auf den neusten Stand, am besten per E-Mail.«

Er wandte sich dem Ehepaar Flößer zu. »Bei uns ist alles hochmodern organisiert, Sie werden sehen, noch diese Woche werde ich den Täter überführen.«

Während er aufstand, hatte er einen Geistesblitz. »Herr Palzki, gehen Sie schon mal nach unten. Ich komme gleich nach.«

Da mir klar war, was er vorhatte, ging ich in Zeitlupentempo zur Tür. KPD stand ungeduldig da und sagte nichts. Nachdem ich drei oder vier Schritte im Flur zurückgelegt hatte, ging ich zurück. Tatsächlich, KPD redete eindringlich auf Frau und Herrn Flößer ein. Bisher dachte ich, KPD hätte nichts im Kopf, nun war ich mir sicher, dass er außer Salat nichts im Kopf hatte. Ich räusperte mich, und mein Chef zuckte zusammen.

»Ja, was gibt's denn noch, Herr Palzki?«, fragte er ärgerlich.

»Ich kenne den Weg nicht«, log ich.

Frau Flößer lächelte. »Ich zeige Ihnen gern den Weg, Herr Palzki.«

Als wir im Treppenhaus waren, fragte sie mich: »Ist das wirklich Ihr Chef, Herr Palzki? So einen Neurotiker habe ich noch nie erlebt.«

Ich schaute ihr in die Augen. »Was will man machen? Ich wurde bei Diefenbachs Einstellung nicht gefragt, ob er mein Vorgesetzter sein soll.« Ich nutzte die Gelegenheit, Antwort auf eine offene Frage zu finden. »Können Sie mir sagen, wo ich die Frischefee finde? Mehrere Personen haben mich auf diese Person hingewiesen, doch ich habe keine Ahnung, wo ich sie finde.«

Die Geschäftsführerin lachte schallend. »Manchmal liegt der Schlüssel des Geheimnisses näher als man denkt.«

Da ich mit dieser Antwort nichts anfangen konnte, ergänzte sie: »Wenn Sie das nächste Mal hier sind, zeige ich sie Ihnen.«

Sie begleitete mich bis ins Freie vor den Verwaltungseingang. »Ich bleibe mit Ihnen hier draußen, bis Ihr Chef kommt. Die frische Luft tut mir gut.«

»Interessiert es Sie nicht, was KPD, äh, Diefenbach von Ihnen will?«

Sie lachte erneut. »Das hat er uns bereits gestern Abend am Telefon gesagt. Er möchte, dass wir einen Chef-Salat mit seinem Namen herausbringen sollen. Ihr Chef ist hochgradig neurotisch, hatte ich das nicht bereits erwähnt?«

»Dann werden Sie keinen Salat nach ihm benennen?«

»Ganz sicher nicht. Da müsste schon Woody Allen kommen, damit wir das machen. Nein, das wäre Negativwerbung für uns.«

Diese Aussage machte mir die Geschäftsführerin noch sympathischer. Sie war eine der wenigen, die die negativen Charakterzüge KPDs auf Anhieb korrekt analysiert hatte. Leider fielen viel zu viele Menschen auf die rein äußerlichen Merkmale meines Vorgesetzten herein und übertrugen diese automatisch auf seine inneren Werte, die aber genau im Widerspruch dazu standen.

Kurze Zeit später kam der Student aus dem Gebäude. »Widerlich«, meinte er. »Diefenbach ist reif für die Klapse.« Nach einer kurzen Verabschiedung und der Androhung, mich heute auf der Dienststelle aufzusuchen, verließ er uns. Seit er Mitglied in einem Carsharing-Verein war, war Becker verkehrstechnisch viel flexibler als früher.

»Was meinen Sie, wann werden wir die Produktion wieder aufnehmen können?«, fragte Frau Flößer interessiert.

»Ich weiß es nicht«, antwortete ich ehrlich. »Wenn die Spusi in der Produktion keine neuen Anhaltspunkte findet und der Arzt den Todeszeitpunkt bestätigt, können wir davon ausgehen, dass nur das Kartoffellager betroffen ist. Von meiner Seite aus würde dann nichts dagegen sprechen, wenn Sie den Betrieb mit Ausnahme der Kartoffelverarbeitung wieder aufnehmen.«

»Das ist gut«, sagte sie. »Unsere Vorräte gehen langsam zur Neige.« Sie wollte noch etwas ergänzen, doch in diesem Moment kamen ihr Mann und KPD aus dem Gebäude. Letzterer wirkte sehr zufrieden.

»Ich melde mich schnellstmöglich bei Ihnen, Herr Flößer«, sagte er zum Abschied. Nachdem wir Frau Flößers Hand geschüttelt hatten, ging das Ehepaar zurück ins Gebäude.

Von der anderen Seite kam Dieter Krause mit seinem Dackel auf mich zu. »Reiner, ich wollte dir noch sagen, dass …«

Weiter kam er nicht. KPD schrie, als würde es um sein Leben gehen. »So eine Schweinerei! Wir haben einen Platten.« Seltsam, dass er im Plural sprach. Er ging um das Auto herum und erschrak beim Anblick des zweiten luftlosen Reifens. »Ungeheuerlich! Zwei Platten auf einmal! Das ist ein Attentat, jemand hat es auf mich persönlich abgesehen.«

»Vielleicht einer von der Spurensicherung?«, intrigierte ich scheinheilig.

»Wenn ich diesen Halunken erwische«, ereiferte sich KPD, »dann werde ich ihm mindestens einen Mord anhängen, so geht das schließlich nicht.«

Ich stand da und amüsierte mich innerlich. Krause sah mich fragend an, doch im Moment konnte und wollte ich nicht antworten.

Was jetzt kam, lief etwas blöd. KPD schaute mich an und befahl: »Was ist los, Palzki? Im Kofferraum liegt das Werkzeug. Wechseln Sie schnell die Reifen, sonst komme ich zu spät zu meinem Termin. Oder soll ich als guter Chef das etwa selbst erledigen?«

Es war klar, dass er die Frage nur rhetorisch meinte.

»Aber Herr Diefenbach, Ihr schöner Wagen hat zwei Platten. Da nützt es nichts, wenn wir einen wechseln.«

»Wir? Sie! Schauen Sie bitte in den Kofferraum, Palzki. Ich bin für alle Fälle gerüstet.«

Ein Blick in selbigen versetzte mir einen Schock. Neben einem 20-Liter-Ersatzkanister Benzin lagen zwei Ersatzpneus in seinem Kofferraum.

»Beeilen Sie sich«, drängte KPD, der sich in sein Auto setzte und das Radio aufdrehte.

Während ich missgelaunt den Wagenheber holte, kam Dieter Krause auf mich zu. Mit seiner nicht gerade leisen Stimme beurteilte er das Gesehene aus seinem Blickwinkel: »Darf der Verrückte Auto fahren? Warum lässt du ihn nicht von einer grünen Minna abholen? Du hast doch gesagt, dass er in der Geschlossenen wohnt.«

Mein Zeigefinger vor dem Mund hatte nichts genutzt, Dieter hatte die Geste nicht verstanden oder ignoriert.

Während mir der Schweiß den Rücken runterlief, schaute ich nach vorn. KPD hatte von dem Kommentar anscheinend nichts mitgekriegt, er sang gerade mit dem Radio um die Wette.

KAPITEL 18
NEUE FAHNDUNGEN

»Ziehen Sie diese Handschuhe über«, befahl mir KPD eine halbe Stunde später, als ich mich nach erfolgreicher Tat in den Wagen setzen wollte, »damit Sie mir nicht alles schmutzig machen. Erst kürzlich hat ein Mitarbeiter der Werkstatt einen hässlichen Daumenabdruck auf meinem blank polierten Armaturenbrett hinterlassen.«

Ohne einen Kommentar abzugeben, zog ich die Einweghandschuhe über. Meine Finger waren tatsächlich etwas öl- und fettverschmutzt. Während des Reifenwechsels waren mir die gemeinsten Ideen in den Sinn gekommen. Wenn ich nicht ein so rechtschaffener, beziehungsweise rechtsausübender Staatsbürger wäre, hätte ich, natürlich versehentlich, vergessen, die Radmuttern zu montieren und mich von Dieter Krause heimfahren lassen.

KPD summte eine schräge Melodie, die früher oder später ihren Weg in die Genfer Konventionen finden würde. »Habe ich selbst an meinem Keyboard komponiert«, meinte er mit Stolz geschwängerter Stimme. »Gefällt Ihnen das Lied?«

»Man muss es ein paarmal hören, damit es sich zum Ohrwurm entwickelt. Wollen Sie eine Musikerkarriere starten?«

Mein Vorgesetzter fühlte sich geschmeichelt. »Ich weiß, dass ich den gewissen Rhythmus im Blut habe. Habe ich eigentlich schon erzählt, dass ich während meiner Internatszeit im Knabenchor war?«

Zum Glück war ich nur Beifahrer, sonst wäre ich mit Sicherheit von der Straße abgekommen. Seit wann erzählte

KPD Geschichten aus seiner Kindheit? Da die bösen Gedanken, die ich während des Reifenwechsels hatte, immer noch nachhallten, fasste ich einen Plan. »Solch eine Begabung muss man unbedingt fördern, Herr Diefenbach. Am kommenden Wochenende feiert meine liebe Nachbarin ein Fest, da ihre beiden musikalisch hochbegabten Schwestern aus Irland anreisen. Wie wäre es, wenn Sie Ihr Keyboard mitbringen und das Fest mit Ihrer Anwesenheit zu einer internationalen Musikerbegegnung aufwerten?«

KPD vergaß fast, zu lenken. »Herr Palzki, ich erkenne Sie gar nicht wieder! Sie können ja auch vernünftige Vorschläge machen.«

Ich verzieh ihm diese Gemeinheit und wartete ab.

»Gleich heute Mittag werde ich mich bei Ihrer Nachbarin melden, damit wir alles vorbereiten können. Sind Sie bitte so gut und avisieren Sie mich bei ihr. Ich werde mich um jemanden kümmern, der meinen Auftritt live mitschneiden wird.«

Ich grinste in mich hinein. KPD kämpfte an allen Fronten: Pflanze, Salat, Musik. Nur seine eigentliche Aufgabe als Dienststellenleiter schien er nicht mit hohem Interesse zu verfolgen. Aber gut so, wenn er mit Frau Ackermann Kontakt aufnahm, würde er ein paar Stunden, vielleicht auch Tage, beschäftigt sein. Und wenn ich dem großen Fest der Ackermanns schon nicht entgehen konnte, wollte ich wenigstens für mein eigenes Amüsement sorgen. Mit KPD würde das Fest mit Sicherheit der Kracher werden.

Mein Chef ließ mich vor meiner Haustür aussteigen. »Nach dem Frühstück kommen Sie gleich zur Arbeit. Ausnahmsweise dürfen Sie mal früher kommen«, sagte er dreist zum Abschied und fuhr grauslich summend davon.

Damit ich es nicht vergaß, suchte ich im Wohnzimmer zunächst einen Zettel und schrieb Frau Ackermann eine kurze Notiz. Vorsichtig schlich ich zum Nachbarhaus und warf diese ein. Dies war mein Beitrag zu einer gelungenen Feier, wie ich sie mir vorstellte. Das Thema Hausmusik mit Stefanie dürfte sich damit erledigen.

»Was war das eben?«, fragte meine Frau, die mich gehört hatte. »Du kommst, gehst, kommst wieder?«

Ich klärte sie auf und erzählte ihr im Schnelldurchgang alles Wissenswerte.

Die Zwillinge hatten die nächtliche Attacke gut überstanden und waren wieder eingeschlafen.

»Komm, setz dich zu uns, wir frühstücken gerade.«

Paul und Melanie saßen in der Küche und aßen ihr gesundes Zwangsfrühstück, ein Los, das sie mit vielen Minderjährigen teilten. Ohne dieses Frühstück ließ sie Stefanie nicht zur Schule. Der schlaue Paul, der eindeutig viel von mir geerbt hatte, versuchte sich eines Tages mithilfe dieses eisernen Prinzips vor dem Schulbesuch zu drücken, indem er das leckere Vollkornbrot verweigerte. Letztendlich hatte dieser Trick aufgrund Stefanies Autorität nicht funktioniert. Als Erwachsener hatte man es manchmal einfacher.

»Nein danke«, sagte ich, nachdem ich die beiden begrüßt hatte, »ich habe wirklich keinen Hunger. Ich werde heute ausnahmsweise mal früher ins Büro gehen.« Unter der Woche waren meine Kinder für gewöhnlich, das heißt von den Ferien abgesehen eigentlich immer, früher dran als ich.

»Du musst mit uns leiden«, dröhnte Melanie mit Grabesstimme und zeigte dabei mit Widerwillen auf ihr Brot.

Stefanie beeindruckte dies in keinster Weise. Ob sie mir glaubte, dass ich keinen Hunger hatte, wusste ich nicht.

Dennoch hatte ich die Wahrheit gesprochen. Mein Magen kämpfte nach wie vor mit dem nächtlichen und wohlschmeckenden Frühstück bei Dieter Krause.

Die Verabschiedung von Stefanie fiel äußerst kurz aus, da Lisa und Lars mit entsprechender Lautstärke um ein Quäntchen Aufmerksamkeit baten. Paul rief mir ein ›Habt ihr Herrn Ackermann schon einkassiert?‹ nach.

Ich erlaubte mir die Freiheit, als Einziger im Hof unserer Inspektion zu parken. Anders würde ich mein von KPD behauptetes Wochensoll von drei bis vier Beschwerden niemals erreichen.

Da um diese nächtliche Stunde, es war erst Viertel vor acht, meine Kollegen garantiert noch zu Hause schliefen, ging ich in mein Büro. Das war deshalb erwähnenswert, da ich es in den letzten Monaten nur sporadisch bis eher selten aufgesucht hatte. Seit sich KPD an Ostern für seinen Thronsaal eine Klimaanlage gönnte, deren Leitungen durch mein Büro liefen, lagen große Teile des Büros nach wie vor unter einer dicken Staubschicht. Da der Raum in meiner Abwesenheit generell abgeschlossen war, hatte es auch das Reinigungspersonal bisher nicht säubern können.

Ich überflog kurz den unüberschaubaren Posteingang. Außer Werbung lagen einige interne Umlaufmappen darin, die ich ungelesen als nicht eilig einstufte. Ich konnte mich glücklich schätzen, eine Kollegin wie Jutta zu haben, die ab und zu die wichtigsten Sachen herausfischte und mir damit viel Papierkram ersparte.

Von KPDs Büro abgesehen, fühlte ich mich hier am unwohlsten. Um diesen Zustand zu ändern, müsste ich mehrere Wochen mit Aufräum- und Renovierungsarbeiten verbringen. Ob es da nicht einfacher wäre, in ein anderes Büro zu wechseln? Vielleicht in das meines Vorgesetzten? KPD müsste natürlich verschwinden, das war klar. Während ich überlegte, welche Maschine der Nafa man für KPDs rückstandslose Beseitigung nutzen könnte, klopfte es an der Tür.

Jutta trat mit Frau Kopf-Hunter ein.

»Guten Morgen, Reiner. Ich habe deinen Wagen im Hof gesehen. Sonst wäre ich nie auf die Idee gekommen, dich um diese Zeit hier zu suchen.«

Die Personalberaterin nieste zwei- oder dreimal, dann gab sie mir die Hand. Sie zog ihre Nase hoch und betrachtete sichtlich angewidert das Inventar. Bevor sie eine diesbezügliche Frage stellen konnte, sprang mir Jutta hilfreich zur Seite. »Wir bauen gerade um, Frau Kopf-Hunter. Leider wurde vergessen, Herrn Palzki Bescheid zu geben, damit er vorher seine Sachen in Sicherheit bringen kann. Wo gehobelt wird, fallen halt mal Späne.«

So ganz glaubwürdig schien das Argument nicht zu sein, die Besucherin stierte auf einen Kubikmeter großen Berg gebrauchter Pizzakartons, der entsprechend roch.

»Das haben die Kollegen aus dem Pausenraum hierher geschafft«, sagte ich schnell und ergänzte: »Dort wird auch renoviert.« Die Frage, warum der Abfall nicht besser gleich entsorgt wurde, stellte sie erfreulicherweise nicht.

Um die Peinlichkeit weiter zu erhöhen, kam KPD hinzu. »Nanu«, sagte er, »ich wusste gar nicht, dass dieses Büro noch genutzt wird.« Er sah sich um, während sich seine Stirnfalten immer weiter vertieften und schließlich den Grand Canyon in exaktem Maßstab abbildeten. »Sind Sie von der Reinigungstruppe?«, sprach er Frau Kopf-Hunter an. »Bevor Sie den Raum durchkärchern, muss erst der Sperrmüll entsorgt werden.«

Pikiert wandte er sich ab, mit Schmutz konnte unser Vorgesetzter nichts anfangen. »Warum ich überhaupt hier bin, Herr Palzki. Ich habe Sie überall gesucht. Bevor mein wichtiger Termin beginnt, wollte ich Ihnen sagen, dass ich heute Nacht bei der Nafa selbstverständlich Herrn Lunke sofort erkannt habe. Sie müssen nur noch das Umfeld von Herrn Lunke untersuchen, dann finden Sie auch den Täter, der die beiden Menschen in Landau ermordet hat. Das kann nicht so schwierig sein. Kommen Sie da allein klar, Herr Palzki?«

Ich nickte ergeben. Hauptsache, KPD würde sich aus dem Staub machen.

»Wer war das?«, fragte die Personalberaterin, als unser Chef verschwunden war.

»Das war der Dienststellenleiter der Schifferstadter Kriminalinspektion.« Ich musste eine kleine Pause einlegen, um ein Herauslachen zu unterdrücken. »Er hat sich höchstpersönlich in die Ermittlungen der beiden Kapitalverbrechen in Landau eingeklinkt. Wir sind mit seiner Hilfe dem Täter bereits auf der Spur.«

Kopf-Hunter gab keinen Kommentar über KPD ab. »Dass ein zweiter Mann auf dem Gelände der Gartenschau umgebracht wurde, habe ich inzwischen gehört.«

Jutta unterbrach. »Deswegen sind Sie ja gekommen, haben Sie mir vorhin gesagt. Lassen Sie uns in mein Büro gehen, da ist es aufgeräumt und nicht so staubig.«

»Wann wird dein Büro renoviert?«, fragte ich scheinheilig, während wir den Flur entlanggingen.

Kollege Gerhard kam aus der anderen Richtung. Nach der Begrüßung nahmen wir an Juttas Besprechungstisch Platz. Gerhard kümmerte sich vorher um einen Aufweck-Kaffee, wie er sich ausdrückte.

Heather Kopf-Hunter begann zu erzählen. »Ich habe Volkers Witwe besucht, das war ich ihr schuldig, auch wenn ich ihr nicht weiterhelfen konnte, was den Tod ihres Mannes betrifft.«

Während sie die von Gerhard angebotene Tasse entgegennahm, stellte ich eine Zwischenfrage. »Haben Sie sich entschlossen, uns zu verraten, welche Stelle Sie Volker Luckey anbieten wollten?«

Sie nickte eifrig. »Natürlich bekommen Sie diese Information. Ich stelle Ihnen alles zusammen und bringe es morgen vorbei. Sie müssen mich entschuldigen, ich stand ziemlich unter Schock und wollte meinen Mandanten schützen. Inzwischen ist mir klar, dass dies Quatsch ist.«

»Schön, dass Sie kooperieren«, bedankte ich mich. »Da Sie die Unterlagen nicht dabei haben, sind Sie aus einem anderen Grund gekommen.«

Ihr Gesicht hellte sich auf. »Mir ist etwas aufgefallen, das Sie wissen sollten.«

»Dann bin ich mal gespannt«, antwortete ich und schob die Tasse weg, die Jutta vor mich gestellt hatte.

»Ich will aber keine Unschuldigen verdächtigen«, sagte sie schnell.

Jutta lächelte sie an. »Keine Angst, Frau Kopf-Hunter. Wir behandeln Ihren Hinweis absolut vertraulich.«

Sie atmete hörbar auf. »Während meines Besuches erzählte Frau Luckey von einem Streit mit ihrer Schwester. Später zeigte sie mir ein Foto von ihr.« Sie zierte sich, weiterzureden. »Ich weiß, es klingt blöd. Ich bin mir sicher, diese Frau am Sonntag auf der Landesgartenschau gesehen zu haben. Sie war mit einem Mann zusammen, der taillenlanges Haar hatte und ständig wild gestikulierend telefonierte.«

Bumm, das saß. War dies einer der berühmten Zufälle, die irgendwann jedem Täter zum Verhängnis wurden?

»Aber ziehen Sie bitte keine voreiligen Schlüsse«, bat die Personalberaterin. »Zum Einen habe ich die Frau nur ganz kurz gesehen und sie ist mir eigentlich nur wegen der langen Haare ihres Begleiters aufgefallen, zum Zweiten wurde inzwischen ein weiterer Mann ermordet.«

»Zwei weitere«, fiel ich ihr ins Wort und biss mir sofort auf die Zunge. Manchmal war es besser, die Klappe zu halten. Gerhard und Jutta, die von dem Abenteuer der letzten Nacht bisher nichts wussten, sahen mich fragend an.

»Wieder in Landau?«, fragte Kopf-Hunter entsetzt.

Ich schüttelte den Kopf. »Tut mir leid, ich darf Ihnen keine Details nennen. Ist Ihnen sonst etwas aufgefallen?«

»An dem Tag nicht. Da ist aber noch etwas anderes.«

»Dann erzählen Sie mal«, sagte Jutta, die bereits während der ganzen Zeit Protokoll führte.

»Volker hat mir gegenüber in der letzten Woche am Telefon angedeutet, dass er private Schwierigkeiten in seiner Familie hat. Genaueres sagte er nicht, ich hatte den Eindruck, dass er von jemandem erpresst wurde. Aber wie gesagt, das ist nur mein persönlicher Eindruck.«

Da sieh mal an, dachte ich. Der ermordete Prokurist der Nafa rückte immer mehr in den Fokus der Ermittlungen. Wir mussten unbedingt herausfinden, welches Geheimnis Luckey mit in den Tod nahm. Hatten wir mit seiner Schwägerin, deren Nachname ich nach wie vor nicht wusste, bereits die Täterin im Visier? Könnte ihr langhaariger Begleiter der Pressebeauftragte Johannes Ente gewesen sein? Ging es letzten Endes gar nicht um die Nafa, sondern um die Landesgartenschau?

Wir unterhielten uns noch eine Weile, doch Frau Kopf-Hunter konnte uns nicht weiter helfen. Während sie sich verabschiedete, kündigte sie an, morgen die Unterlagen vorbeizubringen. Auch wenn die Stelle, die sie dem Prokuristen anbieten wollte, sicherlich nichts mit seinem Tod zu tun hatte, würden wir das Unternehmen routinemäßig überprüfen.

»Was hast du mit dem dritten Toten gemeint?«, fragte Gerhard aufgeregt, als unser Gast gegangen war.

Während ich ausführlich von der vergangenen Nacht inklusive KPDs Weckalarm erzählte, kam Jürgen hinzu.

»Das passt ganz gut«, sagte ich abschließend. »Jürgen, du kannst dich gleich an die Arbeit machen. Wir brauchen Informationen zu einem Heinrich Lunke aus Germersheim. Wahrscheinlich handelt es sich um den Toten, unter Umständen könnte es aber auch der Mörder sein. Im zweiten Fall müssen wir der Leiche einen anderen Namen suchen.«

»Mache ich gleich.« Jürgen setzte sich, wie so oft, der Einfachheit halber an Juttas PC.

Ich war noch nicht fertig. »Nachdem das mit der Fahndung nach Karl Käfer gestern hoffentlich geklappt hat, kannst du gleich eine weitere nach Volker Luckcys Schwägerin nachschieben. Du weißt ja jetzt, wie das geht.« Seit einer Observation, die ich kürzlich Jürgen in Eigenregie durchführen ließ und die etwas aus dem Ruder gelaufen war, war ich mir nicht so sicher, ob unser Jungkollege neben den Internetrecherchen über weitere kriminalistische Kompetenzen verfügte.

Jürgen wurde rot. »Das mit der Fahndung hat geklappt, Reiner. Allerdings erst im zweiten Anlauf«, ergänzte er kleinlaut.

Ich stöhnte auf. »Sag schon, was ist dieses Mal schiefgegangen?«

»Nichts, nichts«, wehrte er wenig überzeugend ab. »Ich habe zunächst eine Fahndung nach allen rheinland-pfälzischen Bürgern rausgegeben, die Käfer heißen. Ich habe das aber schnell bemerkt und wieder rückgängig gemacht. In der Zwischenzeit hat es nur ein paar Festnahmen gegeben, darunter den Kripochef aus Mainz, der auch Käfer heißt.«

Während Gerhard lachte und Jutta nachdenklich schaute, überlegte ich, wie man eine internationale Fahndung nach KPD lancieren könnte, deren Ursprung zum Beispiel aus Nordkorea kam und für dessen sofortige Auslieferung sorgte.

Um abzulenken, schwenkte Jürgen eine Akte in der Hand, die sicherlich einige Kilogramm auf die Waage brachte. »Du wolltest eine Recherche zu der Firma Grasgrün, Reiner. Hier, ich habe alles zusammengestellt, was ich gefunden habe.«

Mit einem Siegerlächeln übergab er mir das Paket. Ich blätterte es grob durch. Wahnsinn, was da alles stand. »Was ist das?«, fragte ich schließlich und staunte über eine mehrseitige Tabelle, die auseinandergeklappt DIN A2-Format besaß.

Jürgen verließ Juttas PC-Arbeitsplatz und setzte sich neben mich. »Das sind die Umsatzzahlen des Unternehmens ab dem Jahr 1978. Ältere Zahlen konnte ich keine finden, dazu müsste ich ins Archiv des Finanzamtes. Blätter mal weiter, da kommen auch die Bilanzen.«

»Du bist ein Held«, antwortete ich unserem Jungkollegen und staunte weiter über eine acht Generationen zurückreichende Ahnentafel der Geschäftsführerin bis hin zu Kopien der Fahrtenbücher der letzten 35 Jahre.

KAPITEL 19
MANNHEIMER SPEKULANTEN

Das Telefon klingelte. Jutta führte ein ausgiebiges Gespräch und machte sich dabei zahlreiche Notizen. Da sie ausschließlich Einwortsätze wie ›ja‹ und ›sicher‹ von sich gab, war es für Außenstehende unmöglich, inhaltlich zu folgen. Der letzte Satz, der etwas länger war, ließ nicht nur mich aufhorchen. »Herr Palzki und Herr Steinbeißer sind bereits auf dem Weg.«

Nachdem sie den Hörer aufgelegt hatte, meinte sie zu uns: »Was ist los? Ihr habt's doch gehört, warum seid ihr noch hier?«

»Könntest du uns wenigstens sagen, wohin wir unterwegs sind?«

»Männer«, sagte sie grinsend. »Immer wollen sie alles ganz genau wissen. Karl Käfer wurde vor einer Viertelstunde von den Mannheimer Kollegen vorläufig festgenommen. Wenn ihr euch beeilt, dürft ihr ihn vorweg inoffiziell kurz befragen. Ihr müsst aber innerhalb der nächsten halben Stunde an Käfers Arbeitsplatz sein. Ihr neuer Chef scheint sehr streng zu sein und die Dienstvorschriften penibel zu beachten, sagte mir eben am Telefon der Mannheimer Kollege.«

Ich hatte nur die Hälfte verstanden. »Was sollen wir in Landau, Jutta? Und was hat das mit Mannheim zu tun?«

»Ach so«, entschuldigte sie sich, »ihr habt noch ein kleines Informationsdefizit. Karl Käfer hat in Mannheim ein Büro angemietet. Übrigens an der gleichen Adresse wie das Architektenbüro Grasgrün.«

»Der Absender des Faxes«, ergänzte ich. »Los, Gerhard, wir müssen.«

Jutta steckte mir zum Abschluss die Adresse zu, die ich an meinen Kollegen weitergab.

Zum letzten Mal wandte ich mich an Jürgen: »Sei bitte so gut und schicke KPD alle 30 Minuten eine E-Mail. Schreib irgendwas Banales rein, so in der Art wie ›Wir sind ein Stück weiter gekommen‹ oder ›Jetzt haben wir bald den Täter‹.«

Um die fragenden Gesichter meiner Kollegen zu beantworten, ergänzte ich: »Unser Chef will das so. Heute Morgen hat er mir das gesagt.«

Ohne weiteren Kommentar ging ich mit Gerhard runter in den Hof.

Den Strafzettel, der unter dem Scheibenwischer hing und von KPD persönlich abgezeichnet war, knüllte ich zusammen und ließ ihn als organisches Verwertungsmaterial auf den Parkplatz fallen.

Kurz vor der Konrad-Adenauer-Brücke in Ludwigshafen, der Grenze zwischen Rheinland-Pfalz und dem ausländischen Baden-Württemberg, fragte ich Gerhard: »Weißt du, wo diese Friedrich-Koenig-Straße ist?«

»Ich dachte, du weißt es, weil du einfach drauflosgefahren bist«, war seine Antwort. Bevor ich einen genervten Kommentar abgeben konnte, zückte mein Kollege sein neues Smartphone, das die Ausmaße eines dünnen Taschenbuches hatte.

»Früher war das Telefon kleiner«, ärgerte ich ihn.

»Da konnte man auch noch nicht solche tollen Sachen machen«, gab er zurück und hielt sich das Ding vors Gesicht und sagte überdeutlich: »Fahre nach Mannheim zur Friedrich-Koenig-Straße.«

Verdattert blickte ich Gerhard an. »Wird dir der Sauerstoff knapp, Kollege? Der dünne Backstein fährt dich garantiert nicht zum Ziel.«

›In 100 Metern links halten‹, tönte eine jugendliche weibliche Stimme aus seinem Smartphone.

»Fahren nicht«, konterte Gerhard, »aber den Weg sagen.« Er hielt es mir kurz unter die Nase. »Die Stimme habe ich mir selbst ausgewählt.«

»Schon klar, dass du keine Boris-Becker-Stimme mit dem Äh-Faktor nimmst.«

Die künstliche Stimme, zumindest hoffte ich das, führte uns einwandfrei ans Ziel. Da Gerhard die Hausnummer ergänzt hatte, parkten wir direkt vor einem mehrstöckigen Bürogebäude. Dem Halteverbotsschild setzte ich die dienstliche Ausnahmegenehmigung entgegen, die hier zwar nicht galt, aber laut KPDs Behauptung hatte ich diese Woche noch mindestens zwei Beschwerden über mich gut.

Das Büro K. Käfer befand sich im ersten Obergeschoss. Ohne größere Debatten ließ ich mich dazu überreden, das Treppenhaus zu nehmen. Das ›Wegen Wartungsarbeiten außer Betrieb‹-Schild auf dem Aufzug gab den entscheidenden Ausschlag.

»Nanu«, staunte ich, als wir im Flur des ersten Stocks standen. »Was macht die Spurensicherung hier?«

Gerhard gab sich mittels Ausweis zu erkennen und fragte nach dem Grund.

»Do, bei de Firma Grasgrii is eigebroche worre«, erklärte ein Dialekt sprechender Spurensicherer. »Mer wisse noch net, ob was Wertvolles fehlt. Bisher steht norre fescht, dass ä halwe Palett Red Bull aussem Kiehlschrank verschwunne is.«

»Gab es Tote oder Verletzte?«, fragte ich.

»Ähn Kollesch vun dir?«, fragte er und schaute dabei Gerhard an. Nachdem er genickt hatte, ging es weiter.

»Ne, mehr hän noch niemand gfunne. Awer weche de Blutspure uffm Klo gucke mer genau hi. Do war a ä Kamera im Biro an, vielleicht sehe mer uff dem Video den Gauner.«

»Haben Sie in diesem Büro Herrn Käfer festgenommen?«

»Ach so, ihr seit weche der annere Sach do. Guckt ämol do niwwer.« Er zeigte auf das andere Flurende. »Do is dem Gärtner sei Biro. Do is der feschtgenumme worre, dess hot awer nix mit uns zu du.«

Wir bedankten uns mit einem kurzen Wink und gingen zu Käfers Büro.

Es war ein typisches Einmannbüro: Mini-Flur mit integrierter Pantryküche, eine weniger als einen Quadratmeter kleine Toilette und ein Zimmer, in dem ein Schreibtisch mit Computer sowie ein Aktenregal standen.

»Guten Tag, Herr Käfer«, begrüßte ich den vorläufig Festgenommenen und danach die beiden anwesenden Mannheimer Beamten. Während diese als Gegengruß ›Na, endlich‹, stöhnten, wurde der Gärtnermeister in Sekundenschnelle blass.

»Sie?«, stieß er hervor, »werde ich wegen Ihnen festgehalten? Man hat mir bis jetzt keinen Grund genannt.«

»Überrascht Sie das, Herr Käfer? Wir haben inzwischen herausgefunden, dass Sie als Erster bei der Leiche von Andrea Curie waren. Meistens ist das der Mörder, müssen Sie wissen.«

»Aber nie im Leben!«, schrie Käfer erregt. »Da hat garantiert der olle Wotan gepetzt. Ich gebe zu, dass ich Andrea entdeckt habe, aber da war er längst tot.«

»Und warum sind Sie dann vor uns im Supermarkt weggerannt?«

Käfer wurde langsam klar, dass vieles gegen ihn sprach. Zunehmend wurde er kleinlauter.

»Ich wusste doch gar nicht, was Sie wollen«, rechtfertigte er sich, dann schaute er zu Gerhard. »Als Sie auf mich zugerannt kamen, bin ich erschrocken und panisch geflüchtet. Ich stand unter Schock, weil ich kurz vorher den schrecklich zugerichteten Andrea gefunden hatte.«

Um das Thema Supermarkt vor den Mannheimer Kollegen nicht vertiefen zu müssen, lenkte ich die inoffizielle Zeugenbefragung wieder in Richtung Gartenschau. »Es war natürlich Zufall, dass Sie Herrn Curie in dem Pflanzenschauhaus gefunden haben, stimmt's?«

Nachdem er sich etwas geziert hatte, brach es aus ihm heraus. »Selbstverständlich war das kein Zufall, Herr Palzki. Andrea hat mir am Vorabend gesagt, dass er sich am nächsten Morgen dort mit jemandem treffen will. Er sagte mir auch, dass er bald viel Geld haben würde und endlich seinen Job kündigen könnte.«

»Dass da eine Erpressung lief und Ihr Kollege am Sonntag wahrscheinlich den Mörder gesehen hat, das kam Ihnen nicht in den Sinn? Das, was Sie uns da sagen, klingt wenig überzeugend, Herr Käfer.«

Mit dieser scharfen Anrede wollte ich ihn weiter unter Druck setzen. Prinzipiell könnte es so gewesen sein, wie er uns gesagt hatte, aber es wäre nicht das erste Mal, dass wir in einem frühen Stadium der Ermittlungen auf einen Schauspieler hereinfielen. Manche Bürger konnten erfundene Dinge so glaubwürdig präsentieren, dass sie vermutlich selbst dran glaubten. Erst wenn man ein Glied der Argumentationskette aufbrechen konnte, fiel bei diesen Schauspielern regelmäßig das komplette Kartenhaus zusammen.

»Aber so war es doch«, beteuerte der Gärtner und war nah dran, feuchte Augen zu bekommen. »Erst am Abend, als ich daheim war und grübelte, kam ich auf den Gedanken, dass da etwas nicht stimmte. Deswegen habe ich Andrea gesucht. Leider kam ich zu spät, da ich die Uhrzeit seines Treffens nicht kannte.«

»Okay, nehmen wir mal an, Ihre Geschichte entspricht der Wahrheit. Wen haben Sie an dem Morgen alles getroffen?«

Käfer zog der Hauch eines Lächelns über das Gesicht. »Wotan hat mich gesehen, als ich reinging. Ich denke, dass Sie von ihm die Information haben, dass ich im Pflanzenschauhaus war.« Nachdem ich genickt hatte, fuhr er fort. »Falls es wichtig sein sollte: Auf dem Weg zum Pflanzenschauhaus kam mir der Pressebeauftragte Johannes Ente entgegen. Er wirkte leicht verstört und hat mich nicht einmal bemerkt.«

Schon wieder ein zufälliger Hinweis auf den langhaarigen Pressebeauftragten. War er der Täter und zugleich Opfer einer unglaublichen Pechsträhne, weil er zuerst von der Personalvermittlerin und jetzt von Käfer in Tatortnähe gesehen wurde?

»Sonst noch jemand?«, hakte ich nach. Selbst wenn er sagen würde, er hätte den Dienststellenleiter der Schifferstadter Kriminalinspektion gesehen, würde mich das nicht mehr wundern.

»Nein«, sagte er, »zumindest nicht richtig.«

»Nicht richtig?« Ich schüttelte fassungslos den Kopf. »Was soll das?«

Käfer suchte nach Worten. »Ich weiß halt nicht. Irgendjemand war da. Kennen Sie nicht das Gefühl, sich beobachtet zu fühlen, obwohl man niemanden sieht?«

»Keine Ablenkungen«, blockierte ich seine Zwischenfrage. »Was haben Sie gesehen und was nicht?«

»Na, eben nichts«, erklärte Käfer mit leicht gereizter Stimme. »Nichtsdestoweniger muss sich jemand hinter den Palmen herumgetrieben haben, das habe ich deutlich gespürt.«

»Haben Sie nachgeschaut?«, warf Gerhard ein.

»Sind Sie verrückt? Ich habe Andreas Gesicht gesehen, das hat mir gereicht. Ich bin selten so schnell gerannt wie an diesem Morgen.«

»Sind Sie langsam fertig?«, unterbrach einer der Mannheimer Kollegen mit einem Blick auf die Uhr. »Wir haben heute noch keine Pause gemacht.«

»Ihr Armen«, bedauerte ich sie und wandte mich erneut an Käfer.

»Die Sache mit dem Büro sollten Sie uns noch erklären. Sie sind als Gärtnermeister bei der Landesgartenschau angestellt, wieso benötigen Sie in Mannheim ein Büro?«

Längst waren Gerhard und mir die Mannheimer Stadtpläne an zwei Wänden aufgefallen, auf denen mit einem dicken Marker mehrere Stellen schraffiert waren.

Käfer schaltete auf stur. »Dazu möchte ich nichts sagen, das ist meine Privatsache.«

»Vielleicht können wir weiterhelfen«, meldete sich einer der Beamten. »Sonst sind wir in zwei Tagen noch hier, bei Ihren ineffizienten Befragungsmethoden.«

»Wir gehen halt nicht nach der Holzhammermethode vor wie Sie«, entgegnete ich, »sondern zoomen uns langsam in die Psyche des Zeugen hinein. Foltern können wir dann immer noch.«

Käfer erschrak, und die beiden Mannheimer runzelten die Stirn. Gerhard blies zum Rückzug.

»Stört euch nicht an dem seltsamen Humor meines Kollegen. Sagt schon, was wird in diesem Büro Geheimnisvolles gedreht?«

»Wenigstens einer, der normal zu sein scheint«, murmelte der Beamte. »Herr Käfer spekuliert mit Grundstücken.«

»Mit Grundstücken?« Ich hatte viel erwartet, aber dies nicht. Sofort fiel mir Wotan ein, doch ich sollte mich täuschen.

»Wir konnten uns nur einen kurzen Überblick verschaffen«, erklärte unser Gegenüber. »Wie es sich wahrscheinlich auch bei Ihnen in der Pfalz herumgesprochen hat, will Mannheim in ein paar Jahren die Bundesgartenschau nach 1975 zum zweiten Mal durchführen.«

Mir kam ein böser Gedanke. »Lassen Sie mich raten: Käfer hatte das bereits vorher gewusst und die entsprechenden Grundstücke, auf denen die Gartenschau stattfinden soll, aufgekauft, um sie zu einem höheren Preis wieder zu verkaufen.«

»Da liegen Sie falsch«, wurde ich belehrt. »Die Gelände gehören längst der Stadt Mannheim. Viele sind Konversionsflächen und wurden bis vor ein paar Jahren militärisch genutzt. Herr Käfer ging viel subtiler vor.«

Ein Seitenblick auf den Gärtnermeister zeigte mir, dass die Sache für ihn mehr als peinlich war.

»Er hat überall dort Grundstücke und teilweise auch Häuser gekauft, die entweder für Ver- und Entsorgungsleitungen für die Gartenschau unabdingbar sind oder die für periphere Infrastruktur, zum Beispiel Parkplätze, vorgesehen sind.«

So ein Schlawiner, dachte ich. Die markierten Stellen auf den Plänen zeigten mir, dass er ungefähr 25 Grundstücke erworben oder dies zumindest vorgehabt hatte.

»Verdient man als Gärtnermeister so gut?«, fragte ich Käfer.

»Darauf gebe ich keine Antwort«, sagte er.

»In Ordnung, dann wird man Sie jetzt zur körperlichen Befragung ins dritte Untergeschoss des Mannheimer Präsidiums bringen.«

Während mir die Kollegen den Vogel zeigten, fixierte mich Käfer. »Das meinen Sie aber nicht im Ernst?«

»Sie sind ein schlaues Kerlchen«, antwortete ich, »die ersten Befragungen werden meist nur im zweiten Untergeschoss durchgeführt.«

»Äh, Reiner«, unterbrach Gerhard. »Wir, äh, du hast was Wichtiges vergessen.«

»Was soll diese Unterstellung? Das wäre das erste Mal, dass ich etwas Wichtiges vergesse. Was soll es denn sein?«

Er zeigte in Richtung Flur. »Grasgrün«, sagte er.

Mist, Gerhard hatte natürlich recht. Ich versuchte, die Sache geradezubiegen.

»Natürlich habe ich das nicht vergessen. Ich wollte mit Herrn Käfer und unseren lieben Mannheimer Kollegen dieses Büro verlassen und ihm dann bezüglich des Einbruchs noch eine Frage stellen.«

»Wer's glaubt«, antwortete Gerhard beleidigt.

Käfer, der inzwischen von den Mannheimer Kollegen aufgeklärt wurde, dass es bei ihnen kein zweites und drittes Untergeschoss gab, klang wieder etwas gefasst, als ich ihn wegen der Bürogemeinschaft Grasgrün befragte.

»Warum sind Sie dort eingebrochen und haben mir das Fax geschickt?«

»Was soll ich gemacht haben? Ist das auch eine Ihrer Verrücktheiten?«

Um meine Autorität nicht weiter selbst zu untergraben,

fuhr ich ihn in schroffem Ton an. »Ich muss schon sehr bitten! Von diesem Büro wurde mir gestern ein Drohfax geschickt, mit der Warnung, den Gärtner in Ruhe zu lassen.«

»Aber ich war gestern überhaupt nicht hier!« Käfer wandte sich Hilfe suchend an die Mannheimer Beamten. »Stimmt das?«, fragte er sie.

Die Antwort kam prompt. »Von einem Fax wissen wir nichts.«

»Das wurde zu uns nach Schifferstadt geschickt und nicht nach Mannheim. Mensch, Gerhard, sag doch auch mal was.«

»Herr Palzki sagt dieses Mal die Wahrheit«, mischte sich dieser ein.

»Ich war es aber nicht«, wiederholte der Gärtner. »Da will mir wohl jemand was anhängen.«

Den Eindruck hatte ich inzwischen auch gewonnen. Ich beschloss, die Vernehmung Jutta zu überlassen, sobald Käfer bei uns in Schifferstadt ankam. Die Verabschiedung fiel kurz aus, und eine aktuelle Nachfrage bei der Spurensicherung im Büro Grasgrün brachte nichts Neues. Ich könnte mit der Geschäftsführerin sprechen, die inzwischen angekommen sei, hieß es. Doch dazu hatte ich im Moment weder Lust noch konnte ich mir vorstellen, dass uns dies weiterbringen würde. Ich beschloss, mit Gerhard zurück nach Schifferstadt zu fahren. Doch wie so oft kam es mal wieder anders.

KAPITEL 20
DR. FAUST

Gerhards Smartphone meldete sich mit Elvis' Are you lonesome tonight. Einem Lied, das wohl nur selten und dann nur für kurze Zeit zu ihm passte.

Während seines Telefonats verließen wir das Bürogebäude.

»Es gibt Neuigkeiten«, sagte er eine Minute später, während er sein übergroßes Smartphone in die Hosentasche quetschte. »Der Typ, den du in dem Grumbeerencontainer bei der Nafa gefunden hast, war tatsächlich Lunke, man hat seinen Ausweis gefunden. Und jetzt halt dich fest: Er war Produktionsleiter eines Zulieferbetriebes der Nafa.«

So langsam konnte ich geistig nicht mehr ganz mit den vielen Fakten mithalten, die seit Sonntag auf mich einstürmten. Vermischten sich vielleicht sogar zwei oder mehr Dinge, sodass die Morde auf der Gartenschau nichts mit der Verfolgungsjagd und dem toten Lunke bei der Nafa zu tun hatten? Gab es mehr als einen Mörder? An einen solch verworrenen Fall konnte ich mich nicht erinnern. Im Moment blieb mir nichts anderes übrig, als zu reagieren, statt zu agieren, wie es sich für einen professionellen Kriminalbeamten wie mich gehörte. Zu viele Dinge gab es im Moment zu überprüfen. Und jedes Mal, wenn eine Frage halbwegs geklärt war, öffneten sich eine Handvoll neuer Fragen.

»Fahren wir nach Germersheim«, sagte ich zu Gerhard. »Oder ist der Zulieferbetrieb woanders?«

»Das passt schon«, antwortete mein Kollege. »Die Spusi ist bereits auf dem Weg zu Lunkes Privatwohnung.

Laut Jürgens Recherchen hat sich seine Frau vor ein paar Wochen aus der gemeinsamen Wohnung abgemeldet und bisher zumindest in Deutschland nicht wieder angemeldet. Lunkes Arbeitsplatz liegt nicht weit davon in der Straße An Fronte Beckers.«

»Hä? Was hat der Krimischreiber damit zu tun?«

Gerhard stutzte kurz, dann lachte er schallend. »Keine Angst, Dietmar Becker wird garantiert nicht dort sein. Die Straße, in der sich der Betrieb befindet, heißt An Fronte Beckers.«

»Da muss der Stadtrat unter Drogen gestanden haben, als die Straßennamen festgelegt wurden. Auf keinen Fall sollten wir das KPD sagen, sonst macht der eine neue Baustelle auf.«

»Baustelle? Was meinst du damit, Reiner?«

»Kannst du dir das nicht vorstellen? KPD wird nicht eher Ruhe geben, bis die Germersheimer ihm eine Polizeikönig-Diefenbach-Straße widmen.«

»Das wäre dann eine Straße, die direkt in den Rhein führt«, feixte Gerhard.

Wir hatten meinen Wagen erreicht. »Gerhard, kann ich mal kurz dein Smartfoto-Dingsbums haben?«

»Was willst du damit? Du kennst dich mit der komplizierten Wischtechnik überhaupt nicht aus. Die Navigation nach Germersheim übernehme ich natürlich.«

»Ich will doch nur meinen Wagen fotografieren. Dass ich das kann, habe ich euch mit den sagenhaften Pflanzenaufnahmen längst bewiesen. Jutta hat für die preiswürdigen Fotos sogar Sonderurlaub bekommen.«

Mein Kollege zog zweifelnd sein Gerät aus der Hosentasche und sagte nur ein Wort: »Warum?«

»Weil kein Knöllchen am Scheibenwischer hängt. Die

Mannheimer Politessen haben übersehen, dass wir im Halteverbot stehen.«

»Wir? Du!«

»Ist doch jetzt egal. Mach du halt das Foto und maile es nachher KPD mit einem schönen Gruß von mir. Pass aber auf, dass du das Halteverbotsschild mit drauf bringst.«

Gerhard gehorchte, und eine Minute später fuhren wir los. Sein Navi führte uns nicht rechtsrheinisch in Richtung Germersheim, wie ich vermutet hatte, sondern wieder zurück über Ludwigshafen und die B 9 auf dem gleichen Weg, den wir auf der Hinfahrt benutzt hatten. An der Abfahrt Neuhofen zögerte ich einen Moment, weil mir Hausmeister Krause in den Geschmackssinn kam. Da ich es für unwahrscheinlich hielt, Gerhard zu einem ausgiebigen Mittagessen überreden zu können, behielt ich diesen allzu menschlichen Gedanken für mich und unterdrückte meine Triebe. Eine Viertelstunde später erreichten wir die Abfahrt Germersheim. Gegenüber von mächtigen Festungsresten, die wahrscheinlich der Straße ihren Namen gaben, fanden wir nach kurzer Suche, versteckt hinter einem parkähnlich angelegten Wäldchen, das Unternehmen. Es handelte sich um einen einstöckigen Flachbau, der aufgrund seiner Erscheinung ausschließlich aus Büroräumen zu bestehen schien. Die Überraschung war groß, als wir das Sekretariat betraten und Dietmar Becker gegenüberstanden. Gerhard war ebenso perplex, hatte er doch vorhin zu mir gesagt, dass uns hier der Student garantiert nicht über den Weg laufen würde.

Ich ignorierte zunächst die Begrüßung der Sekretärin und ihre Frage nach unseren Wünschen.

»Guten Tag, Herr Becker, lang nicht mehr gesehen. Und dieses Mal sogar schneller als die Polizei. Wer sind denn Ihre Informanten?«

Der Student gab sich ausnahmsweise betont cool. Na warte, dachte ich, dir werde ich den Zahn ziehen.

»Sie«, sagte er. Einfach nur ›Sie‹.

»Spinnen Sie nicht herum, bloß weil die Straße zufällig nach Ihnen benannt wurde. Herr Steinbeißer und ich kennen die Adresse selbst erst seit einer halben Stunde. Oder haben Sie das Smartphone meines Kollegen angezapft? Meines Wissens macht das nur das amerikanische FBI, aber kein Archäologie-Student.«

Becker klang überhaupt nicht eingeschüchtert wie sonst. Frech antwortete er: »Die Adresse habe ich selbst herausgefunden. Mit meinen detektivischen Spezial-Kenntnissen war das überhaupt kein Problem. Aber den Namen habe ich von Ihnen.«

»Sie spinnen wohl! Den Namen haben Sie von Ihren Eltern.«

Gerhard lachte, während die Sekretärin mit offenem Mund danebenstand und verwirrt den für sie undurchsichtigen Dialog verfolgte.

Becker zog eine Schnute. »So habe ich das nicht gemeint. Den Namen des Opfers habe ich von Ihnen. Sie haben heute Morgen bei der Nafa in meinem Beisein gesagt, dass der Tote Heinrich Lunke heißt.«

»Herr Lunke ist tot?«, rief die Sekretärin erschrocken aus.

Da nun die Katze aus dem Sack war und der Student seine Anwesenheit hinreichend begründet hatte, wandte ich mich an die Sekretärin und zeigte ihr meinen Dienstausweis. »Kriminalpolizei. Mein Name ist Reiner Palzki. Können wir bitte den Chef dieses Unternehmens sprechen?«

Die Dame erschrak. »Sie wollen zu Dr. Faust?«, fragte sie bestürzt.

»Wenn das der Geschäftsführer ist, passt es«, erwiderte ich.

Sie zögerte. »Dann kommen Sie bitte mit in den Besprechungsraum. Ich werde bei Dr. Faust anfragen, ob er ein paar Minuten seiner kostbaren Zeit für Sie zu investieren gedenkt.«

»Wenn er keine Zeit hat, werde ich ihm die Zeit gern beschaffen.« Ich lächelte sie dabei süßsauer und gleichzeitig provokant an.

Selbstverständlich folgte uns der neugierige Journalist. Wahrscheinlich war der Großteil seines neuen Krimis längst geschrieben, und er wollte bei Gerhard und mir nur spionieren, wer der Täter ist, damit er erneut einen seiner abstrusen Showdowns konstruieren konnte.

Das Besprechungszimmer, in dem wir Platz nahmen, war sehr eigenwillig eingerichtet und passte nicht so richtig zu dem Klischee des Zulieferbetriebs eines Salatherstellers. Alle Wände waren mit Vitrinen zugestellt, die mit vielfältigem Esoterikkrempel bestückt waren. In der Mitte des Raumes standen ein kleiner schlangenförmiger Tisch und fünf wahrscheinlich sündhaft teure Designerstühle, deren Bequemlichkeit mit Sicherheit umgekehrt proportional zum Preis war. Während mir das scharfkantige Plastik schmerzhaft in die Lenden drückte, überlegte mein Magen, ob er allergisch auf die vor sich hin kokelnden Räucherstäbchen reagieren sollte.

»Notieren Sie alles ganz penibel«, meinte ich zu Becker. »Damit Ihre Leser mal sehen, wie anstrengend so ein Polizeijob sein kann.«

»Ich weiß nicht«, erwiderte der Student und fügte voller Stolz an: »Mein neuer Krimi ist fast fertig, es fehlt nur noch der Schluss. Parallel dazu habe ich aber gerade begonnen, einen Kinder- und Jugendkrimi zu schreiben.«

Um ein Haar wäre der neonrote Designerstuhl nebst mir rückwärts in einer Vitrine gelandet. »Sie wollen was? Schrecken Sie vor gar nichts zurück?«

»Aber Herr Palzki, was haben Sie denn?«, fragte Becker. »Leseförderung im Schulalter ist mir ein großes Anliegen. Unseren Kindern gehört die Zukunft.«

»Irgendwann mal, aber noch nicht jetzt«, erwiderte ich angesäuert. »Reicht es nicht, wenn Sie ständig den Buchhandel und die Bevölkerung mit Ihren Regionalkrimis für Erwachsene belästigen?«

Becker ließ sich nicht aus der Ruhe bringen. »Sie sehen das falsch, Herr Palzki. Man muss den Schülern neue Leseanreize bieten. Über unsere schnelllebige Welt mit ihren überbordenden Medien und der permanenten Werbeberieselung, denen man den ganzen Tag ausgesetzt ist, kann man geteilter Meinung sein, aber was bringt es, dies nicht zu akzeptieren? Die Welt dreht sich weiter, und die Kids hocken vor dem Computer oder Smartphone, ob es den Eltern gefällt oder nicht.«

Er holte tief Luft. »Sind wir mal ehrlich: Ich habe als Kind gern Karl May gelesen, wie die meisten in meinem Alter. Aber mit einem Buch, das mit 40 Seiten Landschaftsbeschreibung beginnt, bevor eine Person auftritt, lockt man heutzutage keinen Schüler mehr hinter dem Computer hervor. Viele Bibliotheken mustern ihre Karl-May-Bände aus, weil sie niemand mehr lesen will. Jugendbücher ohne Action ab der ersten Seite können Sie glatt vergessen. Oder man kommt mit außergewöhnlichen Ideen.«

»Die Sie natürlich haben«, lästerte ich, was Becker nicht im Geringsten störte. Er strahlte.

»Die habe ich, Herr Palzki. In meinem Buch ermitteln die Kinder eines Kriminalkommissars auf eigene Faust.

Und das Beste daran: Die Leser des Buches können dabei mithelfen, da es eine interaktive Geschichte ist.«

»Schreiben Sie lieber ein Buch mit Schülerstreichen, da kann Ihnen Paul gern ein paar Ideen beisteuern.«

Becker wirkte einen Moment überrascht. »Das hätte ich von Ihnen nicht gedacht, dass Sie das genehmigen, Herr Palzki. Ich wollte Sie deswegen längst fragen, habe mich aber bisher nicht getraut. Aber da Sie jetzt selbst Ihren Sohn Paul ins Gespräch bringen, werde ich mich mit Ihren Kindern in Verbindung setzen. Was halten Sie von ›Die Palzki-Kids‹ als Buchtitel?«

Meine spontane Schreckensmiene konnte ich verbal nicht mehr vertiefend erklären, da die Tür aufging und eine seltsame Gestalt hereinkam.

Das kompakte Gebilde, das, ohne die Extremitäten zu berücksichtigen, würfelförmig war, hatte etwas von SpongeBob. Ein viel zu kleiner, ebenfalls kantiger Kopf mit kleinen Schweinsäuglein, dafür mit mondsichelgroßem Mund, steckte halslos auf dem Rumpf. Da es aussichtslos war, dass ihm irgendwelche Kleider von der Stange passten, trug er als einziges Kleidungsstück neben seinen Schuhen eine gebatikte Tunika, die mit einem Gürtel, der Ähnlichkeit mit einer Fahrradkette hatte, eng an seine Fettpolster gebunden war.

Die Gestalt sah so abwegig aus, dass Becker, falls er ihn in seinem Krimi verewigen würde, mit der Beschreibung des Geschäftsführers locker 40 Seiten Text schinden könnte, ohne dass es für die Leser auch nur eine Zeile langweilig werden würde.

»Heinrich ist tot?«, fragte das vermutlich männliche Ding in einer geschlechtlich nicht definierbaren Stimmlage.

»Sind Sie Herr Faust?«, fragte ich zweifelnd.

Der von mir Angesprochene holte tief Luft, dabei quietschte seine Gürtelkette. »Georg Faust, Meister der subneutral-dynamischen Bewältigungsenergie.« Er verbeugte sich so tief, dass wir alle den Eindruck hatten, er würde wegen des Schwerkraftgesetzes vornüber auf den Boden knallen. Gerhard, der ihm am nächsten saß, sprang auf und wollte ihn auffangen. Wider Erwarten gelang es Faust, sich selbst wieder aufzurichten.

Mir war es egal, dass er einen Esoterikfimmel auslebte. Erst vor einem Jahr hatte ich in einem Ermittlungsverfahren die Schwester von Dr. Metzger kennengelernt, die in Dannstadt einen florierenden Esoterikversand leitet.

Nachdem ich uns vorgestellt hatte und dabei auch widerwillig Becker einbezogen hatte, fragte ich nach seiner Beziehung zur Nafa. »Laut unseren Informationen sind Sie Zulieferer für den Salathersteller Nafa. Wieso gibt es hier nur Büros?«

Faust kullerte belustigt mit seinen kleinen Äuglein, was mich ein klein wenig an Dirk Bach erinnerte. »Sie sind schon richtig. Meine RoBe GmbH ist einer der größten deutschen Lieferanten für Rote Bete. Die Verarbeitung und der Versand des Produktes werden von einer Halle im Süden von Germersheim aus geleitet. Soll ich Sie durch die Produktion führen?«

Selbstverständlich blockte ich ab. »Danke, das wird nicht nötig sein. Wir sind wegen Ihres Mitarbeiters Heinrich Lunke gekommen.«

Faust setzte sich auf einen der Stühle, der mit einem lauten Ächzen seine Belastungsgrenze zur Kenntnis gab. Hoffentlich flogen uns keine Plastiksplitter um die Ohren.

»Was ist mit ihm passiert?«

»Er wurde vermutlich ermordet, Genaues wissen wir im Moment noch nicht.«

»Ermordet?« Faust stand erschrocken auf, dabei blieb der Stuhl an seinem Hinterteil hängen. Mit einer schnellen Handbewegung löste er sich davon, um sich unmittelbar danach wieder auf ihn zu setzen. Das Stuhlleben war bei der RoBc GmbH alles andere als angenehm.

»Wie gesagt, Details sind noch keine bekannt. In welcher Position war Herr Lunke bei Ihnen tätig?«

»Heinrich? Das ist unser, äh, war natürlich unser Produktionsleiter. Im Moment wird gerade sein Nachfolger eingearbeitet.«

Ich stand auf, da ich keine Lust mehr auf den sadistischen Stuhl hatte. »Nachfolger? Seit wann wissen Sie, dass Herr Lunke tot ist?«

Der Faustwürfel, wie ich ihn spontan getauft hatte, schien über meine Frage erstaunt. »Na seit eben, seit Sie da sind.«

»Und warum arbeiten Sie schon seinen Nachfolger ein? Können Sie hellsehen?«

»Selbstverständlich, Herr Palzki. Haben sich meine außergewöhnlichen Fähigkeiten noch nicht bis zu Ihnen nach Schifferstadt herumgesprochen? In Germersheim ist das längst bekannt.«

Oweia, ich hatte mal wieder einen Spinner vor mir sitzen. Entweder hatte ich immer nur Pech, weil ich bei meinen Ermittlungen stets auf die kuriosesten Gestalten traf, oder waren tatsächlich rund 80 Prozent aller Bürger quer durch alle Gesellschaftsschichten hindurch verrückt oder sogar total verrückt?

Ich versuchte, mich langsam an den total Verrückten heranzutasten. »Seit wann arbeiten Sie Lunkes Nachfolger ein, ohne bisher von seinem Tod erfahren zu haben?«

»Lassen Sie mich überlegen, so etwa seit zwei Wochen. Heinrich selbst hat ihn in dieser Zeit geschult. Ich bin nur im Büro, wenn ich nicht gerade auf einer meiner Erbauungsreisen weile.«

Das wurde immer abwegiger. Jemand arbeitet seinen Nachfolger ein, weil er bald ermordet wird. Das ergab, wenn man den Esoterikkram außen vor ließ, keinen Sinn. Doch das Nachdenken über diese Situation hatte geholfen, mir kamen gleich zwei Möglichkeiten in den Sinn.

»Hat Lunke bei Ihnen gekündigt oder war er schwer erkrankt?«

Faust ließ erneut seine Fahrradkette quietschen. Ich vermutete, dass in dem Besprechungsraum ein Vakuum entstehen würde, wenn er aus Versehen zu kräftig einatmen würde.

»Heinrich krank? Das ist ein weiterer Beweis, dass Sie nicht aus Germersheim sind. Keiner meiner Mitarbeiter ist jemals erkrankt, seit er bei mir arbeitet. Im Arbeitsvertrag muss sich jeder Mitarbeiter verpflichten, wöchentlich die Gesundheits-Kern-Spirale zu legen. Das ist ein wichtiger Baustein zu ewiger Gesundheit und ewigem Leben.«

Ich unterbrach ihn. »Bei Herrn Lunke hat es offensichtlich nicht funktioniert mit dem ewigen Leben. Kommen Sie bitte zum Punkt.«

Der Faustwürfel verzog seinen gigantischen Mund zu einer verächtlichen Grimasse. »Heinrich will sich, äh, wollte sich selbstständig machen und eine exklusive Salatproduktion starten. Ich habe bereits Lieferverträge für Rote Bete mit ihm ausgehandelt.«

Auch wenn das Ambiente nebst dem Geschäftsführer über und über lächerlich wirkte, hatten wir soeben eine wichtige Erkenntnis gewonnen.

»Erzählen Sie mehr von Herrn Lunkes Geschäftsidee«, forderte ich ihn auf.

»Details haben mich nicht interessiert«, erwiderte Faust. »Ich weiß nur, dass er exklusive Salate fernab dem gängigen Sortiment anbieten wollte. Gemeinsam mit zwei weiteren Mitstreitern hatte er in der letzten Zeit einen Businessplan aufgestellt und die Vermarktungsstrategie ausgetüftelt. Einer der beiden war übrigens ein Mitarbeiter der Nafa, der am Sonntag auf der Landesgartenschau in Landau bei einer Explosion ums Leben kam.«

»Luckey?«, unterbrach ich ihn erregt. »Was wissen Sie von ihm?«

Faust zog seine Schultern hoch, wobei sein Kopf zur Hälfte in der Körpermasse verschwand, was ihn noch grotesker wirken ließ.

»Er besuchte Heinrich ein paarmal in der Produktion. Was sie da im Einzelnen besprachen, weiß ich nicht. Mir war nur wichtig, dass sie mit ihrem neuen Unternehmen genügend Rote Bete abnehmen. Ich muss schließlich wirtschaftlich denken, damit ich die Gewinne in die Vermarktung meiner gereinigten Seelenenergie stecken kann. Viel lieber würde ich Gold herstellen, doch alle Versuche sind bisher gescheitert.«

Ich spürte, dass wir ganz nah an der Auflösung des Falles waren.

»Und wer ist die dritte Person?«

Zeitgleich mit meiner Frage ertönte irgendwo ein markerschütternder Dreiklang. Selbst KPD würde lang üben müssen, um eine solch schreckliche Tonfolge komponieren zu können.

Faust verdrehte die Augen, auch wenn das physikalisch unmöglich schien, und gab ein tiefes und gleichmäßiges

Brummen von sich. Da er auch nach einer Minute nicht endete, wollte ich ihn gerade mit einem dezenten Wangenschlag auf unsere gemeinsame soziale Bewusstseinsebene zurückholen, als der Dreiklang erneut erschallte. Das Schauspiel war beendet. Faust entschuldigte sich.

»Das war ein kurzer Ausflug in die Magneto-Stimulanz meiner Eruptions-Theorie. Viermal am Tag, und man ist ein besserer Mensch.«

Das haben ohne Magneto-Stimulanz schon andere Spinner erfolglos versucht, dachte ich gehässig.

»Und wer ist nun die dritte Person?«, wiederholte ich zur Sicherheit meine aktuelle Frage.

»Ich weiß es nicht«, antwortete Faust. »Heinrich hat nie darüber gesprochen.«

Das war schade, aber nicht kriegsentscheidend. Bestimmt würden sich weitere Informationen zu dem neuen Unternehmen recherchieren lassen. Und dann, ja dann hatten wir unseren Mörder. In diesem Moment war ich davon felsenfest überzeugt. Zumindest, was die Sache bei der Nafa anging. Die Verbindung zu der Landesgartenschau fehlte nach wie vor. Vielleicht war Luckey trotz allem nur ein Zufallsopfer, und erst infolge seines Todes wurde von Lunke und dem dritten Unbekannten das Büro des Prokuristen untersucht. Wollten die beiden Geschäftspartner wichtige Unterlagen sichern, die sie in Luckeys Büro vermuteten und der Polizei nicht in die Hände fallen durften? Gerieten die beiden darüber in einen tödlich endenden Streit? Doch wer hat dann Andrea Curie auf dem Gewissen? Ziemlich klar war mir, dass Curie den Mörder am Sonntag in Landau gesehen hatte und ihn erpresste. Das würde wiederum bedeuten, dass der Täter am Sonntag nicht den Prokuristen der Nafa töten wollte, sondern Käfer oder irgendjemand anders. Diese Erkenntnis spukte mir nun in meinem Kopf herum. Wenn sich diese als richtig erweisen sollte, hatte der Mörder seine ursprünglich geplante Tat bisher noch nicht erfolgreich zum Abschluss gebracht.

Mir wurde schwindlig. Wenn ich dem Faustwürfel weitere Fragen stellte, würde die Verwirrung nur zunehmen. Im Moment half nur eins: zurück ins Büro und ruhig über die Sache nachdenken.

Ich stand auf. »Das sollte im Moment genügen, Herr Würf-, äh, Herr Faust. Später werden Kollegen den Arbeitsplatz von Herrn Lunke untersuchen. Wenn Ihnen noch etwas zu dem neuen Unternehmen einfällt, so rufen Sie uns bitte sofort an.«

Ich gab ihm meine Visitenkarte, die fast vollständig unter seinem speckigen Daumen verschwand. Es war zu hoffen, dass die Spusi in Lunkes Wohnung und seinem Arbeitsplatz genügend weiterführende Informationen fand. Damit würde ich Jürgen beauftragen, den Spezialisten für umfangreiche Internetrecherchen.

Becker konnte natürlich seinen Mund nicht halten. »Herr Faust«, sagte er freundlich, »was hat es mit dieser Gesundheits-Kern-Spirale auf sich? Ich bin Journalist und schreibe an einer wöchentlichen Gesundheitskolumne.«

Dieser Schwindler, dachte ich. Noch vor nicht allzu langer Zeit errötete er selbst bei der kleinsten Notlüge. Inzwischen hatte er anscheinend den Trick heraus, um diese verräterischen Zeichen zu vermeiden. Vielleicht hatte er bei der Volkshochschule einen Pokerkurs belegt.

Faust zeigte auf eine Vitrine. »Schauen Sie, das ist meine Kernsammlung. Ganz oben liegen die heimischen Kerne von Apfel und Erdbeere, weiter unten die exotischen Obstkerne, die es bei uns nicht gibt.«

»Erdbeere?« Diese Frage kam von Gerhard.

»Aber sicher doch«, antwortete Faust. »Erdbeeren sind Nüsse, wussten Sie das nicht? Genau genommen sind es, botanisch korrekt ausgedrückt, Sammelnussfrüchte.«

Bevor er auf die Idee kam, die zahlreichen exotischen Obstkerne vorzustellen, versuchte ich Beckers Interesse abzukürzen.

»Sagen Sie uns noch schnell mit einem oder einem halben Satz, wozu Sie das Zeug brauchen«, drängte ich den RoBe-Geschäftsführer, was dieser sich nicht zweimal sagen ließ.

»In der Edelsteintherapie werden zahlreichen Steinen gesundheitsfördernde Wirkungen zugeschrieben. Der Amethyst wird beispielsweise als Heilstein zur Unterstützung gegen Trunksucht eingesetzt oder gegen Insekten- und Spinnenbisse sowie Läuse.«

Becker nickte eifrig.

»Das ist aber absoluter Quatsch«, testierte Faust, »und wissenschaftlich nicht belegt. Aber mit meinen Obstkernen habe ich nachweislich viele Kranke geheilt. Außerdem wirken sie prophylaktisch gegen alle möglichen Krankheiten, wenn man regelmäßig Kern-Spiralen nach meinen Anleitungen legt.«

»Auf Wiedersehen«, unterbrach ich ihn. »Leider haben wir keine Zeit, Ihren Vortrag zu Ende zu hören.« Das war ein noch größerer Spinner als Dr. Metzger.

Ohne ein weiteres Wort verließ ich den Besprechungsraum zusammen mit Gerhard, der die letzte Minute damit verbracht hatte, sein Smartphone zu streicheln. Becker folgte uns widerwillig.

»Warum haben Sie Herrn Faust so unwirsch abgeblockt?«, kritisierte er mich, als wir vor dem Bürogebäude standen.

Ich sah Becker halbwütend in die Augen. »Denken Sie, ich will unsterblich werden und dabei aussehen wie der Typ? Nein danke, irgendwo hat alles seine Grenzen.«

Gerhard schaute langsam an mir herab. »Wirklich?«, sagte er und prustete los.

»Du kannst gern mit Herrn Becker fahren«, entgegnete ich ihm vollwütend.

KAPITEL 21
LETZTE VORBEREITUNGEN

Im Schifferstadter Waldspitzweg sah es aus wie während der Rush Hour in Manhattan. Überall parkten LKWs, beladen mit riesigen Metallteilen oder Glaswänden. Dazwischen schlängelte sich hupend der übliche Supermarktverkehr hindurch. Nur mithilfe eines internationalen Militäreinsatzes hätte es mir gelingen können, in den Hof unserer Dienststelle zu gelangen. Überall wuselten Arbeiter herum, als würde sich hier eine Großbaustelle befinden. Ich fand erst Im Lettenhorst einen Parkplatz, was uns zusätzlich einen über 100 Meter weiten Fußmarsch bescherte. Ich glaubte, nicht richtig zu sehen, als ich neben dem Eingang auf den Besucherparkplätzen Dietmar Becker aus einem Wagen steigen sah.

»Sie sind ja auch schon da«, meinte er ironisch zu Gerhard und mir.

Heute blieb mir wirklich nichts erspart. Becker hing an uns wie eine Klette. Am liebsten würde ich ihn schroff zurechtweisen und heimschicken, doch er würde sofort zu KPD rennen und ihm eine hanebüchene Geschichte erzählen. Wenigstens sein Verhalten als Verkehrsteilnehmer wollte ich ihm vorwerfen.

»Sie stehen auf den Besucherparkplätzen, Herr Becker«, monierte ich mit erhobenem Zeigefinger. »Das kann als Ordnungswidrigkeit mit bis zu zehn Jahren Zuchthaus geahndet werden. Was Herr Diefenbach wohl davon halten wird?«

Becker grinste. »Der hat mir selbst den Tipp gegeben.

Im Prinzip stimmt es schließlich: Ich bin kein Beamter, sondern ein einfacher Besucher.«

»Endlich sehen Sie ein, dass Sie ein einfacher Besucher sind. Warum fahren Sie nicht heim und lernen ausnahmsweise mal was fürs Studium?«

»Es sind Semesterferien, Herr Palzki, aber das können Sie nicht wissen.«

Ich hatte die Lust an diesem Disput verloren. Meine Kräfte waren mir dafür zu wertvoll. Der Student trottete uns in Juttas Büro nach. Dort erwartete uns die nächste Überraschung: Jacques Bosco und Dr. Metzger.

»Endlich kommt Palzki«, rief Metzger und klatschte mit einem provokanten Gesichtsausdruck seine Pranken vor dem Kopf zusammen. »Da will man ausnahmsweise mal mit den Bullen undercover kooperieren und dann muss man auch noch warten. Wenn ich an den Umsatzausfall denke, werde ich verrückt.«

Wieder einer, der nicht wusste, dass er schon verrückt war, dachte ich. Ich fühlte mich aufgrund der vielen Anwesenden etwas blümerant. Es gab 1.000 Dinge zu regeln, und Jacques und Metzger waren auch nicht grundlos hier. Dass ich in Ruhe nachdenken wollte, das konnte ich mir im Moment abschminken.

Ich beschloss, alles der Reihe nach abzuarbeiten, auch wenn es unter Umständen Tage dauern würde. Nach einer allgemeinen Begrüßung wandte ich mich zunächst an den Notarzt, ganz nach dem Motto, immer zuerst die schwierigeren Sachen anzugehen.

»Dann fangen Sie mal an«, sagte ich, »wir kommen gerade von Dr. Faust, das muss ein naher Verwandter von Ihnen sein.«

»Dr. Faust? Der durchgeknallte Typ aus Germersheim,

bei dem niemand krank werden darf?«, schrie Metzger überrascht. »Niemals bin ich mit diesem Irren verwandt. Uns trennen Millionen Jahre lange Evolutionslinien. Den Typ sehe ich übrigens so gut wie jeden Tag in Landau über die Gartenschau schleichen. Selbst Wotan findet ihn abscheulich. Was haben Sie von Faust gewollt?«

Ich überging seine Frage. »Was wollen Sie? Was ist Ihr Begehr, Herr Metzger?«

»Ohohoh, unser Herr Palzki klingt genervt. Kein Wunder nach einem Besuch bei Dr. Faust. Ist schon gut, ich wollte Ihnen nur berichten, was ich in der geheimen Kammer im Pflanzenschauhaus Nettes gefunden habe.«

Meine Güte, jetzt musste auch noch diese skurrile Geschichte mit der Landauer Kripochefin hochpoppen. Wenn ich nicht höllisch aufpasste, würden mir die Ermittlungen das erste Mal geistig entgleiten. Immer die Ruhe, befahl ich mir selbst.

»Erzählen Sie der Reihe nach.«

»Nichts«, polterte Metzger und stampfte mit seinem Fuß auf, dass ein Stockwerk tiefer die Neonlampen wackeln mussten. »Ein paar Pflanzen in Kunststofftöpfen, das ist alles. Das Zeug stinkt wie die Pest, und man kann es nicht einmal rauchen. Ich hab's versucht, Wotan auch.« Er gab ein Foto reihum, auf dem die Pflanzen zu sehen waren.

»Der Spezialdünger, der in dem Raum in großen Säcken herumsteht, hat es dagegen in sich. Ich denke mal, dass es Dünger ist, die chinesischen Etiketten kann kein Mensch lesen.«

»Haben Sie den auch geraucht?«

»Ich bin doch nicht so blöd, wie Sie aussehen«, meinte Metzger. »Wotan hat sich einen Sack mitgenommen und testweise seinen Selbstverpflegergarten damit bestreut. Mal sehen, ob es wirkt. Ich hingegen überlege, ob ich das Zeug als Katalysator für meine Grippevirenkulturen einsetzen kann. Denken Sie daran, ab Oktober beginnt wieder die Grippezeit.«

Ich blockte ihn ab. Ob in Dr. Dammheims chinesischen Säcken Dünger war oder nicht, interessierte mich im Moment nicht die Bohne.

»Ich danke Ihnen für die Berichterstattung, Herr Dr. Metzger. Nun wollen wir Herrn Bosco hören.«

»Warum so förmlich, Reiner?«, fragte Jacques verdutzt. »Ich habe den Eindruck, du stehst ziemlich unter Stress. Hast du mir nicht einmal gesagt, du bist Polizeibeamter geworden, weil man in dem Beruf eine ruhige Kugel schieben kann?«

Unter dem Gegröle der Anwesenden erwiderte ich: »Du verwechselst da was, mein Freund. Der Ausspruch stammt aus der Zeit, als ich noch Lehrer werden wollte.«

Jacques stellte eine Tüte auf den Tisch und entnahm ihr eine verschließbare Plastikschüssel. Er öffnete den Deckel, und sofort durchflutete ein unbeschreiblich harmonischer Duft das Büro. Ich konnte nicht anders als kräftig durchatmen. Mit jedem Atemzug ging es mir besser. Eine Wohltat nach dem Stress der letzten Tage. Allen anderen im Raum erging es wie mir. Wenn jetzt ein Fremder die Tür hereinkam, musste er aufgrund unserer selig lächelnden Mienen den Eindruck gewinnen, dass wir kollektiv unter harten Drogen standen.

»Was ist das für Zeug?«, fragte ich Jacques, nach wie vor mit einem süßen Lächeln um die Lippen.

»Genial«, sagte Gerhard, während der Student vor sich hin schmachtete.

Jacques verschloss die Plastikschüssel. »Damit ihr mir nicht vollends durchdreht«, sagte er und fuhr fort: »Ich habe das Paradisium noch etwas aromatischer gemacht. Alle, die bisher davon gekostet oder sogar nur daran gerochen haben, sind dem Palzki-Salat verfallen.«

Dr. Metzger, der Einzige im Raum, der von dem Duft unbeeindruckt geblieben war, meinte: »Palzki-Salat? Was soll das jetzt schon wieder? Sind das die Reste von Palzkis Abendessen?«

Ich ignorierte ihn. »Und deswegen bist du gekommen?«, fragte ich meinen Freund.

»Freust du dich nicht?«

»Doch, doch«, antwortete ich. »Nur der Zeitpunkt ist etwas ungünstig. Da draußen läuft ein Mörder herum, und wir haben unglaublich viele Spuren.«

Jacques wurde aufmerksam. »Du hast den Täter immer noch nicht geschnappt? Gibt's wenigstens Verdächtige?«

»Unzählige, wie jedes Mal.«

Das hätte ich besser nicht sagen sollen. Der Erfinder sah meinen Kommentar als Einladung zur Hilfestellung.

»Dann lösen wir dein Problem gemeinsam, was meinst du?«

Nachdem ich ihm keine Antwort gegeben hatte, wandte er sich an Gerhard und Jutta. »Und wie sieht's mit Ihnen aus, Frau Wagner und Herr Steinbeißer? Ein bisschen Hilfe gefällig?«

Was sollte man dem Erfinder darauf antworten? Man musste ihm zugutehalten, dass wir mit seiner Unterstützung schon mehrere äußerst komplexe Ermittlungssachen zum Abschluss bringen konnten, auch wenn es manchmal hart am Rande der Legalität zugegangen war.

Während ich überlegte, wie man Jacques davon überzeugen konnte, dieses Mal seine Finger aus dem Spiel zu lassen, intervenierte Dietmar Becker. »Können Sie sich noch an die Drachengeschichte im Mannheimer Barockschloss erinnern? Oder an das Spiegelkabinett im Frankenthaler Congressforum?«

Der Erfinder winkte bescheiden ab. »Das waren doch nur Kleinigkeiten. An die richtig großen Sachen hat mich Reiner bisher noch nicht drangelassen.«

Jetzt musste ich eingreifen, sonst würde alles zusammenbrechen. Ich schaute zu Becker und Jacques. »Ihr gebt bereits das Geld aus, das ihr für das Fell eines Bären bekommen wollt, den ihr überhaupt noch nicht erlegt habt. Wir haben viel Arbeit vor uns, bis wir daran denken können, den Täter überführen zu können.«

Die beiden gaben Ruhe. Von Dr. Metzger hatte ich im Moment keinen Querschuss zu befürchten, da er teilnahmslos in einer Ecke saß und mit einer Kugelschreiberfeder als Zahnseideersatz in seinem Gebiss herumpulte.

Ich nutzte die fragile Ruhe, um von der Sache her weiterzukommen.

»Jutta, was passiert mit Karl Käfer?«, fragte ich in einem sachlichen Ton.

»Ich habe mit Staatsanwalt Borgia telefoniert. Herr Käfer wird morgen früh zu uns nach Schifferstadt gebracht. Ich darf ihn dann vernehmen«, antwortete sie ebenso sachlich. »Den Unterlagen nach verspreche ich mir nicht allzu viel davon. Wie seine Spekulationsgeschäfte zu bewerten sind, weiß ich nicht, das sollte uns im Moment aber nicht belasten.«

»Okay, was gibt es noch?«

»Dein Nachbar hat sich gestellt«, quasselte Jürgen mit seinem ersten Redebeitrag zwischendrein.

»Herr Ackermann?« Es fing schon wieder an, chaotisch zu werden.

»Klar«, bestätigte Jürgen und lachte. »Er bestand darauf, dass er auf der Stelle festgenommen wird.«

Oh nein, dachte ich, was hatte er nur zusammen mit Paul angestellt?

»Und dann?« Mein Puls raste.

»Nichts dann. Irgendwann hat's einem Kollegen von der Schutzpolizei gestunken und er hat ihn in eine Arrestzelle gebracht, aber die Tür aufstehen lassen. Nachdem der Typ nach einer Stunde immer noch auf der Pritsche saß, wollte man ihn in die Geschlossene einweisen.«

»Und weiter?«, hetzte ich Jürgen.

»Man hat ihm ein paar Blätter gegeben und nach Hause geschickt, ein Geständnis in fünffacher Ausfertigung zu schreiben. Da hat er dann genickt und ist gegangen.«

Aus rein familiären Gründen musste ich weiter nachhaken. »Was hat er denn angestellt? Gab es in den letzten Tagen unerklärliche Dinge im Stadtgebiet?«

»Nicht die Spur, Reiner. Wenn du mich fragst, hat dein Nachbar ein gesundheitliches Problem, aber kein körperliches.«

Ich atmete vorübergehend auf. »Ackermann hat mehr als ein Problem. Ich werde mich morgen oder nächste Woche darum kümmern.«

Jutta legte eine Akte auf den Tisch. »Das ist alles, was wir heute zusammengetragen haben. Von Jürgen stammt das Meiste.«

Ich blätterte lustlos in den Papieren, während mich gefühlt Dutzende Augen beobachteten. Wie sollte man sich in solch einer Situation konzentrieren können?

»Habt ihr nichts zu tun?«

»Nein«, antworteten zwei oder drei der Anwesenden gleichzeitig.

Ohne irgendwelchen Grund stand Dr. Metzger plötzlich auf und verabschiedete sich. »Ich muss zurück, man braucht mich in Landau und dem Rest der Welt. Palzki, sagen Sie Bescheid, wenn ich mal wieder undercover irgendwo einbrechen soll. Das nächste Mal aber nur gegen Barzahlung.«

Es gibt seit Jahrhunderten die Mär, dass der Mensch unter großer Belastung, egal ob geistig oder körperlich, eine höhere Leistung erbringen kann. Ohne jetzt angeben zu wollen: Bereits nach drei Seiten überfliegendem Aktenstudium hatte ich den Täter entlarvt. Er sprang mir geradezu in die Augen. Hatten mir die Kollegen eine Falle gestellt, um mich zu testen, oder war die Lösung wirklich so simpel? Ich verprobte die Fundstelle mit weiteren Aktenvermerken, die teils von Jutta und teils von Jürgen stammten. Es passte alles zusammen, auch wenn ich nirgendwo ein Motiv erkennen konnte.

»Was ist?«, fragte Gerhard. »Hast du unseren Mörder gefunden? So wie du schaust, hast du eben seinen Namen in der Akte gelesen.«

»Ein Glück, dass ihr mich habt«, entgegnete ich erleichtert und warf die Akte auf den Tisch. »Das ist alles so offensichtlich, habt ihr das nicht erkannt?«

Alle Augenpaare starrten mich an.

»Was meinst du, Reiner? Hast du einen Hinweis gefunden?«

»Hinweis, Jutta? Wir haben unseren Freund, hast du das nicht gelesen?«

Jutta zierte sich. »Wann denn? Wir sind erst, kurz bevor ihr gekommen seid, fertig geworden. Jürgens Sachen konnte ich nur überfliegen.«

Ich nahm die Akte wieder an mich und öffnete sie.

Zehn Minuten später hatte ich meine Kollegen sowie Becker und Jacques überzeugt.

»Und jetzt?«, fragte Jutta. »Das sind zwar alles nette Indizien, so richtig verurteilungsreif ist das noch nicht.«

»Ich weiß«, gab ich zu, »wenn wir nur das Motiv kennen würden.«

Das war mein nächster Fehler.

»Dann machen wir es mal wieder wie bei Agatha Christie«, platzte Jacques in den Dialog hinein. »Wir laden alle potenziell Verdächtigen und noch ein paar mehr ein und dann ziehen wir eine große Show ab. Du wirst sehen Reiner, das klappt mit Sicherheit.«

Ich geriet immer mehr unter Zugzwang. »Jacques, auch wenn der Student anderes behauptet: Dies ist kein spaßiger Kriminalroman, sondern bitterernste Realität. Und wenn deine großen Shows bisher immer gut ausgegangen sind, ist das noch lang keine Gewähr dafür, dass es immer so bleibt.«

Mir schien, als würde mir niemand zuhören. Becker wandte sich an Jacques. »Wie wäre es mit KPDs neuem Gewächshaus? Während Herr Palzki die Verdächtigen der Reihe nach unter Druck setzt, können wir von den Büros auf dieser Etage live zuschauen und eingreifen.«

»Das wäre mal was anderes«, sagte Gerhard, während Jutta noch in ihrer Meinung schwankte.

»Seit ihr verrückt?« Entrüstet verschränkte ich meine Arme vor dem Bauch. »Ich glaube, hier drinnen ist es euch zu heiß. Wir können doch nicht direkt unter KPDs Augen die Verdächtigen nach Schifferstadt locken. Das kann nicht gut gehen!«

»Warum auch nicht«, meinte Jutta und war damit zum

Gegner übergelaufen. »KPD war schließlich schon öfter dabei, ohne zu bemerken, was wirklich abgeht.«

Ich holte gerade tief Luft, um eine gepfefferte Antwort zu geben, doch dazu kam ich nicht mehr.

KPD stürzte herein und schaute sich sprachlos um. »Wa, was … ist hier los?«, stotterte er schließlich. »Störe ich eine private Feier?«

Dietmar Becker nutzte die Situation gnadenlos aus. »Wir reden gerade über Sie«, sagte er dem Kripoleiter ins Gesicht.

»Wa, was? Über mich?«, stotterte er erneut.

»Ja, Herr Diefenbach, wir beobachten die ganze Zeit den Aufbau Ihres großen Glashauses.«

Dass man von Juttas Büro den Hof der Dienststelle überhaupt nicht einsehen konnte, fiel unserem Chef nicht auf. Dieser nahm den Ball zufrieden auf. »Da staunen Sie, was? Wir sind genau im Zeitplan. Bis Mitternacht steht das Gewächshaus, und die ersten Tische sind aufgebaut. Morgen früh ist alles fertig.«

»Dann wird's darin aber ziemlich eng«, meinte Jacques, »wenn alle Pflanztische aufgebaut sind«, ergänzte er.

KPD sah den Erfinder von der Seite an. »Was wollen Sie damit sagen, Herr Bosco?«

Der Erfinder war auf der Zielgeraden. »Ich meine wegen Ihrer Einweihungsfeier. Oder wollen Sie Ihr neues Gebäude nicht einweihen?«

Damit hatte er KPD auf dem falschen Fuß erwischt. »Doch, natürlich, daran habe ich gar nicht gedacht.« Er überlegte einen Moment. »Jetzt weiß ich, was Sie meinen. Wenn das Glashaus vollständig bestückt ist, haben wir keinen Platz mehr für die Einweihungsfestivitäten.«

Bei diesem Dialog fühlte ich mich äußerst unwohl.

Da wurde gerade etwas geplant, was ich nicht gutheißen wollte, sah aber keine Chance, den Plan zu konterkarieren. KPD hatte längst Blut geleckt.

Becker tat so, als würde ihm spontan etwas einfallen. »Warum machen Sie das Fest nicht gleich morgen Vormittag? Die Arbeiter können die zweite Hälfte der Pflanztische danach aufstellen, sodass genügend Platz für Ihre VIPs ist. Und die vorhandenen Tische könnte man gleich für das Buffet nutzen.«

KPD war über so viel planerische Hilfeleistung baff. »Herr Becker, auf Sie ist halt Verlass. Herr Palzki käme nie auf solch eine gute Idee.« Er überlegte kurz. »Ja, so machen wir es. Frau Wagner, würden Sie sich bitte um die Gästeliste und einen Caterer kümmern? Ich muss leider wieder nach unten, die Arbeiten beaufsichtigen.«

»Herr Diefenbach?«

KPD, der bereits im Begriff war, das Büro wieder zu verlassen, drehte sich um. »Ja, Frau Wagner?«

»Es wäre ganz gut, wenn Sie Frau Dr. Dammheim persönlich einladen würden. Dann sieht sie gleich, was auf sie zukommt und dass sie gegen Sie keine Chance hat.«

KPD strahlte. »Sehr gut, der werde ich es zeigen. Ich rufe sie gleich von meinem Büro aus an.«

»Wären Sie so nett, auch Herrn Floralis und den Pressebeauftragten Johannes Ente von der Landesgartenschau persönlich einzuladen? Dann können Sie morgen mit denen bereden, wo Ihre neuen Züchtungen ausgestellt werden.«

KPD war perplex. »Für Ihre Ideen, Frau Wagner, spendiere ich Ihnen einen weiteren Tag Sonderurlaub. Das muss belohnt werden.« Er drehte sich zu mir. »Sie sehen, Palzki, dass ich einen überdurchschnittlichen Arbeitseinsatz durchaus zu belohnen weiß. Aber ich will Sie im Moment nicht kritisieren, schließlich haben Sie mir den Kontakt zu Ihrer Nachbarin hergestellt.«

»Krieg ich dafür auch Sonderurlaub?«

KPD schüttelte den Kopf. »Wann lernen Sie endlich einmal, private und dienstliche Belange zu trennen, Herr Palzki?«

Klar, ich hätte kontern und ihn fragen können, inwieweit er das Gewächshaus als dienstlich ansah, doch einer weiteren Konfrontation wollte ich aus dem Weg gehen.

KAPITEL 22
LOCKRUF NACH SCHIFFERSTADT

Jacques rieb sich die Hände, als KPD verschwunden war. »Wie locken wir die anderen Leute nach Schifferstadt?«

»Mal langsam, mein Freund«, intervenierte ich, »noch leiten Beamte der Kriminalinspektion die Ermittlungen und keine Zivilpersonen.«

»Ach geh«, antwortete Jacques. »Das wäre mal was Neues. Hast du dich bisher nicht immer auf Herrn Becker und mich verlassen können?«

Jutta sprang mir helfend zur Seite. »KPDs Einweihungsfeier findet jetzt nun mal statt. Grundsätzlich wäre das eine günstige Gelegenheit. Aber ich würde vorher gern wissen, was Herr Bosco vorhat.«

Jacques' Begeisterung war ungebrochen. »Wir haben hier die besten Voraussetzungen für ein tolles Experiment. Gerade kürzlich habe ich in Anlehnung an den Faraday'schen Käfig den Bosco-Käfig entwickelt. Keine Angst, der ist fast völlig harmlos und funktioniert ohne Strom. Ich wollte ihn bereits als Kinderspielzeug patentieren lassen, allerdings ist er für diese Zielgruppe noch nicht marktreif.« Er zeigte auf den Flur. »Von den Büros auf der anderen Flurseite kann man Diefenbachs Glaskasten komplett unter Beobachtung halten. Reiner kann sich die Verdächtigen der Reihe nach vornehmen, und sobald der Mörder dran ist und ausrastet, peng, dann ist er auch schon im Kasten. Ihr müsst dann nur noch die Handschellen klicken lassen. Und wenn alles supergut läuft, kriegt euer Chef das nur am Rande mit und freut sich über ein nettes Rahmenprogramm.«

Gerhard nickte eifrig. »Das klingt vernünftig«, testierte er. »Da können wir währenddessen Kaffee trinken und brauchen nicht einmal eine Reisekostenabrechnung zu erstellen.«

»Mal langsam!«, protestierte ich. »Ihr meint doch nicht, dass ich da unten alles allein manage, während ihr hier oben alles beobachtet oder in Echtzeit ins Internet stellt?«

»Das ist gar keine schlechte Idee, Reiner«, sagte Jacques. »Dann kannst du deinen Enkelkindern an langen Winterabenden die gefährlichsten Abenteuer ihres Opas zeigen.«

»Keine Angst«, beruhigte Gerhard. »Wir werden in Bereitschaft sein, damit wir im Notfall eingreifen können.«

»Ihr seid wirklich tolle Kollegen.«

Becker wandte sich an Jacques. »Ich helfe Ihnen natürlich beim Aufbau, selbst wenn es die ganze Nacht dauert. Da ich kein Beamter bin, muss ich nicht so pingelig auf die Arbeitszeit schauen.«

»Und wie wollt ihr unsere 1.000 Verdächtigen nach Schifferstadt locken? Die Frage wurde vorhin nicht beantwortet.«

»Dammheim, Floralis und Ente werden von KPD eingeladen«, zählte Jutta auf.

»Das Ehepaar Flößer übernehme ich«, ergänzte der Erfinder.

»Karl Käfer ist auch hier«, meinte Jutta. »Ich könnte die Vernehmung so legen, dass es zeitlich passt.«

Ich ging im Gedanken die Personen durch. »Und wie machen wir es mit Frau Luckey und der Personalberaterin Kopf-Hunter?«

»Das mache ich«, bestimmte Gerhard. »Diese Kopf-Hunter will sowieso Unterlagen vorbeibringen, und für Luckeys Witwe nebst ihrer Schwester lasse ich mir eine schöne Geschichte einfallen.«

Vielleicht haben sie recht, dachte ich mir. Normalerweise war ich solchen Aktionen gegenüber, die eigentlich im Widerspruch zum offiziellen Polizeirecht standen, zwar grundsätzlich aufgeschlossen. Bei dieser Sache tat ich mich schwer, weil ich, auch aufgrund der Komplexität, den Fall noch nicht vollends gedanklich durchgearbeitet hatte. Zu viele Fäden hingen lose herab, was gleichbedeutend mit einem nicht unbeträchtlichen Zusatzrisiko war. Was, wenn der von uns identifizierte Täter nicht allein handelte, sondern weitere Personen involviert waren? Eine Vorbereitung auf solche unbekannten Ereignisse war nicht möglich. Mit einem unbefriedigenden Gefühl fuhr ich eine Stunde später nach Hause. Bis dahin hatten wir uns um die Einladung weiterer Personen gekümmert und einen groben Plan geschmiedet. Nur Jacques schwieg eisern über Details seines Experiments.

Auf der kurzen Heimfahrt fielen mir einige Umleitungsschilder auf, die für mich Einheimischen ziemlich wirr in nicht nachvollziehbare Richtungen zeigten. Seit zwei Tagen wurden, wie ich der Zeitung entnommen hatte, an mehreren Stellen in Schifferstadt Kanalausbesserungen vorgenommen. In meiner Heimatgemeinde war es Usus, die Straßensperrungen gleichzeitig auf Vorrat durchzuführen, auch wenn es nur einen Bautrupp gab, der die Baustellen der Reihe nach abarbeitete.

Zu Hause war dicke Luft, das erkannte ich an Stefanies Gesicht. Meine Frau hielt gerade unserem älteren Sohn eine Gardinenpredigt.

»Gut, dass du kommst«, unterbrach sie den an Paul gerichteten Monolog, »weißt du, was ich bei deinem Sohn gefunden habe?«

Oweh, sie sprach von meinem und nicht unserem Sohn, das klang nicht gut. Wenn ich in dieser Situation einen entlasteten Witz einbringen würde, wäre der Abend komplett verloren.

»Keine Ahnung, sag schon.«

Sie streckte mir einen Stadtplan von Schifferstadt hin.

Ich nahm ihn entgegen und sagte: »Das ist doch prima, wenn Paul sich für seine Heimatstadt interessiert.« Ich drehte mich zu meinem Sohn: »Was sind das für Punkte auf dem Plan?«

Stefanie giftete: »Ja, sag's nur deinem Vater!«

Paul zog die Schultern ein und meinte kleinlaut: »Da haben Herr Ackermann und ich die Schilder hingestellt.«

Mir schwante Übles: »Ihr habt die Umleitungsschilder verschoben?«

Fast unmerklich nickte er. Stefanie gab sich damit nicht zufrieden. »Das ist aber längst noch nicht alles. Willst du den Rest auch beichten?«

Mein Sohn wollte nicht.

»Dann sag ich es«, fuhr meine Frau zornig fort. »Stell dir mal vor, da ruft versehentlich jemand vom Bauhof bei Herrn Ackermann an und fragt, wo die Umleitungsschilder hinkommen sollen. Nur weil es in der Firma, die die Kanalarbeiten durchführt, ebenfalls einen Ackermann gibt, ist das nicht aufgefallen. Unser Nachbar hat sich nichts dabei gedacht, und die Schilder einfach irgendwo hinstellen lassen, obwohl dort keine Baustelle geplant ist. Und weil es so viel Spaß gemacht hat, hat er zusammen mit Paul einfach selbst ein paarmal bei dem Bauhof angerufen und weitere Umleitungen beauftragt.«

Meine Augen wurden immer größer, doch Stefanie war noch nicht fertig.

»Und jetzt kommt der dickste Brocken: Unser Nachbar ist zusammen mit Paul durch die Stadt gezogen und hat die Absperrungen und die Schilder einfach willkürlich umgestellt. Seitdem haben wir ein riesiges Verkehrschaos. Ortsfremde irren stundenlang planlos durch die engsten Gassen und finden nicht mehr heraus.«

Paul traute sich zu einem Kommentar. »Papa, das war voll anstrengend.«

Die Situation war zu ernst, um auf meinen Sohn stolz zu sein. Ich ging zum Telefon und rief die Kollegen von der Schutzpolizei an. Natürlich erwähnte ich Pauls Anteil an der blöden Sache nicht, nannte aber mehrmals den Namen Ackermann.

»Ist das der Typ, der unbedingt in den Knast wollte?«, fragte der Kollege. Ich bejahte und legte auf.

»Und schon ist das Problem gelöst. Der Bauhof wird morgen seine Schilder wieder einsammeln.« Manchmal war pragmatisches Handeln effektiver als stundenlange Schuldzuweisungen.

Im Laufe des Abends entspannte sich die familiäre Situation. Paul versuchte, brav zu sein, was ihm stellenweise gelang, Melanie übte gezwungenermaßen Blockflöte, was das Ergebnis alles andere als gefällig ertönen ließ. Lisa und Lars forderten Stefanie erst, als sie zu Bett gehen wollte.

*

Aus Platzgründen konnte ich nicht im Hof unserer Dienststelle parken. Das Gewächshaus wirkte wie ein außerirdischer Fremdkörper, der jeden Moment senkrecht abheben würde. Den Maschendrahtzaun am hinteren Ende des Hofes hatte man entfernt, da das Glashaus ein gutes Stück bis auf das Nachbargrundstück reichte.

Es war zwar noch reichlich Zeit bis zu dem seltsamen Treffen, dennoch verzichtete ich zunächst darauf, die Dienststelle aufzusuchen, und ging stattdessen direkt in das Glashaus. Erstaunt sah ich, dass Gerhard und Jutta wild gestikulierend darin auf und ab gingen.

»Guten Morgen«, begrüßte ich die Kollegen, »diskutiert ihr gerade, welches Unkraut ihr züchten wollt?«

Etwa ein Drittel des Gewächshauses war mit großen Aluminiumplatten in kreuzschonender Hüfthöhe belegt. An den Decken hingen zahlreiche Holzreifen, die ich in kleinerer Ausführung aus dem schulischen Sportunterricht kannte. Sie waren mit dünnen Drähten an den Rahmen der Glasscheiben befestigt. Im Zentrum jedes Reifens schwebte ein kleiner Kasten. Ich vermutete, dass diese Konstruktion von Jacques stammte, konnte deren Funktion aber nicht einmal ansatzweise deuten.

»Wir sprechen gerade darüber, was dein Freund und Erfinder vorhaben könnte. Er hat uns von seinem physikalischen Experiment nichts verraten. Fast die ganze Nacht hat er mit Dietmar Becker hier drinnen herumgebastelt.«

»Und jetzt sind die Zwei schlafen gegangen?«, fragte ich nervös.

»Ach was, die sind längst wieder da.« Gerhard zeigte auf die Büros. »Ich vermute, dass Jacques irgendetwas fernsteuern will. Jedenfalls hatte er vorhin eine Fernbedienung in der Hand. Er sagte, dass alles im grünen Bereich sei und wir nachher unser blaues Wunder erleben würden. Dann verbesserte er sich und meinte ›unser buntes Wunder‹.«

»Dann geh ich mal hoch, mit Jacques reden«, sagte ich und wurde immer nervöser. »In zwei Stunden ist es dazu zu spät.«

»Herrlich!«, ertönte KPDs Stimme vom Eingang des Gewächshauses. »Zur rechten Seite hin hätte die Halle etwas größer sein können, aber es wird schon irgendwie reichen. Meine Herren, Frau Wagner: Nach unserer Einweihungsrunde im elitären Kreis werde ich heute Nachmittag hier drinnen einen Empfang für alle meine Untergebenen zelebrieren. Ich will schließlich nicht nur ein guter Chef sein, sondern auch bleiben. Morgen kümmern Sie sich aber bitte wieder um diese Todesfälle in Landau und Neuhofen, Herr Palzki. Wir müssen auf jeden Fall die Fahrt nach Amsterdam gewinnen.«

Ich schüttelte gedanklich meinen Kopf. KPD glaubte nach wie vor, dass wir in seinem Namen lediglich eine Einweihungsfeier planten. Dabei würde an diesem Ort in knapp zwei Stunden höchstwahrscheinlich ein mehrfacher Mörder auftauchen. Ich schaute nervös nach oben zu den Holzringen und hoffte, dass Jacques wusste, was er tat. Meinen Blick bemerkte KPD. Er stierte eine Weile unschlüssig die Ringe an.

»Was sollen die Reifen, Palzki? War das im Auftrag mit drin? Welchen Zweck hat das Zeug?«

Jutta konnte ihn mit einer kleinen Notlüge besänftigen. »Das ist moderne Kunst, Herr Diefenbach, wie Sie mit Ihrem Kennerblick sofort erkannt haben. In neu gebauten öffentlichen Gebäuden müssen fünf Prozent der Baukosten in Kunstobjekte investiert werden. Der Künstler hat sein Kunstwerk übrigens ›Ringe der Macht‹ getauft. Das finde ich sehr passend, Herr Diefenbach.«

»Ringe der Macht«, wiederholte KPD begeistert mit glasigen Augen. »Ich werde das Kunstwerk gleich bei der nächsten Documenta in Kassel unter meinem Namen anmelden.«

Während er prüfend an den leeren Tischen vorbeiging, bemerkte er nebenbei: »Ach, fast hätte ich es vergessen zu erwähnen: Frau Dr. Dammheim wird etwas früher zu uns stoßen. Wo sind eigentlich der Sekt und die Häppchen?« Suchend schaute er sich um.

Dumm gelaufen, dachte ich. An solches Beiwerk hatte niemand von uns gedacht. Wir nutzten zwar KPDs Eitelkeit, um an den Täter zu kommen. Da KPD von einer realen Einweihungsfeier ausging, stellte er logischerweise Ansprüche an das Catering. Normalerweise fiel es mir leicht, mich in andere Personen und deren Motive und Bedürfnisse hineinzuversetzen. Bei meinem Vorgesetzten ging das nicht, da sich allein bei dem Gedanken daran mein Inneres heftig dagegen sträubte.

»Ich schau mal nach, wo der Kaviar und der Champagner bleiben«, beruhigte Jutta unseren Chef. Während sie an Gerhard und mir vorbeiging, flüsterte sie uns zu: »Ich versuche, zu improvisieren. Wenn's schiefgeht, bleibe ich verschwunden, und ihr schiebt das Problem auf mich. Ich habe das schließlich auch verbockt.«

Während ich mir überlegte, wie ich mich von KPD vorübergehend verabschieden konnte, um mit Jacques zu sprechen und das Treffen vorzubereiten, kam die Landauer Kripochefin zur Glastür herein. Nicht genug, dass sie fast zwei Stunden zu früh war, nein, in ihrem Schlepptau brachte sie Hubertus Floralis und seinen Pressebeauftragten Johannes Ente mit. Jacques' Plan konnten wir nun vergessen, wahrscheinlich war sein seltsames Experiment zu dieser frühen Stunde nicht nutzungstauglich. Mit an der Decke aufgehängten Holzreifen konnte man keinen Mehrfachmörder überwältigen, das musste jedem rationell denkenden Menschen klar sein.

»Hallo, Klaus«, begrüßte Dr. Dammheim ihren Schifferstadter Kollegen überschwänglich und schreckte nicht einmal davor zurück, ihm ein Bussi auf die Wange zu drücken. »Ich hoffe, es macht dir nichts aus, dass ich den Geschäftsführer und den Pressebeauftragten der Landesgartenschau gleich mitgebracht habe. Man muss schließlich an die hohen Benzinpreise denken, nicht wahr? Wir haben uns einfach von einem Streifenwagen herfahren lassen, das zahlt schließlich der Staat.«

Ohne KPD auch nur den Hauch einer Antwortmöglichkeit zu geben, fuhr sie fort: »Ich bin sehr gespannt, was du uns heute präsentieren wirst. Sieht noch ein bisschen kahl aus im Moment, gell?«

KPD stotterte ungewohnt aufgeregt. »Ja, äh, das, äh, was wollte ich sagen, liebe Frauke. Äh, da musst du etwas falsch verstanden haben. Heute weihen wir im ersten Schritt dieses wunderschöne Gewächshaus ein, nicht wahr?«

Die Kripochefin glaubte, nicht richtig verstanden zu haben. »Wegen diesen paar Glasplatten hast du uns nach Schifferstadt in die Provinz gelockt? Da hätte ich genauso gut mit Herrn Floralis über die Landesgartenschau laufen können.«

Im Hintergrund warfen sich Geschäftsführer Floralis und sein Pressebeauftragter eigenartige Blicke zu, die nichts Gutes verhießen. Ob sie bemerkt hatten, dass sie unter einem Vorwand hergelockt wurden? Ich musste die Neuankömmlinge beruhigen.

»Aber Frau Dr. Dammheim«, begann ich mit meiner Beruhigungstaktik. »Herr Dr., äh, Herr Diefenbach kann wegen der Kürze der Zeit, letzten Sonntag gab es schließlich erst die Weltpremiere seiner Diefenbach-Pflanze, natürlich noch kein fertiges Produkt anbieten. Er wird uns aber nachher«, ich schaute provozierend auf meine Uhr, »also in zwei Stunden, bemerkenswerte Informationen zu seinem neuen Projekt geben, das mit Sicherheit wieder als Sensation durch die Pfälzer Weltpresse gehen wird. Herr Diefenbach plant im Moment Großes in der Botanikbranche. Außerdem beabsichtigt er im Moment einen eigenen Salat auf den Markt, ich meine, weltweiten Markt, zu bringen, und dann soll eine richtige Straße in Germersheim nach ihm benannt werden. Und eine Musikerkarriere steht ebenfalls unmittelbar bevor. Leider sind unserem Chef in dieser Woche ein paar kleine Kapitalverbrechen dazwischen gekommen, um die er sich als guter Chef auch noch kümmern muss.«

Nach dem für meine Verhältnisse äußerst langen Monolog war ich klatschnass geschwitzt, was aber nicht an dem Glashaus lag, dessen Innentemperatur um diese frühe Morgenstunde noch einigermaßen angenehm war.

Während Floralis deprimiert seinen Kopf hängen ließ, ich wusste schließlich, wie er zu den Allüren von KPD stand, strahlte mein Vorgesetzter hocherfreut.

»Herr Palzki, das hätte ich selbst nicht besser sagen können. Ich habe den Eindruck, dass mein Wissen und mein Erfahrungsschatz langsam aber sicher auf Sie abfärben. Das werde ich in der nächsten Mitarbeiterbeurteilung wohlwollend mit einfließen lassen.«

»Na denn«, sagte Dammheim enttäuscht, »dann warten wir einfach mal ab, was du Spannendes zu berichten hast.« Mangels Sitzgelegenheit, auch das hatten wir vergessen, lehnte sie sich an die Kante einer Aluminiumplatte.

»Bisschen trockene Luft hier«, ergänzte sie sarkastisch und zeigte auf die leeren Tische. »Das Buffet ist auch ziemlich mickrig. Müsst ihr in Schifferstadt sparen?«

KPD schaute zunächst mich Hilfe suchend an. Als er bemerkte, dass dieses Mal von mir keine Rettung zu erwarten war, versuchte er sich selbst mit einer Improvisation. »Natürlich haben wir genug Geld, Frauke. Die Schwarzgeldtöpfe sind prall gefüllt, seit wir für Barzahlungen bei Verkehrskontrollen Rabatt einräumen. Der Caterer wird gleich kommen, wir sind schließlich sehr zeitig dran, und ich lege Wert darauf, dass alles immer frisch angeliefert wird.«

Er drehte sich zu mir. »Wissen Sie, wann das Buffet kommt?«

»Bald«, antwortete ich zeitlich unbestimmt, wobei mir dieses eine Wörtchen fast im Hals stecken blieb. Am Eingang des Gewächshauses standen Frau Luckey und die Personalberaterin Kopf-Hunter.

Um KPD nicht weiter zu verwirren, ging ich auf die beiden zu und begrüßte sie.

»Es freut mich, dass Sie kommen konnten, Frau Luckey. Leider sind Sie etwas zu früh. Möchten Sie so lang zu meinem Kollegen Herrn Steinbeißer ins Büro gehen und einen Kaffee trinken?«

Die Witwe nickte. »Gern, Herr Palzki. Entschuldigen Sie bitte, dass wir so früh auftauchen. Aber ich wollte die Zeit nutzen, um Ihnen noch etwas von meiner Schwester zu berichten. Mit Frau Kopf-Hunter habe ich gestern Abend telefoniert, und dabei haben wir zufällig gegenseitig erfahren, dass wir beide eingeladen sind.«

Die Personalberaterin nickte und zog mich etwas zur Seite. »Es ist gut, dass ich da bin, Herr Palzki. Da vorn, der Mann mit den langen Haaren, das war der, den ich am Sonntag mit Frau Luckeys Schwester auf dem Gelände der Gartenschau gesehen habe.«

Hoppla, die Bestätigung kam schneller, als ich erwartet hatte. Damit hatte es sich bereits gelohnt, sie zu diesem Treffen einzuladen.

Inzwischen wurden die neuen Besucher von KPD erkannt. Er ging auf die Personalberaterin zu und meinte: »Es reicht völlig, wenn die Glasscheiben täglich außen und dreimal wöchentlich innen gereinigt werden. Passen Sie aber bitte auf die Pflanzen auf, damit da nichts kaputtgeht.«

Frau Kopf-Hunter fragte stutzig: »Welche Pflanzen?«

Bevor KPD tiefer in die Materie einsteigen konnte, klärte ich meinen Chef auf. Wie ich wusste, hatte er sie vor meinem Büro mit einer Reinigungskraft verwechselt. »Frau Kopf-Hunter ist von der Presse. Nach der Feier möchte sie ein Interview mit Ihnen machen, Herr Diefenbach.«

Sofort zogen sich KPDs Mundwinkel in die Höhe. Aus seiner Jackentasche zog er eine CD heraus.

»Das ist natürlich etwas anderes. Nehmen Sie vorab meine Presse-CD, die ich selbst zusammengestellt habe. Darauf finden Sie meine Vita und eine Zusammenstellung meiner Projekte der letzten Jahre.« Er zeigte auf die drei Landauer. »Ich muss mich um die Gäste kümmern, bitte entschuldigen Sie mich.«

Bevor er ging, stellte er mir noch eine Frage: »Wann kommt eigentlich Herr Becker?«

»Bald«, antwortete ich fast schon standardmäßig.

Zu den beiden Frauen gewandt, wischte ich mit der Hand wie ein Scheibenwischer über meine Stirn. »Sie kennen bereits den Dienststellenleiter, Frau Kopf-Hunter. Ignorieren Sie einfach alles, was er sagt, dann kann nichts schiefgehen.«

Frau Luckey, für die die Eskapaden KPDs unbekannt waren, ließ sich nichts anmerken. Ihre Motivation, hierherzukommen, war für sie schließlich sehr bedeutsam. »Und Sie wissen wirklich, wer meinen Mann umgebracht hat?«, vergewisserte sie sich.

»Die letzten Beweise stehen noch aus, Frau Luckey. Ich denke aber, dass wir die heute bekommen werden. Leider wird es ein bisschen dauern, bis alle Gäste anwesend sind.«

Ich fühlte mich wie der Gastgeber einer Party, der gerade aus der Dusche stieg, während seine Gäste viel zu früh eintrudelten. Dieses Zufrühkommen-Ärgernis kannte ich seit vielen Jahren von Stefanies Verwandtschaft. Erging zum Beispiel eine Einladung zu einem runden Geburtstag in einem Restaurant für 19 Uhr, so konnten wir, also meine Frau, die Kinder und ich, davon ausgehen, dass wir fünf Minuten vor der vereinbarten Zeit nur noch einen engen Platz am Katzentisch bekamen, während die Mehrzahl der Gäste bereits ihr zweites Glas Wein oder Bier in der Hand hielten.

Ich versuchte erneut, zu Gerhard zu gehen, was wieder nicht klappte. Jetzt kam Jacques persönlich zu uns in das gläserne Haus und brachte das Ehepaar Flößer mit. Ob Jutta sie bereits gefragt hatte, ob sie spontan ein Buffet liefern konnten? Aber darauf kam es eigentlich gar nicht mehr an. Heute war bisher alles schief gelaufen, was schief laufen konnte. In den nächsten Minuten würde unser Plan wie ein Kartenhaus in sich zusammenfallen.

Meinem Freund sah man kein bisschen an, dass er die ganze Nacht durchgearbeitet hatte.

»Guten Morgen, Reiner.« Er zwinkerte mir auffällig zu und meinte mit Blick auf die Menge der Anwesenden: »Es ist alles vorbereitet, du kannst gern früher den Startschuss geben, wenn du möchtest.«

Nach einer kurzen Pause sagte er: »Dass Frau und Herr Flößer bereits hier sind, ist meine Schuld. Ich habe mich bei der Uhrzeit vertan. Bitte entschuldige, Reiner, aber ich bin halt nicht mehr der Jüngste.«

»Dann hoffe ich, dass alles andere korrekt funktioniert«, gab ich streng zurück und schaute kurz hoch zu den Holzringen.

»War ein Haufen Arbeit«, stellte Jacques fest. »Ohne Dietmar hätte die Zeit nicht gereicht.«

Das gibt's doch nicht, dachte ich erschrocken. Jetzt waren Jacques und dieser Krimischreiber auch noch per Du.

Frau Flößer strahlte. »Ihre Kollegin, Frau Wagner, hat mich gefragt, ob wir kurzfristig etwas zu essen organisieren können, da der Caterer abgesprungen ist. Das ist für uns natürlich kein Problem. In einer halben Stunde kommen ein paar Mitarbeiter von uns und bauen eine kleine Salatbar auf. Ich habe außerdem versucht, unseren Hausmeister zu erreichen, weil der immer größere Vorräte an Fleisch- und Wurstwaren zu Hause hat, leider ging er nicht ans Telefon.«

»Das macht überhaupt nichts«, sagte ich, ohne zu erröten. »Ein vegetarisches Salatbuffet kann sehr schmackhaft sein.«

Ich nahm mir vor, das Zeug nicht anzufassen.

Jetzt mischte sich Herr Flößer ein. »Ein Salatbuffet muss nicht zwangsläufig vegetarisch sein, Herr Palzki. Probieren Sie nachher mal unseren neuen Gyros-Salat. Der kommt dem Paradisium schon sehr nahe.«

Während sich bei mir die Magensäure explosivartig vermehrte, ergänzte ich mein Vorhaben: Anfassen musste ich das Zeug nicht, aber was sprach dagegen, es zu essen?

»Hallo, die Familie Flößer!« KPD war zu uns getreten. »Ich wusste gar nicht, dass Sie auch zu meiner kleinen Feier eingeladen sind. Aber umso besser, dann können Sie gleich sehen, wie wir in Schifferstadt bei großen

Anlässen feiern können. Jeden Moment muss der Caterer kommen, vielleicht können Sie sogar ein paar Anregungen für Ihr Unternehmen mitnehmen, ein bisschen Betriebsspionage, sozusagen.« KPD lachte über seinen Witz und schien guter Dinge zu sein.

Bevor Frau oder Herr Flößer etwas antworten konnten, drehte er bereits wieder zu seiner Landauer Kollegin ab. Im Hintergrund sah ich, wie Jacques wieder wegging.

Alexandra Flößer hatte Frau Luckey entdeckt. »Nanu, haben Sie auch Volkers Witwe eingeladen?«

»Ja, äh, das heißt nein«, hilflos stotterte ich herum, weil mir die passenden Worte fehlten. Um keine Details ausplaudern zu müssen, versuchte ich die Frage rhetorisch zu umschiffen. Darin war ich schließlich geübt.

»Es läuft im Moment alles etwas durcheinander, Frau Flößer. Zuerst hat der Caterer abgesagt und dann das Aufbauteam, dass sich um Sitzgelegenheiten und die Beschallung kümmern sollte. Nun müssen wir leider ein klein wenig improvisieren. Ich denke, dass wir es dennoch zu einem glücklichen Ende bringen werden.«

Ich dachte dies nicht nur, ich hoffte es inständig. Gerade als ich Frau Flößer anbieten wollte, die Witwe ihres Prokuristen zu begrüßen, die in einem Gespräch mit Johannes Ente vertieft war, schallte ein ohrenbetäubendes Sondersignal durch das Glashaus. Da wir wussten, dass sich der Schall des Martinshorns im Hof unserer Dienststelle wegen der umliegenden Bebauung ungünstig bis zur Schmerzgrenze verstärken konnte, durften die Beamten das Horn erst auf dem Waldspitzweg einschalten.

Diese Regelung war Dr. Metzger offensichtlich unbekannt. Mit seinem Reisemobil bremste er direkt vor dem offenen Eingang des Gewächshauses, das physikalisch wie ein Resonanzkörper wirkte, ab. Ausnahmslos alle Personen, die sich innerhalb dieses Körpers aufhielten, zeigten eine schmerzhafte Miene und glotzten auf Metzgers Mobilklinik. Dieser ließ die Tonfolge des Sondersignals zur Sicherheit, falls es jemand überhört hatte, noch ein paar Sekunden nachtönen, bevor er es abschaltete.

Fett grinsend stieg er aus. Das allein würde für eine Szene zu einem Horrorfilm genügen, doch verstärkend kam hinzu, dass auf der Beifahrerseite der Einsiedler Wotan ausstieg. Selbstredend, dass er sich nicht umgezogen hatte.

»Palzki, das hätte ich mir gleich denken können, dass Sie auch hier sind«, dröhnte er mit seiner Stimme, die ähnlich laut war wie das Sondersignal, durch die Halle. »Der Pausenbeauftragte der Gartenschau hat mir gesagt, dass ich den Chef bei Ihnen in Schifferstadt finde. Da vorn steht er ja.« Er winkte Floralis mit einer groben Armbewegung zu. »Ich komme gleich zu Ihnen, ein Mitarbeiter besteht auf eine Krankmeldung, dabei fehlt ihm so gut wie nichts. Bevor ich wegen dem Kerl auf drei Prozent meines Honorars verzichten muss, sollten wir das kurz besprechen.«

Floralis hatte sich pikiert abgedreht. Ich war davon überzeugt, dass er längst bereut hatte, sich auf die Idee mit dem internen Forschungsprojekt eingelassen zu haben.

Metzger störte das nicht weiter und winkte Wotan zu sich, der langsam angeschlichen kam. Ich musste nachher unbedingt Jacques fragen, ob man menschliche Gerüche konservieren und waffentauglich aufbereiten konnte. Mit Wotan könnte er ein Anti-Paradisium für die Nase entwickeln.

»Wotan, du hast Palzki bereits kennengelernt, hast du mir vorhin gesagt.«

Der Einsiedler kam näher, und ich ging unauffällig ein paar Schritte zurück. Es nutzte nichts, ich kam in die olfaktorische Todeszone, die Wotan umgab.

»Eijo, dem hab ich Kaffee agebote, hä. Awer Matthias, jetzt verot mer mol, warum du mich mitgenumme hoscht. Do driwwe in dem Biro wimmelt es vun Bulle. Ich hab doch seit 30 Johr ken Ausweis mehr, hä.«

KPD, der sich durch die Anwesenheit der beiden gestört fühlte, war nähergekommen, aber an dem exorbitanten Schmutzschild Wotans einfach abgeprallt. Mit heftigem Würgereiz drehte er ab und zischte mir böse ein paar Worte zu: »Tun Sie was, Palzki, dass die verschwinden. Die stören hier nur.«

Metzger hatte die Worte KPDs natürlich verstanden. »Wir sind in ein paar Minuten wieder weg, Chef. Der Pausenbeauftragte der Gartenschau hat mir gesagt, dass Floralis bei Ihnen ist und es etwas zu feiern geben würde. Da habe ich sofort kombiniert. Palzki gibt ständig mit den riesigen Buffets an, mit denen Sie Ihre Gäste verwöhnen. Aber wenn ich mir das so ansehe, bei Ihnen sieht's aus wie in einer Wüste.«

Ich wusste längst nicht mehr, was ich als Nächstes tun sollte. Es würde mich nicht wundern, wenn gleich der Landauer Supermarktleiter um die Ecke kam, um mit mir über seine defekte Waage zu sprechen.

Ich beschloss, zunächst das größte Übel anzupacken. Okay, ich meinte natürlich, das zweitgrößte Übel, da wir KPD, zumindest heute, noch brauchten.

»Das tut mir leid, Herr Dr. Metzger«, sagte ich zu ihm und Wotan, während ich mir mit einer Hand die Nasenflügel zusammenpetzte, »dass Sie ganz umsonst gekommen sind. Ich werde Sie auf die Gästeliste setzen lassen, wenn unser Chef mal wieder eine große Feier steigen lässt. Im Ausland, oder so.«

Während Wotan, ohne ein Wort zu sagen, schlurfend das Gewächshaus verließ, um an die Rückseite unserer Dienststelle zu pinkeln, gab Metzger nach. »Lassen Sie es gut sein, Palzki. Ihr Chef ist nicht sonderlich gut auf mich zu sprechen. Habe ich eigentlich schon erzählt, dass er vor ein paar Jahren bei mir in psychosomatischer Behandlung war? Das war damals, bevor er …«

Mitten im Satz brach er ab. »Das soll er Ihnen mal selbst erzählen. Übrigens, Palzki: Die gröbsten Probleme Ihres Chefs konnte ich bereinigen, nur ein paar Kleinigkeiten sind unheilbar, er scheint eine böse Kindheit durchlebt zu haben. Im schlimmsten Fall könnte es sogar sein, dass seine Eltern Lehrer waren.«

Auch wenn heute gewiss nicht mein Tag war, die Informationen von Metzger speicherte ich mir unlöschbar im Langzeitgedächtnis ab. Warum war ich noch nie auf die Idee gekommen, Jürgen auf die Vergangenheit KPDs anzusetzen?

Im Moment hatte ich allerdings andere Probleme. Ein letztes Störfeuer von Metzger durchbrach meine Gedankengänge. »Das würde Ihnen auch gut tun, Palzki. Mein psychosomatisches Behandlungskonzept habe ich in den letzten Jahren permanent weiterentwickelt. Seitdem ist die Suizidquote meiner Patienten ständig gesunken.«

Grölend drehte er sich ab und ging zu seiner Mobilklinik, neben der Wotan bereits wartete. In wenigen Sekunden würden die beiden verschwunden sein.

Auch dieses Mal täuschte ich mich. Ein Nafa-Transporter hielt direkt hinter Metzgers Reisemobil. Drei Personen stiegen aus und begannen, Styroporboxen ins Gewächshaus zu schleppen.

»Das ist gerade noch rechtzeitig«, brüllte Metzger. »Komm, Wotan, gleich gibt es Happi.«

Da sich in der Zwischenzeit die Anwesenden mehr oder weniger selbst untereinander bekannt gemacht hatten, kümmerte sich KPD persönlich um das Buffet.

KAPITEL 23
ALLES VOLLER BLASEN

Jetzt wurde es höchste Eisenbahn, Jacques aufzusuchen, der vorhin genauso schnell wieder verschwunden war, wie er auftauchte, um die weitere Vorgehensweise abzustimmen. Ich hatte sowieso keine Ahnung, wie ich die ganze Meute über eine Stunde lang hinhalten sollte, ohne dass jemand Verdacht schöpfte. Mein nächster Versuch, das Gewächshaus zu verlassen, scheiterte erneut. Jutta kam mit Karl Käfer angelaufen.

Dem Gärtnermeister sah man die Irritationen an. »Was soll das werden?«, fragte er in einem verächtlichen Ton, als er die anderen Besucher erkannte.

»Herr Käfer gilt im Moment nur noch als Zeuge«, sagte meine Kollegin, was den Umstand erklärte, dass er keine Handschellen trug. »Er hat mir versprochen, uns zu unterstützen.«

Der Gärtnermeister plusterte seinen Backen auf. »Es ist schließlich auch in meinem Interesse, dass der Irre gefunden wird, der die Leute umbringt.« Er zögerte, dann stellte er eine Nachfrage: »Was machen der verrückte Arzt und Wotan hier?«

Ich wollte gerade eine fadenscheinige Geschichte erfinden, als ich von KPD unterbrochen wurde.

»Herr Palzki, wo bleiben die anderen Gäste?« Er zählte an den Fingern auf: »Bürgermeisterin, Landrat, Minister und so weiter.«

»Die kommen bald«, antwortete ich. »Vielleicht stecken sie im Stau.«

KPD sah mich unschlüssig bis konfus an. Hatte er Lunte gerochen? Zu weiterem Nachdenken kam er nicht. Aus dem ›OFF‹ ertönte meine Stimme.

»Meine sehr verehrten Damen und Herren«, sagte ich ohne meine Lippen zu bewegen. Jutta und KPD, die mir am nächsten standen, glotzten mich fassungslos an. Ich stand schweigend da und irgendwo her ertönte meine Stimme, Irrtum ausgeschlossen.

»Ich darf Sie zu unserer bunten Feier recht herzlich begrüßen und freue mich besonders, dass Polizeikönig Klaus P. Diefenbach den Weg zu uns gefunden hat.«

KPD sah aus, als leide er unter Wahnvorstellungen. Mir selbst war inzwischen klar, dass Jacques seine Finger im Spiel hatte, bestimmt kam meine Stimme aus einem elektronischen Stimmenimitator.

»Was sagen Sie da, Palzki?«, blökte KPD in meine Richtung.

»Ich sage doch gar nichts«, erwiderte ich.

»Darf ich um Ihre Aufmerksamkeit bitten?«, sagte mein anderes Ich, das sicherlich aus verborgenen Lautsprechern kam.

»Bevor wir uns auf das geniale Buffet stürzen, das gerade aufgebaut wird, möchte ich Sie zunächst untereinander bekannt machen. Dann feiert es sich doch gleich viel angenehmer, oder?«

So ziemlich alle Anwesenden hatten inzwischen bemerkt, dass nicht ich der Urheber dieser Stimme war. Mehrere Personen begaben sich, halb belustigt, auf die Suche nach den Lautsprechern.

»Mein Name ist Reiner Palzki«, log die Stimme weiter. »Sie kennen mich alle und wissen, dass ich ein mittelmäßig begabter Kriminalpolizist bin.«

Auf meinen lautstarken Protest ging die Stimme nicht ein.

»Herr Diefenbach ist Ihnen ebenfalls bekannt. Er war so freundlich, die Räumlichkeiten für diese Feier zur Verfügung zu stellen und das Buffet aus der Schwarzkasse zu finanzieren.«

KPD schien dies nicht peinlich zu sein. Im Gegenteil, er stellte sich brustausstreckend in Positur.

»Die Dame mit dem langen französischen Zopf ist Frau Heather Kopf-Hunter. Sie ist Personalberaterin und wollte dem Opfer Volker Luckey ein neues Jobangebot unterbreiten.«

»Hören Sie auf«, schrie die Vorgestellte. »Ich muss doch sehr um Diskretion bitten, sonst gehe ich gleich wieder heim.«

»Bleiben Sie doch ein bisschen«, beruhigte sie meine Stimme. »Es wird gleich sehr spannend und interessant werden.«

Ein kurzes Knacken, dann ging es weiter. »Frau Luckey ist die Frau des ersten Opfers. Vielen Dank, dass Sie gekommen sind. Am Tag des Todes Ihres Mannes hatten Sie einen Streit mit Ihrer Schwester Irina.«

Frau Luckey bekam einen roten Kopf. »Was soll das? Ist das ein Verhör oder was? Ich will wissen, wer meinen Mann umgebracht hat. Dass ich mit meiner Schwester gestritten habe, weiß ich selbst.«

»Immer mit der Ruhe, Frau Luckey. In ein paar Minuten werden wir wissen, wer es war.«

Ein Raunen ging durch die Anwesenden. KPD hatte, nach seinem Gesichtsausdruck zu urteilen, noch nicht so ganz verstanden, um was es ging.

»Verzeihen Sie, Frau Dr. Dammheim, dass ich Sie erst jetzt vorstelle. Als Leiterin der Landauer Kriminalpolizei ist das respektlos. Würden Sie uns bitte kurz erläutern, woher Sie den chinesischen Dünger beziehen, der in dem von Ihnen angemieteten Raum auf der Landesgartenschau steht?«

Die Kripoleiterin echauffierte sich. »Woher wissen Sie das? Das ist illegal, was Sie da machen. Bei uns in Landau wäre so etwas undenkbar. Gibt es bei Ihnen in Schifferstadt keine Gesetze?«

»Nicht, dass ich wüsste«, antwortete meine Stimme. »Wollen Sie uns trotzdem verraten, was das für Zeug ist?«

»Niemals«, schrie sie.

»Akzeptiert«, antwortete die, wie ich fand, harmonisch klingende Stimme.

»Es freut mich ganz besonders, auch Herrn Hubertus Floralis zu begrüßen. Als Geschäftsführer der Landesgartenschau können wir uns heute eines weiteren wichtigen Gastes rühmen. Wollen Sie auch kurz Hallo sagen?«

Floralis blieb stumm und ballte seine Fäuste.

»Herr Johannes Ente ist bestimmt gesprächiger«, sagte meine Off-Stimme. »Er ist schließlich Pressebeauftragter der Landesgartenschau. Ihr Äußeres ist ziemlich markant, Herr Ente, hat Ihnen das schon mal jemand gesagt?«

Der Pressebeauftragte wollte verbal explodieren, doch Floralis gab ihm mit Handzeichen zu verstehen, dass er seine Klappe halten sollte.

»Nun denn«, sprach die Stimme weiter. »Dieses herrliche Buffet haben wir dem Ehepaar Alexandra und Bernhard Flößer zu verdanken. Ihr Unternehmen Nafa dürfte jedem von Ihnen ein Begriff sein. Mal sehen, ob wir gemeinsam ein Geheimnis der Nafa lüften können.«

Die beiden erstarrten.

»Keine Bange«, erklärte mein anderes Ich. »Vielleicht

ist alles ganz harmlos. Fast hätte ich vergessen, Herrn Karl Käfer vorzustellen. Er hat den ersten Mord am Sonntag hautnah miterlebt und dabei sogar einen Finger eingebüßt. Als Tatverdächtiger ist er trotzdem ein heißer Kandidat.«

»Ich bin unschuldig«, schrie Käfer wütend. »Wie oft soll ich das denn noch wiederholen?«

»Wie auch immer«, gab die Stimme zurück. »Alle Anwesenden sind nun vorgestellt –«

»Und was ist mit uns?«, brüllte Dr. Metzger mit Leibeskräften.

»Entschuldigen Sie bitte«, kam es sofort zurück. »Ich bin, wie bereits erwähnt, nur mittel begabt. Da kann man schon mal jemanden vergessen.«

Ich nahm mir vor, nachher mit Jacques ein ernstes Wörtchen zu reden. Jedenfalls, wenn die Geschichte gut ausgehen sollte.

»Meine Damen und Herren, Dr. Matthias Metzger ist vermutlich Arzt und seit Frühjahr Gesundheitsbeauftragter der Landesgartenschau. Keine Krankheit ist ihm zu suspekt, um nicht ein Heilmittel dagegen zu entwickeln. Viele seiner Patienten sollen seine chirurgischen Eingriffe mehr oder weniger überlebt haben.«

»Kunden«, schrie Metzger zwischendrein. »Bei mir sind die Patienten Kunden, ich bin schließlich Dienstleister. Wann merken Sie sich das endlich mal, Palzki!«

Nachdem er registriert hatte, dass nicht ich persönlich gesprochen hatte, winkte er unwirsch mit seiner Pranke ab.

»Sein Freund heißt Wotan«, fuhr die Offstimme fort. »Er ist ein Beispiel dafür, dass man in der modernen Welt auch ohne übertriebene Hygiene überleben kann.«

Die Stimme räusperte sich. »Fangen wir doch gleich

mit Ihnen beiden an. Oder noch besser: gemeinsam mit Herrn Floralis.«

Da ich die Akte kannte, wusste ich genau, was jetzt kam.

»Herr Floralis, als Geschäftsführer der Landesgartenschau mögen Sie ohne Fehl und Tadel sein. Dass Sie über Strohmänner diverse Grundstücke auf dem Gelände der Ausstellung gekauft haben, soll aber niemand erfahren. Wollen Sie uns den Grund dafür verraten?«

Floralis, der schlagartig blass geworden war, benötigte einen Moment, bis er antworten konnte. »Ich wüsste nicht, was das jemand angehen sollte. Das ist meine Privatsache.«

Meine Stimme lachte. »Stammt nicht von Ihnen selbst die Expertise, dass das Gelände der Gartenschau nach Beendigung aus wirtschaftlichen Gründen verkleinert werden muss? Seltsam, dass Sie es dabei auf ganz bestimmte Grundstücke abgesehen haben.«

Der Geschäftsführer blieb stumm, während Wotan und Metzger tuschelten. Doch schon sprach die Stimme weiter.

»Sie sind in eine Falle getappt, Herr Floralis. Das Öl, das Sie gefunden haben, stammt keineswegs aus einem großen unterirdischen Ölfeld, sondern ausschließlich aus Ölfässern, die die Herren Wotan und Metzger auf dem Gelände vergraben haben. Wotan ist, soweit ich erkennen kann, der einzige Nutznießer, da ihm die Grundstücke gehörten.«

»Scheiße, hä«, rief Wotan. »Wer kaaft mer jetzert des annere Zeich ab, hä? Des Ehl hämmer doch schunn längscht verbuddelt.«

Ein paar der Anwesenden lachten, was Floralis noch mehr ärgerte. Stumm verschränkte er die Arme.

»Sie müssen das nicht kommentieren, Herr Floralis. Wenden wir uns lieber der Landauer Kripochefin Frau Dr. Frauke Dammheim zu.«

Diese stand mit entrüsteter Miene neben KPD, der nach wie vor nicht wusste, wie er reagieren sollte.

»Sie standen ziemlich lang auf der Verdächtigenliste«, sagte die Stimme.

»Spinnen Sie?«, schrie die Kripochefin. »Ich habe ganz bestimmt nichts mit den Kapitalverbrechen zu tun.«

»Das stimmt«, kam die Antwort postwendend. »Dafür haben Sie auf dem Gelände der Landesgartenschau Cannabis gezüchtet. Oder wollen Sie das abstreiten?«

Dammheim wirkte auf einmal nur noch halb so groß. »Das ist nur Nutzhanf«, flüsterte sie fast.

»Das werden wir bald festgestellt haben, Sie sind …«

Dr. Metzger unterbrach die Offstimme. »Und warum hat das Zeug so gestunken? Rauchen kann man das auch nicht.«

Ich hörte mich selbst lachen. »Aber Herr Metzger. Als Arzt sollten Sie wissen, dass man die Pflanzen zuvor trocknen und bearbeiten muss. Außerdem ist der Hanf noch nicht reif.«

»Ich hasse Drogen«, rief ausgerechnet Dr. Metzger. »Das Zeug macht mir mein ganzes Geschäft kaputt. Bei mir gibt's nur geile Sachen, die auf keiner Verbotsliste stehen.«

Die moderierende Stimme kommentierte die Aussage nicht. »Kommen wir nun zu Herrn Karl Käfer, dem Gärtnermeister. Dass Sie unschuldig sind, war uns fast von Anfang an klar.«

»Sag ich doch!«

»Dummerweise sind durch die Ermittlungen Ihre krummen Geschäfte in Mannheim ans Tageslicht gekommen. Im Vorfeld der Bundesgartenschau Grundstücke auf Vorrat zu erwerben, wird man strafrechtlich zu bewerten versuchen.«

»Alles legal«, sagte Käfer in Richtung eines vermuteten Lautsprechers. »Mehr sag ich nicht dazu.«

Bevor es langsam interessant wurde, schnappte ich mir einen Teller und lud ihn mit Gyrossalat voll, der soeben bereitgestellt wurde. Außer mir traute sich niemand, sich am Buffet zu bedienen.

»Herr und Frau Flößer«, ging die Stimme in die nächste Runde. »Eines kann ich vorausschicken: Wer so guten Salat machen kann, muss einfach unschuldig sein.«

Das Ehepaar lächelte verhalten.

»Tatsächlich kann man Ihnen keine kriminellen Machenschaften andichten. Was der große und geniale Erfinder Jacques Bosco bei Ihnen entwickelt, brauchen wir nicht an die große Glocke zu hängen. Die Legalität steht da außer jedem Zweifel.«

Ich grinste darüber, wie Jacques über sich selbst sprach.

»Über Ihre geplante und streng geheime Produktlinie müssen wir trotzdem sprechen. Sie ist immerhin der Auslöser für den Mord an Ihrem Prokuristen gewesen.«

Die beiden blickten sich erschrocken an.

»Herr Luckey wollte sich selbstständig machen, zusammen mit zwei weiteren Mitstreitern. Einer davon war Heinrich Lunke, der im Kartoffellager ermordet wurde. Nach Adam Riese bleibt folglich einer übrig, der noch unter den Lebenden weilt.«

Eine hochexplosive Spannung lag im Gewächshaus, selbst KPD hatte begriffen, dass es nicht um sein Glashaus, sondern um die Entlarvung eines Mörders ging.

»Herr Johannes Ente«, sprach die Stimme übergangslos weiter. »Können Sie uns etwas dazu sagen?«

Der Pressebeauftragte reagierte verblüfft, alle starrten ihn an.

»Ich? Ich war in meinem ganzen Leben noch nie bei der Nafa. Ich kenne die beiden Toten nicht.«

»Das glaube ich Ihnen«, pflichtete ihm meine Stimme bei. »Der Vollständigkeit halber sollten wir aber erwähnen, dass Sie ein Verhältnis mit Frau Dr. Dammheim haben und ihr so gut wie nie von der Seite weichen. Am Tag, als Andrea Curie ermordet wurde, waren Sie ebenfalls zufällig in Tatortnähe. Kann es sein, dass Sie etwas mit dem Hanf zu tun haben?«

Während der Pressebeauftragte eine böse Miene aufzog, betrachtete ihn Floralis argwöhnisch von der Seite. »Stimmt das?«, fragte er ihn wütend.

»Ach was, natürlich nicht«, antwortete dieser wenig glaubhaft. Die Kripochefin hatte sich in den Hintergrund der Gesellschaft gedrängt, was einem Zugeständnis gleichkam.

»Wer fehlt uns jetzt noch?«, fragte die Lautsprecherstimme. »Ach ja, Frau Luckey natürlich.«

Alle Personen starrten auf die Witwe. Sollte sie die drei Morde begangen haben?

»Sie wussten nichts von dem neuen Job, der Ihrem Mann angeboten wurde. Da kam der erste Verdacht auf, dass da etwas nicht stimmte. Auch der nebenbei erwähnte Streit mit Ihrer Schwester, die danach angeblich einen Ausflug zum Heidelberger Schloss machte, klang wenig plausibel. Aber noch mehr verunsicherte uns, dass Ihre Schwester seit dem Sonntag verschwunden ist.«

Frau Luckey stand regungslos mit offenem Mund da.

»Meine sehr verehrten Damen und Herren, wir haben nun die Faktenlage erörtert und herausgefunden, dass die meisten von Ihnen alles andere als Unschuldslämmer sind. Doch drei Menschen umzubringen, geht wirklich ein bisschen zu weit. Was meinen Sie dazu, Frau Kopf-Hunter?«

Die Personalberaterin, die es sich neben dem Buffet bequem gemacht hatte und gerade überlegte, sich zu bedienen, schreckte auf.

»Ich? Was soll ich dazu sagen? Ich habe mit dem Ganzen überhaupt nichts zu tun!«

»Wirklich nicht? Sagten Sie uns nicht, dass Sie Frau Luckeys Schwester auf der Landesgartenschau gesehen haben? Nun, wir haben die Schwester inzwischen gefunden. Sie hat den Streit mit ihrer Schwester bestätigt und glaubhaft versichert, dass sie nicht in Landau war. Inzwischen ist sie nach einem erneuten Streit in ihre Heimat Stralsund zurückgekehrt. Mit dem Mord an ihrem Schwager hat sie nicht das Geringste zu tun.«

Heather Kopf-Hunter ließ sich davon nicht beeindrucken. »Ich habe klar und deutlich gesagt, dass ich sie nicht 100-prozentig erkannt habe. Aufgrund eines Fotos ist das auch recht schwierig.«

»Sie haben recht. Allerdings wollen Sie den Pressebeauftragten Johannes Ente eindeutig identifiziert haben. Das ist aber nicht möglich, da er in der fraglichen Zeit bei einer Einweihung war und die ganze Zeit neben Frau Dr. Dammheim stand. Dafür gibt es einige Zeugen.«

»Na und?«, blökte sie. »Dann habe ich mich halt geirrt.«

»Zu der Vermutung kamen wir auch«, sprach die Stimme weiter. »Da Sie Herrn Ente so gut beschrieben haben, war uns klar, dass Sie wussten, wer er ist. Das hat Ihnen aber nicht das Genick gebrochen, Frau Kopf-Hunter.«

Mir war klar, dass sie in den nächsten Sekunden reagieren würde. Hoffentlich war Jacques darauf vorbereitet.

»Ihr Fehler war der Einbruch in dem Mannheimer Büro Grasgrün und das Fax, das Herrn Käfer belasten sollte. Leider haben Sie übersehen, dass eine Mitarbeiterin des

Büros den Rechner anhatte und die Webkamera aktiv war. Ein Irrtum ist ausgeschlossen, Sie waren die Einbrecherin. Geben Sie zu, drei Menschen ermordet zu haben?«

Die Personalberaterin reagierte besonnen. Völlig ruhig und emotionslos zog sie eine Schusswaffe aus ihrer Handtasche.

»Ich hätte nie gedacht, dass die Bullen auf mich kommen«, sagte sie kaltschnäuzig und richtete die Waffe auf KPD, was ich für gar nicht so verkehrt hielt.

»Wenn Sie ein Massaker verhindern wollen, lassen Sie mich ungehindert gehen. Ansonsten wird man Ihre Namen groß und schwarz umrandet in der Zeitung lesen.«

Mut hatte sie, ohne Zweifel. Doch was hatte Jacques vor? Zunächst meldete sich noch mal die Stimme: »Sie wollten mit Luckey und Lunke ein neues Unternehmen gründen, ist das korrekt? Luckey sollte dafür bei der Nafa Betriebsspionage betreiben und das Konzept der neuen Produktlinie verraten, da Sie sich höchste Gewinne erhofften, wenn Sie damit als Erste auf dem Markt kommen würden.«

Kopf-Hunter hatte sich nach wie vor im Griff, ein leichtes Zittern war aber wahrzunehmen. »Eine Goldgrube wäre das gewesen«, schrie sie schrill. »Alles wäre glatt gelaufen. Heinrich hatte bereits alles organisiert, es fehlte nur noch das Konzept. Dann musste Volker einen Rückzieher machen. Wissen Sie, wie viel Geld ich als stiller Teilhaber in das neue Unternehmen reingesteckt habe? Volker wollte uns verraten und hat versucht, mich zu erpressen! Mich! Das ist bisher niemandem gelungen!«

Ihre Stimme schnappte über. Von der Ruhe in Person war nichts mehr übrig. »Heinrich wollte dann ebenfalls einen Rückzieher machen, das kam für mich nicht infrage.

Notfalls mache ich das Geschäft allein, sagte ich den beiden. Als mir Volker eine letzte Frist gesetzt hatte, musste ich handeln. Ich verabredete mich mit ihm auf der Landesgartenschau. Als er sich auf die Bank setzte und der Gärtner langsam den Weg entlang kam, habe ich sofort reagiert.«

Nach wie vor zielte sie mit der Waffe auf KPD. Niemand wagte, aus dem Glashaus zu flüchten.

»Dummerweise sah mich der andere Gärtner dabei. Na ja, der hat seine Quittung dafür bekommen. Ich lasse mich niemals erpressen, sagte ich das bereits? Mit Heinrich bin ich bei der Nafa eingestiegen, um die Unterlagen aus Volkers Büro zu klauen. Ich muss zugeben, das lief etwas blöd. Zuerst kamen uns, obwohl die Produktion bereits Feierabend hatte, ein paar Personen entgegen und wir mussten uns im Lager verstecken. Kaum waren die Leute weg, bekam Heinrich ein schlechtes Gewissen und wollte sich stellen. Ich musste wiederum sofort handeln und erledigte dieses Weichei in dem Kartoffellager. Danach schlich ich zum Büro von Volker und nahm es auseinander, konnte aber nicht finden, was ich suchte. Und wenige Augenblicke später kamen auch schon Sie, Palzki. Hat Ihnen die kleine Vorstellung gefallen? Wenn ich es nicht so eilig gehabt hätte, hätte ich Sie mit Vergnügen umgebracht.«

Die Offstimme unterbrach die Ausführungen. »Damit wären nun alle drei Morde geklärt, meine sehr geehrten Damen und Herren. Das Geständnis von Frau Kopf-Hunter lässt keine Wünsche übrig.«

Die Personalberaterin lachte. »Denken Sie, ich bin blöd? Selbstverständlich hatte ich dennoch einkalkuliert, dass man mir auf die Schliche kommen könnte. Eine Fluchtmöglichkeit habe ich mir stets offengehalten. Und dabei spielt es keine Rolle, ob es drei Tote gab oder ein Dutzend geben wird. Ich hoffe, Sie verstehen, was ich damit sagen will.«

Kopf-Hunter hatte ihre Coolness zurückgewonnen. Ohne zu zögern, würde sie ein Massaker veranstalten, wenn wir sie nicht ungestört ziehen lassen würden. Hoffentlich wusste Jacques dies.

Wir hörten ein leises Zischen, und alle Anwesenden schauten nach oben. Aus den Holzreifen schwebten kleine Seifenblasen nach unten. Nach kürzester Zeit bot sich ein buntes Schauspiel: Die obere Hälfte des Gewächshauses war mit Seifenblasen übersät.

»Was soll der Mist?«, schrie die Mörderin schrill. »Das soll sofort aufhören!« Sie hielt ihre Waffe hoch und drückte ab. Mit einem Knall zersprang eine Scheibe und machte deutlich, dass ihre Waffe scharf war. Bereits eine Sekunde später richtete sie sie wieder auf KPD, der kurz davor war, zu kollabieren.

Wieder eine Sekunde später bildete sich spontan eine riesige Seifenblase direkt über der Personalberaterin. Bevor sie diese wahrnahm, schwebte sie bereits dicht über ihrem Kopf. Im gleichen Moment, als sie erschrocken nach oben starrte, glitt die Blase nach unten und umhüllte die Mörderin.

Ich wunderte mich: Dieses fragile Gebilde sollte die Mörderin aufhalten? Doch ich täuschte mich, die Seifenblase war alles andere als ein Kinderspielzeug.

Kopf-Hunter versuchte, mit der waffenfreien Hand die regenbogenfarbene Seifenblase wegzuwischen, was ihr nicht gelang. Das Gebilde reagierte zwar höchst elastisch und beulte sich aus, doch sobald sie die Hand zurückzog, nahm die Blase wieder ihre Ausgangform ein. Die Gefangene rastete aus und schoss wild und ohne zu zielen um sich. Erschrocken ließen wir uns auf den Boden fallen, was sich allerdings als überflüssig herausstellte. Die Seifenblase war kugelsicher, sie schluckte die komplette Bewegungsenergie der Geschosse, sodass diese einfach auf den Boden fielen. Wahnsinn, was sich da Jacques hatte einfallen lassen. Jetzt wusste ich, was er damit meinte, sein Spielzeug wäre für Kinderhände nur bedingt geeignet.

Die Mörderin gab alles, um ihrem Gefängnis zu entkommen. Doch egal, was sie unternahm, ihre Befreiungsversuche blieben vergebens. Langsam trauten wir uns, näherzukommen. Die Mörderin musste sich wie ein Tier in einem Terrarium vorkommen. Schweiß lief ihr in Strömen über das Gesicht.

»Ich bringe euch alle um«, schrie sie einigermaßen verständlich, was vor allem daran lag, dass die Seifenblase lang gezogen war und an dem Holzreifen mündete. Oben, also in nicht erreichbarer Höhe, war sie offen.

Ich lachte oder vielmehr, meine Stimme aus dem Off lachte. »Frau Kopf-Hunter, was ich vorhin vergessen habe zu erwähnen: Ihr größter Fehler war, dass Sie überhaupt keine Personalvermittlung betreiben. Für wie dumm halten Sie uns eigentlich? Selbstverständlich werden von uns sämtliche Aussagen geprüft und seien sie noch so nebensächlich. Wenn Sie sich beruhigt haben, lassen wir Sie wieder aus der Spezial-Bosco-Elasto-Blase heraus. Aus technischen Gründen wird das aber eine Weile dauern.«

Der Rest der Anwesenden hatte sich inzwischen einigermaßen beruhigt. KPD kam auf mich zu. »Hat das sein müssen, Palzki?«, raunte er mir zu.

»Das war doch nur für das Amüsement Ihrer Gäste, Herr Diefenbach«, log ich spontan. »Was meinen Sie, wie sich Ihre Feier im Gedächtnis der Gäste einprägen wird.«

KPD zeigte sich für mein Argument empfänglich. »Da haben Sie vollkommen recht, Herr Palzki. Sind Sie so gut und kümmern sich darum, dass diese Frau so schnell wie möglich verschwindet. Ich werde ihr noch ein paar andere Sachen anhängen, weil sie mich bedroht hat, so geht das schließlich nicht.«

KPD drehte sich zur Seite und kümmerte sich um seine vermeintlichen Gäste. Mit Lobeshymnen bedachte er das Buffet und erwähnte, dass er in Zukunft vermehrt mit der Nafa zusammenarbeiten würde.

Während ich diese bizarre Szene betrachtete, kam Jacques und klopfte mir auf die Schulter. »Und, mein Sohn, alles in Ordnung mit dir?«

Im Hintergrund sah ich, wie Jutta und Gerhard mit einer Doppelleiter kamen.

»Du machst vielleicht Sachen«, antwortete ich meinem Freund und nahm ihn in den Arm. »Auch wenn ich dich mittendrin lynchen wollte.«

Jacques lachte. »Ein bisschen Spaß muss sein, Reiner. Selbstverständlich bist du als Kriminalbeamter nicht mittel begabt, sondern absolut unbegabt.«

Da ich vermutete, dass er mich damit ärgern wollte, beließ ich es dabei.

»Was machen Jutta und Gerhard?«, fragte ich den Erfinder, da Gerhard gerade im Begriff war, die Leiter zu besteigen. In der Hand hielt er ein Seil.

»Tja, weißt du«, begann Jacques. »Die Blasen sind so leicht nicht zerstörbar. Eigentlich nur mit großem Energieaufwand. Die Frau muss durch das Loch.«

»Wie bitte? Wie soll das denn gehen?«

Jacques lächelte verlegen. »Das kriegen wir schon hin. Zunächst muss sie ihre Waffe an das Seil binden, um sie zu entwaffnen. Danach lösen wir den Holzreifen und lassen die lang gezogene Blase langsam zur Seite kippen. Dann kann sie aus dem Loch rauskriechen.«

Die nächsten Minuten waren grotesk. Während KPD und der Großteil der Besucher sich über das Buffet hermachten, zogen wir die Mörderin aus der Blase und legten ihr Handschellen an. Jacques gab der federleichten Seifenblase einen Fußtritt, sodass sie wie ein aufgeblasener Luftballon, den man unverschlossen loslässt, durch das Gewächshaus schoss.

Nachdem Frau Kopf-Hunter abgeführt war, wollte ich mir zur Feier des Tages eine Kleinigkeit vom Buffet nehmen. KPD sah dies und kam auf mich zu. »Ich habe Frau Wagner Bescheid gegeben, dass wir heute Mittag eine Pressekonferenz veranstalten. Bis dahin habe ich mit Herrn Becker auch Details besprochen, die wir der Presse weitergeben können. Sie sehen bestimmt ein, dass wir der Öffentlichkeit nichts von dieser hanebüchenen Aktion mit der komischen Blase erzählen können. Das würde mich als Chef lächerlich machen. Mal schauen, was mir dazu einfällt. Vielleicht habe ich diese Frau in einem Zweikampf in meinem Büro überwältigt? Was meinen Sie, Palzki? Klingt das glaubwürdig genug?«

Ich nickte, da ich sprachlos war.

»Dann haben wir alles besprochen«, folgerte KPD. »Die Amsterdam-Fahrt dürfte uns damit gesichert sein. Aber auch Ihnen will ich eine persönliche Anerkennung zukommen lassen, Herr Palzki!«

Ich war baff. Welche Worte aus dem Mund meines Vorgesetzten. »Sonderurlaub?«, fragte ich vorsichtig.

»Ach was«, antwortete KPD. »Was viel Besseres. Wenn ich mit meinen Untergebenen in Amsterdam bin, dürfen

Sie in der Zwischenzeit in Schifferstadt den Chef spielen. – Natürlich nicht in meinem Büro«, ergänzte er schnell.

Und wenig später setzte er noch einen drauf. »Selbstverständlich werde ich drei- oder viermal am Tag anrufen und Ihnen Instruktionen geben. Sonst ist das schließlich viel zu riskant.«

EPILOG

Diese Geschichte gehört zu meinen schlimmsten zehn Ermittlungsverfahren, die ich als Polizeibeamter je erlebt habe. Wieder einmal zeigte sich, dass so gut wie jeder Bürger in irgendeiner Form Dreck am Stecken hat. Und der Rest der Bürger hat nicht etwa keinen, sondern mehrfach Dreck am Stecken.

Ob das in harmloser Form Steuerverkürzungen in Millionenhöhe oder kleinere Kavaliersdelikte wie Körperverletzung im Vollrausch waren: Die Täter konnten im Regelfall schnell und unkompliziert ermittelt werden, wenn das Vergehen erst mal bekannt war.

Auch bei einem Kapitalverbrechen wie Mord oder Totschlag konnte in aller Regel der Täter, der meist direkt aus dem Verwandten- oder Bekanntenumfeld stammte, mit Leichtigkeit ermittelt werden. Mit einer Einschränkung galt dies für alle Kriminalpolizeidienststellen in Deutschland, wahrscheinlich sogar weltweit. Nur bei uns in Schifferstadt und der umliegenden Kurpfalz sah das anders aus.

Na ja, ich will nicht wehleidig klingen, schließlich war ich es, der ausschließlich aufgrund eines Aktenstudiums den Täter entlarvte. Das sollte mir KPD erst mal nachmachen.

Wo wir gerade von KPD sprechen: Wie angekündigt, hatte er die Auflösung des Falles als sein Werk bezeichnet. Ohne sein Eingreifen in Neuhofen und die Unterstützung, die er uns nach seinen Worten zukommen ließ, wäre der Fall niemals abgeschlossen worden. Dietmar Becker und KPD fuhren sogar ein Wochenende lang in Klausur, um die Geschichte als Kriminalroman aufzubereiten. Becker hatte wenigstens den Mut, KPDs Wunsch abzuschlagen, die Krimireihe nach ihm zu benennen.

Mir war das egal, Hauptsache es kam niemand auf die Idee, im Buchhandel den neuen ›Palzki‹ zu verlangen.

Dr. Metzger hatte von der Landesgartenschau im gegenseitigen Einvernehmen eine Abfindung erhalten. Ich war mir sicher, dass der Notarzt bereits die nächste Abscheulichkeit ausheckte.

Was mit Wotan passierte, wusste ich nicht, es interessierte mich auch nicht. Letzte Woche habe ich in der Rheinpfalz von einem sensationellen Ölfund auf dem Gelände der Gartenschau gelesen.

Das Nafa-Konzept hatte Kopf-Hunter deshalb nicht gefunden, weil der Prokurist die Unterlagen einen Tag vor seiner Ermordung an Jacques übergeben hatte, mit der Bitte, sie zu überprüfen. Ich bin gespannt, was sich Frau und Herr Flößer gemeinsam mit dem Erfinder sowie dem Marketingexperten Dietmar Becker, wie er sich neuerdings vollmundig nennt, einfallen lassen haben. Leider weiß ich bis heute immer noch nicht, wer bei der Nafa diese ominöse Frischefee sein soll.

Was mit Karl Käfer passiert, ist im Moment unbekannt. Das Ermittlungsverfahren wird von Mannheim aus geleitet. Zurzeit arbeitet er unverändert als Gärtner bei der Landesgartenschau.

Frau Dr. Dammheim wurde vorläufig suspendiert. Ich vermute, dass KPD kräftig intrigierte, um seine lästige Konkurrentin loszuwerden. Sein Gewächshaus ist längst fertiggestellt, und ein halbes Dutzend Experten kümmert sich um die Aufzucht von diversem Grünzeug in allen Farben und Formen.

Johannes Ente konnte man zumindest bis zum heutigen Tag keine Beteiligung an Dammheims Hanfzucht nachweisen.

Hubertus Floralis kam vergleichsweise günstig davon. Nach einer erfolglosen Hausdurchsuchung seiner Privatwohnung wurde das Ermittlungsverfahren eingestellt.

Dieter Krause besuche ich mindestens einmal in der Woche. Selbst mit seinem Dackel Bodo habe ich inzwischen Frieden geschlossen. Was mir keine Ruhe lässt: Die Nafa will nach wie vor einen Salat nach mir benennen.

Der Abend bei Ackermanns war grenzwertig. Was die beiden Schwestern aus Irland und KPD mit seiner Livemusik angestellt haben, davon berichte ich Ihnen das nächste Mal.

DANKSAGUNG

Mein Dank gilt Wolfgang Grenz, dem Geschäftsführer der Nafa Neuhofen, seiner Tochter Alexandra Flößer und ihrem Mann Bernhard Flößer für die interessante Führung durch den Produktionsbereich und die Erlaubnis, Palzki mal so richtig mit Salaten konfrontieren zu dürfen. Bei der Beschreibung des Betriebes habe ich an manchen Stellen leicht gemogelt. Rote Bete in Gläsern dürften kaum in einem Kühlraum gelagert sein, zumal alles, was in Glas angeliefert wird, in einem getrennnten Raum gelagert und geöffnet wird, der vom Rest der Produktion strikt getrennt ist. Die Schleuse ist allerdings genauso wie im Roman beschrieben. So saubere Hände hatte ich noch nie.

Bedanken will ich mich auch bei dem Geschäftsführer der Landesgartenschau Landau, Herrn Matthias Schmauder und der Prokuristin Karin Bommersheim. Sie unterstützten mich mit Informationen rund um die Gartenschau, sodass der Landauer Tatort des Romans in Teilen authentisch beschrieben wurde. Einiges, wie zum Beispiel die Tropenhalle oder Wotan, der Einsiedler, entstand allerdings in künstlerischer Freiheit. Selbstverständlich ist auszuschließen, dass es irgendwo auf dem Gelände eine illegale Hanfplantage gibt. Auch wenn es noch ein bisschen bis zur Landesgartenschau dauert: Ein Besuch lohnt sich!

Den genialen Titel ›Tote Beete‹ haben wir übrigens meiner Frau Bianca zu verdanken. Es sollte irgendetwas mit Pflanzen, der Landesgartenschau und natürlich auch mit Salaten zu tun haben. Es kamen die verrücktesten Ideen zutage, aber im Endeffekt nichts wirklich Brauchbares. Eines Abends aß meine Frau, sie ist übrigens zufällig Vegetarierin, Rote Bete. Auf einmal lächelte sie, und die Idee war geboren. Niemals, antwortete ich, wird sich der Gmeiner Verlag darauf einlassen. Zum Glück täuschte ich mich, und der Titelvorschlag wurde mit Begeisterung angenommen.

Jetzt haben Sie das Buch leider fast fertig gelesen. Doch ich kann Ihnen versichern: Kommissar Palzki hat nicht das letzte Mal ermittelt. Mehr als unendlich viele Ideen schwirren mir in meinem Kopf herum, und wenn ich nur einen kleinen Teil davon schriftstellerisch verwirklichen kann, muss ich 1.000 Jahre alt werden.

Zum Schluss für Sie noch ein paar Extraboni. Vielleicht sehen wir uns mal bei einer der skurrilen Palzki-Krimi-Shows?

EXTRA BONUS 1: PALZKI UND DIE RÄUBERPISTOLE

Es hätte so ein schöner Tag werden können.

Ich fühlte mich wohl. Der heiße Sommer war endlich Vergangenheit, und seit mehr als drei Stunden war ich sodbrennenfrei. Nicht dass es da einen Zusammenhang gäbe, aber das Brennen der Speiseröhre war mir genauso unangenehm wie das Brennen der Sonnenstrahlen auf meinem Kopf. Die Anzahl der gemeldeten Verbrechen im Rhein-Pfalz-Kreis hielt sich seit Wochen in zumutbaren Grenzen. Hier und da mal eine Leiche, teils zerstückelt, teils unversehrt, deren Schicksal aber jedes Mal ohne Probleme in kürzester Zeit aufgeklärt werden konnte. Auch wenn es die vielen Regionalkrimis, die in den letzten Jahren wie Pilze aus dem Boden schossen, anders suggerierten, entstanden die meisten Kapitalverbrechen spontan, und die Täter stammten aus dem persönlichen Umfeld des gewaltsam aus dem Leben Gerissenen. In den letzten beiden Wochen war ich während meiner Dienstzeit nur einmal in eine heikle Situation geraten. Es war am Mittwochnachmittag, als ich den Schlüssel zu meinem Dienstwagen nicht mehr fand. Den Feierabend vor Augen, durchsuchte ich immer nervöser werdend meine Kleidung, meinen Schreibtisch und die an diesem Tag zurückgelegten Wege im Dienstgebäude. Nachdem ich in meiner Panik mehrere Kollegen aufgescheucht hatte, musste ausgerechnet Kollegin Jutta Wagner den Schlüssel in meinem Büro in einem leeren Pizzakarton, der im Abfalleimer steckte, finden.

Heute war ich mit meinem Kollegen Gerhard Steinbeißer in Limburgerhof unterwegs, um eine wichtige Zeugenbefragung durchzuführen. In der Speyerer Straße, die sich vor 40 Jahren als Teil der B 9 durch den Ort schlängelte, parkten wir in Sichtweite der Wohnung unseres Zeugen vor einer Bäckerei. Der muskelbepackte junge Mann in einer verwaschenen Lederjacke, der an der Beifahrerseite des Wagens vor uns, einem Audi A4, lehnte, fiel uns zunächst nicht weiter auf. Doch wir waren kaum ausgestiegen, da überschlugen sich die Ereignisse. Eine maskierte Gestalt rannte mit einer Pistole in der einen Hand und einer Stofftasche in der anderen aus der Bäckerei. Gerhard, der im Gegensatz zu mir im Dienst immer bewaffnet ist, zog seine Dienstwaffe und forderte den mutmaßlichen Räuber lautstark auf, sich zu ergeben, die Waffe fallen zu lassen und die Hände zu heben. Glücklicherweise gehorchte dieser aufs Wort, mit solch einer Situation hatte der Maskierte wohl nicht gerechnet. Während ich seine Waffe, die ich als Schreckschusspistole erkannte, sicherstellte, zog ihm Gerhard die Maske vom Kopf. Ein rothaariger Heranwachsender, dessen Angst man deutlich spürte, blickte uns verstört an. Nachdem die Lage klar war und keine Eskalation drohte, steckte mein Kollege die Dienstwaffe wieder ein. Noch bevor wir den Täter vorläufig festnehmen konnten, kam der Lederjackenträger in einer bemüht lockeren Gangart auf uns zu. »Servus, Kollegen«, sprach uns der unbekannte Mann an. »Danke, dass ihr mir die Arbeit abgenommen habt.« Verdutzt starrten wir ihn an. Hatten wir richtig verstanden? »Wieso Kollegen? Wer sind Sie? Ich glaube nicht, dass wir Sie bis jetzt schon einmal gesehen haben.« Er lachte. »Woher auch? Mein Name ist Hans-Jürgen Müller, ich bin Zivilfahnder des LKA in Mainz, Dezernat 53 ›Verdeckte Ermittlungen‹.« »Und was haben Sie hier in Limburgerhof zu tun?«, fragte ich ihn, da mir das alles ziemlich mysteriös vorkam. »Wir haben diesen Rotfuchs schon eine Weile in Verdacht, für die Überfallserie auf Einzelhandelsgeschäfte in der Metropolregion verantwortlich zu sein. Heute war ich mit dem Beschatten an der Reihe. Ich konnte ja nicht wissen, dass ich ihn gleich auf frischer Tat ertappe.« Er zog ein paar Handschellen aus seiner Jacke und legte sie dem Täter an. »Sie können alles andere mir überlassen, ich verhafte ihn jetzt und bringe ihn gleich nach Frankenthal in die Untersuchungshaft. Ihre Zeugenaussagen können Sie direkt ans LKA in mein Dezernat senden.« Er schickte sich an, den rothaarigen Täter zu seinem geparkten A4 zu führen. »Langsam, Herr Müller«, sprach ich ihn an. »Falls Sie überhaupt Müller heißen. Doch eines weiß ich ganz sicher: dass Sie nie und nimmer ein Kollege sind.«

Frage: Woran erkannte Palzki, dass es sich um keinen Polizeibeamten handelte?

Lösung: siehe unter www.palzki.de

EXTRA BONUS 2: PALZKI CLASSIC 2006 – TODSICHER KALKULIERT

Es hätte so ein schöner Tag werden können,

Sichtlich unwohl betrat Kriminalhauptkommissar Reiner Palzki das Pfarrheim der katholischen Gemeinde in Limburgerhof. Sein alter Sandkastenfreund Bernd hatte ihn eingeladen. Damit er mal wieder auf andere Gedanken kommen sollte, wie Bernd sich ausdrückte. Insgeheim musste Palzki ihm sogar recht geben. Seit der Trennung von seiner Frau Stefanie und seinen Kindern Paul und Melanie verließ er in seiner Freizeit so gut wie nie das Haus. Daher war er eigentlich froh, unter Menschen zu kommen. Aber warum ausgerechnet zur Weihnachtsfeier der ›Bürgerinitiative Kreisel-Mania?‹ Diese Bürgerinitiative hatte es sich zum Ziel erklärt, die zahlreichen Verkehrskreisel in Limburgerhof zu bekämpfen. Allein die vier Kreisel, die am nordöstlichen Ortsende von Limburgerhof zwischen der B 9 und Mutterstadt innerhalb eines knappen Kilometers jeden ortsfremden Autofahrer sowohl um den Orientierungssinn als auch um den Verstand brachten, sahen sie als verkehrsplanerische Katastrophe an. Während im Hintergrund musikalisch ein Tannenbaum grünte, nahm Palzki, nachdem er sich bei seinen Sitznachbarn und Gegenübern vorgestellt hatte, an der Tafel Platz.

Doch schon nach wenigen Augenblicken wurde die vorweihnachtliche Idylle mit einem Schlag zerstört.

»Hallo, Hilde«, begrüßte ein älterer Mann die Frau, die Palzki gegenübersaß. »Bei uns im Pfarrbüro wurde ein Brief für dich abgegeben.«

»Für mich?«, wunderte sich besagte Hilde und nahm das Kuvert in die Hand. »Das ist aber seltsam. Da scheint eine Karte drin zu sein.«

»Zeig mal her.« Ihr Ehemann zog ihr das Kuvert aus der Hand und öffnete es sofort mit dem Stiel eines Kaffeelöffels.

»Aber ... der ist doch für mich«, protestierte Hilde Wochner schwach.

Hildes neugieriger Ehemann ließ sich nicht stören. »Eine Weihnachtskarte«, sagte er. »In Folie eingeschlagen.« Sofort entfernte er die Zellophanhülle. »Boah, die Karte stinkt wie ein Eimer voller Knoblauch.« Angewidert zog er seinen Kopf zurück, während er die Karte in der Hand hielt. »Was ist das? Die ist ja total verklebt. Da ist wohl irgendwas ausgelaufen.«

Dies waren die letzten Worte im Leben des Heinz Wochner. Einem spontanen Schweißausbruch folgten wenige Sekunden später wilde Muskelzuckungen seiner Gesichtspartien. Nachdem er auf den Tisch erbrochen hatte, fiel er krampfgeschüttelt vom Stuhl. Schon kam ein zufällig anwesender Arzt angerannt, der sich um Herrn Wochner kümmern wollte.

»Vorsichtig! Nicht anfassen!«, schrie ihn Palzki an. »Ziehen Sie sich Handschuhe an!«

Der Arzt, der sich gerade über den fast Bewusstlosen beugen wollte, hielt inne.

»Ich tippe auf Parathion. Los, rufen Sie einen Kollegen mit einem Gegengift.«

Zum Glück reagierte der Mediziner sofort und ließ von dem immer noch zuckenden Opfer ab. Palzki drängte inzwischen weitere Personen zurück, die sich um Herrn Wochner kümmern wollten.

»Niemand darf ihn anfassen. In dem Kuvert war höchstwahrscheinlich ein Kontaktgift.«

»Wir können ihn doch nicht einfach so liegen lassen!«, rief ein anderer.

»Doch, wir müssen«, unterstützte nun der Arzt den Kriminalkommissar. »Wenn da wirklich E 605 im Spiel ist, kann jede Berührung tödlich enden. Die Kollegen sind gleich da.«

Sechs Minuten später kamen gleichzeitig mehrere Krankenwagen an. Da sie bereits über den Verdacht informiert waren, sperrten die Sanitäter zunächst den Bereich um den immer noch vor sich hinstöhnenden und an Atemnot leidenden Mann großzügig ab. Währenddessen schlüpften zwei Ärzte in einen weißen Vollschutzanzug. Palzki konnte noch sehen, wie einer der beiden Herrn Wochner mehrere Spritzen verabreichte und sie ihn dann auf einer Trage wegtrugen.

Palzkis Kollegen, die zwischenzeitlich ebenfalls eingetroffen waren, hatten aus Sicherheitsgründen den Saal räumen lassen.

In einer Ecke kümmerte sich ein weiterer Sanitäter um die unter Schock stehende Hilde Wochner.

Reiner Palzki hatte nun Zeit, sich mit der Einsatzleitung abzusprechen.

»Da haben wir ein Riesenglück gehabt, dass Sie zufällig anwesend waren, Herr Palzki. Nicht auszudenken, was noch alles hätte passieren können.«

»Manchmal gehört auch ein bisschen Glück dazu. Aber es steht auch noch nicht genau fest, ob es sich wirklich um E 605 handelt.«

»Die Wahrscheinlichkeit ist aber sehr hoch. Es war auch geschickt gemacht. Einfach die Zellophanhülle dranzulassen, da das Gift normalerweise leicht verdampft. Außerdem der typische stechende Knoblauchgeruch des Vergällungsmittels. Und nur wenige wissen, dass E 605 auch ein starkes Kontaktgift ist, das sofort durch die Haut geht.«

Palzki schüttelte den Kopf. »Wahnsinn, dieser Mordanschlag auf Frau Wochner.« In diesem Moment entdeckte er am Eingang den älteren Herrn, der vorhin den Brief überbracht hatte.

»Entschuldigen Sie bitte, können Sie sich erinnern, wer Ihnen den Brief gab?«

Der Mann, der sich als Gemeindepriester vorstellte, stand gleichfalls unter Schock. »Das kann ich Ihnen nicht sagen, der Brief wurde im Lauf des Vormittags in den Briefkasten des Pfarrbüros geworfen.«

*

Zwei Tage später saß Kriminalhauptkommissar Reiner Palzki in seinem Büro und bearbeitete die tägliche Post, als es an der Tür klopfte. Sein Kollege Gerhard Steinbeißer trat ein.

»Servus, Reiner, gerade ist ein Fax vom Städtischen Krankenhaus Ludwigshafen reingekommen. Heinz Wochner ist letzte Nacht verstorben. Man hat ihn zwar zunächst mit dem Gegengift Atropin behandeln können, sein Herz hat sich aber letztendlich als zu schwach herausgestellt. Übrigens, das E 605 wurde inzwischen als das Gift bestätigt.«

»Da hatte ich keinen Zweifel dran, Gerhard. Doch wer macht so etwas? Vor allem, wo hat der Täter das Zeug her? Das ist doch heutzutage fast nicht mehr zu bekommen.«

»Ich denke, dass noch in genügend landwirtschaftlichen Betrieben irgendwelche Restbestände herumstehen.«

»Da soll noch einer behaupten, in unserer ruhigen Vorderpfalz gibt's keine Verbrechen«, sagte Palzki mit einem Blick auf seine Armbanduhr. »Du, ich muss jetzt los. Ich habe einen Termin mit Herrn Bagges, dem Vorstand der Bürgerinitiative ›Kreisel-Mania‹.«

»Na dann viel Spaß. Das soll ein chaotischer Haufen sein.«

Palzki fuhr mit seinem Dienstwagen durch die schneevermatschte Winterlandschaft. Selten blieb hier in der Rheinebene die weiße Pracht länger als ein paar Tage liegen. Ohne größere Rutschpartien kam er zehn Minuten später im Limburgerhofer Neubaugebiet Nord-Ost an. Das Haus von Herrn Bagges war leicht zu finden. Kopfschüttelnd betrachtete Palzki die kilometerlangen Lichterketten, die das Haus efeuartig umrankten. Da kämpft Bagges wegen den paar Kreiseln, und selbst ist er der größte Energieverschwender im Ort, regte sich Palzki gedanklich auf.

Breitbeinig und arrogant begrüßte der ledige Hausbewohner den Kommissar. »Guten Tag, Herr Palzki, kommen Sie rein. Freut mich, Sie nach so kurzer Zeit wieder zu sehen. Auch wenn die Umstände ziemlich tragisch sind.«

Nach der Erwiderung der Begrüßung begann Palzki mit seinen Fragen. »Haben Sie einen Verdacht, wer Frau Wochner nach dem Leben trachten könnte?«

»Einen Verdacht? Ich habe keine Ahnung. Frau Wochner war überall beliebt. Hm, ich glaube zwar nicht, dass es Sie weiterbringt, aber Frau Wochner hatte in der letzten Zeit ein, äh, wie soll ich mich ausdrücken, also, sie hatte ein kleines Verhältnis mit unserem Schriftführer.«

»Das wissen wir bereits alles, Herr Bagges. Wir wissen aber auch, dass Sie sich vorher um Frau Wochner bemüht hatten. Könnte es sein, dass da gewisse Eifersüchteleien im Spiel waren?«

»Aber Herr Kommissar, wie kommen Sie auf so was? Da will wohl jemand meinen Ruf zerstören. Nein, da muss ich energisch widersprechen, ich hatte niemals eine Affäre mit Frau Wochner.«

Reiner Palzki sah ein, dass er so nicht weiterkam. Er verabschiedete sich und fuhr den knapp ein Kilometer weiten Weg zur Wohnung von Hilde Wochner. Sie war erst heute Morgen aus dem Krankenhaus entlassen worden. Gefasst, aber etwas weinerlich trat sie Herrn Palzki gegenüber.

»Mein Beileid, Frau Wochner. Es tut mir leid, dass ich Sie so früh stören muss. Aber es geht immerhin darum, den Mörder Ihres Mannes zu finden.«

»Ja, ist schon gut, kommen Sie rein. Wie kann ich Ihnen helfen?«

»Können Sie sich denken, wer Ihnen die Karte geschickt hat?«

»Nein, Herr Kommissar. Ich habe überhaupt keine Ahnung, wer mir etwas antun wollte. Wenn ich mir vorstelle, dass ich jetzt …« Tränen traten in ihre Augen.

»Denken Sie noch mal genau nach. Mit den Druckbuchstaben auf dem Kuvert können unsere Experten nichts anfangen. Und Fingerabdrücke sind auch keine nachzuweisen.«

Sie schüttelte den Kopf. »Es tut mir leid. Glauben Sie mir, ich würde Ihnen wirklich gern helfen, wenn ich könnte.« Sie wandte sich ab und fuhr sich über die Augen.

»Noch etwas, Frau Wochner. Ich muss da etwas Heikles ansprechen. Es geht das Gerücht um, dass Sie eine Affäre mit dem ›Kreisel-Mania‹-Schriftführer hatten.«

Hilde sah den Kommissar böse an und begann aufgebracht zu schreien. »Das sind alles Lügenmärchen. Die wollen doch nur, dass ich aus der Initiative austrete. Kein Wort davon ist wahr.« Sie ließ sich erschöpft auf einen Stuhl sinken und begann zu weinen. »Bitte Herr Palzki, kommen Sie ein anderes Mal wieder. Ich brauche jetzt meine Ruhe.«

Reiner Palzki verabschiedete sich.

Hilde Wochner beobachtete durch das Küchenfenster, wie der Kriminalkommissar in sein Auto einstieg und fortfuhr. Nun atmete sie tief durch, schaltete das Radio ein und ging ins Bad. Aus einem kleinen Schränkchen zog sie hinter einer Shampooflasche versteckt ein kleines Fläschchen hervor. Wegen des Totenkopflogos auf dem Etikett war das Gefäß sicherheitshalber in einem Gefrierbeutel gut verpackt.

Heinz war selbst schuld. Wieso mischte er sich auch in alles ein? Sogar ihre Post hatte er kontrolliert. Es war einfach nur noch schrecklich mit ihm.

Frau Wochner betrachtete das Fläschchen nochmals kurz, bevor sie es lächelnd tief in ihrem Haushaltsmüll vergrub. Alles war todsicher kalkuliert. »Lasst uns froh und munter sein«, dudelte es im Radio.

EXTRA BONUS 3: VON EINEM, DER AUSZOG, ES ALLEN RECHT ZU MACHEN

Beitrag für das Krimijahrbuch des Syndikats 2010

Nervös war ich schon, als Anfang 2008 mein erster Palzki-Roman für Erwachsene bei Gmeiner erschien. Wie würden die Meinungen der Leser ausfallen? Eines nahm ich mir vor: Ich würde die Kritiken meiner Leser, also meiner Kunden, ernst nehmen und sie in zukünftigen Romanen berücksichtigen. Dass die Aussagen der erwachsenen Leserschaft nicht mit denen von Kindern vergleichbar sind, war mir schon klar. Seit Jahren tingele ich mit meinen Kinderkrimis durch die Lande und kann auf ein reichhaltiges Portfolio an Aussagen aus Kindermündern zurückgreifen. »Deine Palzki-Kids sind echt geil«, meinte eine Grundschülerin aus Ludwigshafen, »aber warum sind deine Arme so behaart?«

Interessant auch die Frage eines Zwölfjährigen, der mich während eines Schreibworkshops in Wörth, nachdem ich mein Alter genannt hatte, fragte: »Haben Sie noch Sex?« Mit einem indirekten Hinweis auf meine einjährige Tochter konnte auch diese Frage beantwortet werden, ohne die jugendlichen Teilnehmer zu traumatisieren.

Dann war es endlich soweit: Nein, ich meine nicht den Sex, das Thema haben wir weiter oben abgehandelt. Ich meine die Premierenlesung zu ›Ernteopfer‹ in der Schifferstadter Stadtbücherei. Ich signierte mir eine Sehnenscheidenentzündung und freute mich über die ersten Kommentare: »Das war klasse, dort am Bahnweiher habe ich auch schwimmen gelernt, die Straßen sind mir alle bekannt«, oder: »Sie müssen im nächsten Krimi unbedingt auch über das Kuckucksbähnel schreiben, das vor 50 Jahren von Dudenhofen nach weiß-ich-nicht-mehr gefahren ist«. Der Wiedererkennungseffekt, die regionalen Beschreibungen haben funktioniert. Ich nahm mir vor, dies im nächsten Buch auszubauen. Dann schrieb mir ein Leser aus Speyer (etwa zehn Kilometer entfernt): »Ihr Buch hat mir überhaupt nicht gefallen, ich wollte einen Krimi lesen und keinen Reiseführer. Da, wo ihr Palzki hinfährt, kenne ich mich nicht aus, die Beschreibungen habe ich überblättert.« Nachdem ich zwei weitere Kritiken, die in die gleiche Richtung gingen, erhielt, nahm ich mir vor, die regionalen Beschreibungen im nächsten Roman stark zu kürzen.

Schließlich wurde ich für die vielen Dialoge gelobt, die den Roman lebendig werden ließen: »Ich konnte mich so richtig in die handelnden Personen reinversetzen, ich war einer von ihnen.« Ein anderer meinte: »Das ewige Gequatsche hat mich ziemlich genervt, können Sie das nächste Mal nicht mehr beschreiben?«

Was sollte ich tun? Psychologische Hilfe in Anspruch nehmen, meinen Suizid zeitgleich mit dem zweiten Roman öffentlichkeitswirksam zelebrieren? Das Schreiben aufgeben oder auf Lehrer umschulen? (Lehrer haben immer recht, ich bin Experte mit meinen vier Kindern.)

»Dass Sie in der ersten Person schreiben, finde ich sehr ungewöhnlich. Manchmal wusste ich nicht, mit wem die Leute im Roman sprechen. Ich konnte damit nichts anfangen.« Wenige Tage später: »Klasse, dass Sie in der Ich-Perspektive schreiben, ich habe mit Ihrem Protagonisten

Palzki so richtig mitgefiebert. Das war irgendwie wie eine Liveübertragung im Fernsehen.«

Während ich am zweiten Palzki schrieb, informierte ich mich über Umschulungsmöglichkeiten. Lehrer kam leider aus Altersgründen nicht mehr infrage.

Zwei Wochen vor Erscheinen von ›Schwarzkittel‹ meinte eine Leserin: »Palzki muss unbedingt kochen lernen. Dass er nur Fast Food isst, passt überhaupt nicht zu ihm.« Sechs Wochen später traf ich sie wieder: »Ich habe gerade Ihren neuen Roman gelesen. Warum haben Sie meine Wünsche nicht berücksichtigt?«

Nagelbettentzündungen, Darmschwäche, Herzrhythmusstörungen und weitere nicht jugendfreie Bagatellen ignorierte ich.

Inzwischen hatte ich mit dem Percussionisten Pit Vogel die Arbeitsgemeinschaft Klang und Mord gegründet. Weg von den Wasserglaslesungen, hin zu einem abendfüllenden Unterhaltungsprogramm mit Spannung, Humor und so mancher viel geübten spontanen Skurrilität. Die ersten Auftritte waren beim Publikum ein Erfolg. Die lange Dauer der Ovationen war für uns schon fast peinlich. Nur die Leiterin einer Bücherei sah das anders. Sie schüttelte während unserer Abbauarbeit nach der Veranstaltung missmutig den Kopf: »Das müssen Sie komplett annerschter machen.« Für alle von euch, die bei der Criminale an der Weinstraße nicht dabei waren: Annerschter ist kein unanständiger Begriff, sondern ein pfälzisches Synonym für ›anders‹. Doch zurück zur Büchereileiterin: »Sie müssen den Leuten mehr erklären, damit diese die Veranstaltung nicht so langweilig finden. Die Ausschnitte aus dem

Buch müssen Sie annerschter auswählen. Am besten, Sie nehmen …« Das war das erste Mal, dass ich einer kritischen Stimme nicht bis zum Ende zugehört habe.

War ich in der ganzen Welt allein mit diesem Problem? Gab es Statistiken über die Lebenserwartung von Autoren und deren Todesursache? Waren die widersprüchlichen Kritiken vielleicht eine Form von Nachwuchsförderung einer dunklen Macht? Setzen diese Macht auch zwölfjährige Fragensteller in Schreibworkshops ein?

Das Syndikat hat schließlich mein Leben gerettet. Ob ich ihm dafür dankbar bin, wird sich noch zeigen. Der Austausch mit Kollegen rettete nicht nur mein Leben, sondern auch mein Selbstwertgefühl. Man zeigte mir, dass in den Bewertungsportalen von amazon & Co. Krimis, die erst vor wenigen Jahren den Deutschen Krimi Preis und den Friedrich Glauser-Preis erhielten, teilweise massiv abgewertet und sogar mit Häme überzogen wurden. Auch bei anderen großen und internationalen Autoren, die mehr als eine oder zwei Handvoll repräsentative Bewertungen aufwiesen, war die Lesermeinung oftmals geteilt und sehr widersprüchlich.

Ich ließ diese Erkenntnis eine Weile wirken, schrieb den Lehrern meiner Kinder ein paar böse Briefe und dachte über ein fünftes Kind nach.

Wichtiger, als es allen Lesern recht machen zu wollen, ist die eigene Authentizität, die Weiterentwicklung der Serienfiguren, die Stimmigkeit im eigenen fiktiven Kosmos. Die Kernzielgruppe, die die Romane mit Freuden liest, bleibt erhalten und vergrößert sich unter anderem durch Mundpropaganda. Diejenigen, die einen anderen

Anspruch haben, können sich auf dem vielfältigen Buchmarkt mit Alternativtiteln versorgen, und das ist keineswegs arrogant gemeint. Ja, ich gehe inzwischen sogar so weit, Kritikern, die ich mit der Palzki-Reihe nicht zufriedenstellen kann, Kollegen zu empfehlen. Auch bei Autoren gilt: Der Kunde ist König. Bleib dir selbst treu, dann klappt's auch mit dem –, äh, das hatten wir weiter oben schon und außerdem könnte man das jetzt auch falsch verstehen.

GLOSSAR

Reiner Palzki – *Kriminalhauptkommissar*
Stefanie Palzki – *seine Frau und die Kinder Paul, Melanie, Lisa, Lars*
Frau und Herr Ackermann – *Palzkis Nachbarn*
Jacques Bosco – *Erfinder und Freund Palzkis*
Klaus P. Diefenbach (KPD) – *Palzkis Chef*
Jutta Wagner, Gerhard Steinbeißer, Jürgen – *Palzkis Kollegen*
Dietmar Becker – *krimischreibender Student*
Dr. Matthias Metzger – *Notarzt*
Dr. Frauke Dammheim – *Kripochefin Landau*
Hubertus Floralis – *Geschäftsführer der Landesgartenschau*
Johannes Ente – *Pressebeauftragter der LGS*
Karl Käfer – *Gärtnermeister der LGS*
Andrea Curie – *Kollege Käfer, männlich*
Wotan – *Einsiedler, der auf der LGS wohnt*
Alexandra und Bernhard Flößer – *Geschäftsführer Nafa*
Volker Luckey – *Prokurist Nafa*
Dieter Krause – *Hausmeister Nafa*
Frau Luckey – *Ehefrau von Volker*
Irina – *Schwester von Frau Luckey*
Heather Kopf-Hunter – *Personalvermittlerin*
Heinrich Lunke – *Zulieferer Nafa*
Dr. Faust – *Zulieferer Nafa*

Weitere Krimis finden Sie auf den folgenden Seiten und im Internet: www.gmeiner-verlag.de

Harald Schneider
Wer mordet schon in der Kurpfalz?
978-3-8392-1582-1

»Eine kriminelle Entdeckungstour quer durch die kurpfälzische Rheinebene.«

Sie denken, die Kurpfalz wäre eine beschauliche Urlaubsregion, in der es neben gutem Essen, Wein und Bier jede Menge touristische Sehenswürdigkeiten gibt? Bis auf das »Beschaulich« mag das alles stimmen. Doch hinter den Kulissen gärt die Kriminalität, vielleicht noch intensiver als in anderen Regionen. Begeben Sie sich mit unserem Kommissar Reiner Palzki auf eine kriminelle Entdeckungstour quer durch die kurpfälzische Rheinebene. So haben Sie diese Region garantiert noch nicht kennengelernt …